Tobias Sommer, Jagen 135

MIX
Papier aus verantwortungsvollen Quellen
FSC® C012536
FSC
www.fsc.org

Lektorat: Ilse Eichberger
Umschlag und Satz: Jürgen Schütz
Umschlagbild: © 2009, Jeremy Geddes, *The Cafe*, Öl auf Leinwand
Druck und Bindung: Druckerei Theiss GmbH
Printed in Austria

ISBN: 978-3-902711-36-6

Auch als E-Book erhältlich, ISBN: 978-3-903061-08-8

www.septime-verlag.at
www.facebook.com/septimeverlag | www.twitter.com/septimeverlag

Tobias Sommer

Jagen 135

Roman

Für Jule und Marla

»Der Unterschied zwischen großer Kunst und mittelmäßiger Kunst ist, dass man bereit sein muss, dafür zu sterben. Dazu braucht man allerdings einen Mut, den ich noch nicht habe.«

David Foster Wallace

Teil I

Kurze Tage

Ich habe mich verloren in der Vorstellung, wo der Ort sein könnte. Die Angaben in den Zeitungsartikeln und in den Polizeiberichten decken sich nicht mit den Aussagen der Hinterbliebenen. Einige behaupten, der Ort liege südlich der Grenze, außerhalb der Sichtweite der Wachposten, andere vermuten ihn in Richtung Norden, in der Nähe der Flussbiegung. Viele sind überzeugt, er müsse im Zentrum des Waldes liegen, von den nächsten Siedlungen am weitesten entfernt. Ich befinde mich in der Nähe des Zentrums und mir bleiben wenige Stunden Tageslicht, wenige Stunden für zwanzig brauchbare Fotos, Bilder von einem Ort, an dem unzählige Menschen ihr freiwilliges Ende fanden.

›Der Freitod ist verwirrend wie die Krone einer hundert Jahre alten Eiche.‹ Ich habe mir diesen Satz, den ich vor Jahren kurz vor Redaktionsschluss schrieb, und der vermutlich nie unter einer meiner Kriegsfotografien veröffentlicht wurde, gemerkt, als ahnte ich, eines Tages würde ich in einem dichten Wald die Wurzeln dieses Baumes suchen.

Ich sehe Wurzeln, die vom Untergrund durch den Waldboden über meine Knöchel ragen. Ich nehme auf einem Baumstumpf Platz und atme durch.

Ich wollte diesen Job nicht. Warum sollte ich mich für ein Gebiet interessieren, in dem sich lebensmüde Menschen treffen? Das interessiert niemanden, außer den

Redaktionsleiter, und der kennt mich und meinen Ehrgeiz. *Denke an deine Kollegen, die sich an dieser Story die Zähne ausgebissen haben*, war der Joker, den, die er ausspielte, um mich für diesen undankbaren Job zu gewinnen, *von Meier hat man seitdem nie wieder etwas gelesen, und Stachmann wurde für verrückt erklärt, aber dir glauben die Leute.*

Was sollen die Leute glauben, fragte ich mich. Die Fotos, die ich schießen soll und die später an die Tagespresse und an Hochglanzmagazine verkauft werden, können keine Erklärung geben, auf ihnen wird niemand erkennen, warum dieser Ort seit Jahrhunderten Selbstmörder anzieht. Aber die Leute werden auf den Bildern nach Hinweisen suchen, als müsse man nur lang genug schauen, um die Antwort zu entdecken, sie werden etwa in einer rötlichen Flüssigkeit auf einer Baumrinde, in der Bewegung erstarrt, oder in dunklen Lücken zwischen den Bäumen, bedrohlich wie Schießscharten, einen möglichen Tatort erahnen. Ich gebe mir drei Tage, höchstens, auch wenn ich überzeugt bin, der Redaktionsleiter wird die Fotos — wenn ich den Ort denn finde — nicht umgehend in Druck geben, er wird auf den richtigen Zeitpunkt warten: Der letzte Suizid liegt über ein Jahr zurück.

Es ist still hier im Unterholz, zwei Stunden vom Hotel entfernt. Aber es kann nicht still sein, es ist nie still. Wenn ich meinen Atem anhalte, höre ich die Geräusche des Waldes. Ich stochere mit einem Ast im Laubmoos und zähle in Gedanken die Bilder, die ich an diesem Tag gemacht habe. Ich bin Auftragsfotograf. Ich richte den Fokus systematisch auf mein Zielobjekt, fixiere es und versuche, alles zu überblicken und mir die Ecken, die ich nicht einsehen kann, vorzustellen, mir den Raum anzueignen, egal ob er winzig wie der Zahlencode einer Bombe auf der Unterseite einer Jagdmaschine oder unüberschaubar wie ein Truppenübungsplatz ist. Meine Fotos von diesem Tag zeigen die vier Eckpunkte meiner Karte, zwischen denen der Ort liegen muss. Ich fotografierte den festgetretenen Kieselboden und einen der hölzernen Wegweiser, auf denen eingebrannte Fußabdrücke, hintereinandergesetzt wie Tanzschritte, den Wanderweg markieren. Ein zweites Bild zeigt die Fichtenreihen, die den westlichen Teil des Waldstückes begrenzen, und durch deren schmale Zwischenräume die Felder, die kilometerweit bis zum nächsten Hof reichen. Zum Dritten sicherte ich mit der Kamera den Blick auf die Grenztürme, auf den Stacheldrahtzaun und auf entfernte Heuballen, gestapelt zu mannshohen Vogelscheuchen. Dann, auf einer Anhöhe stehend, entdeckte ich den vierten Punkt, ein mit Schilfgrün bedeckter Badesteg, über einer klaren, seidenglatten Wasseroberfläche — nicht vorstellbar, ein Land weiter wird aus diesem Fluss ein Strom, der in ein Meer mündet, das Kontinente verbindet. Ich hielt den Fokus lange auf diesen vierten Ausschnitt, drückte den Auslöser und stellte mir vor, jemand käme mit ausgestreckten Armen aus dem Wald über die freie Fläche auf den Steg gelaufen, um kopfüber ins Wasser zu springen. Ich kann mir diese Person, ob männlich oder weiblich, ob sportlich oder übergewichtig, nur mit ausbreiteten Armen vorstellen, als bräuchten die Figuren in meinem Kopf Tragflächen, um abzuheben. Ein Darsteller würde meinen Bildern heute gut tun, oder ein zweideutiges Detail, das die Fantasie anregt, aber ich will meine Bilder nicht manipulieren, kein absichtlich platt getretener Grasboden, kein Seil, das von einem Ast hängt, keine Statisten, die ins Bild laufen, ich werde keine Holzkreuze und keine Blumenkränze platzieren, wobei ich diese, genau überlegt, in diesem Wald finden müsste. Aber ich sehe keine Totenaltäre, keine Fotos und keine Spruchbänder, die Trauer ist unsichtbar. Vielleicht wurden Waldarbeiter beauftragt, diese Zeichen zu beseitigen, damit der Ort nicht gefunden werden kann, nicht von Nachahmern und nicht von Schaulustigen. Wie weit bin ich von dem Ort, den ich suche, entfernt? Ich kann den Wald nicht an einem Tag restlos erkunden, das Gebiet ist groß wie ein Fünftausend-Seelen-Dorf. Meine räumliche Vorstellungskraft ist durch meine Arbeit ausgeprägt, aber mir fällt es schwer, Entfernungen in dieser Größenordnung einzuschätzen.

Nachdem mich der Reiz für dieses Vorhaben gepackt hatte, las ich zur Vorbereitung Texte über Selbstmorde und deren Erklärungsversuche, immer wieder wurde von der ›Dunkelheit im Alltag der Selbstmörder‹ gesprochen. Ich verbringe mein halbes Leben im Dunkeln, und es tut mir gut, meine Dunkelkammer ist der perfekte Erholungsort. Ein Philosoph schrieb im 17. Jahrhundert: ›Das Glück der Menschen ist die Unwissenheit über den Weg dorthin.‹ Wüssten wir also, wie wir unser Glück fänden, wäre dieses Wissen zugleich unser Unglück? Die Unglücklichsten der Unglücklichen treffen sich an dem Punkt, den ich auf meiner Karte eingekreist habe. Es gibt absonderliche Theorien über diesen Ort. War er im Mittelalter ein Sammelplatz für Hexenbräuche oder bietet der Wald den Nährboden für eine Pilzart, die, mit Pfeifentabak geraucht, berauscht und tötet, oder setzt das Sonnenlicht, durch das farbenreiche Blätterdach gefiltert, magische Kräfte frei? Kein Versuch, das Rätsel zu lösen, gelang.

Kein Ort ist ohne Spuren, mache ich mir Mut, unter dem Moos konservierte Futterreste oder im Buschwerk die Zeichen eines Kampfes, von Tieren oder von Menschen, im Untergrund Fährten, die als Wanderwege überdauern, oder tief im Mutterboden die verseuchten Abfälle einer längst vergessenen Explosion. Es gibt Möglichkeiten, aber ich kann nicht einen einzigen Anhaltspunkt für den Ort ausmachen. Ich versuche diesen Wald zu betreten wie etwas nie zuvor Betretenes. Meine Augen sind geübt, der erste Blick liest die Grenzen und der zweite das Offensichtliche in ihnen, als gäbe es mit jedem Blinzeln ein neues Bild. Ich kontrolliere grundsätzlich alle meine Fotos und mache mir auf Zetteln oder auf der Rückseite Vermerke. Ich liebe das Gefühl, etwas lang Gesuchtes zu finden.

Dieses Gefühl will sich heute nicht einstellen, und ich mache mich auf den Heimweg. Für den Rückzug wähle ich einen Pfad, der mich in großem Bogen über eine Anhöhe zurück zum Ausgangspunkt bringt. Wenn ich es richtig einschätze und die Angaben auf meiner Karte korrekt sind, ist es ein Umweg, aber der Hügel ist der höchste Punkt des Waldes, und diese Aussicht sollte ich nutzen.

Der Aufstieg ist anstrengender, als ich vermutet hatte, und der Schweiß sammelt sich in meinen Augenbrauen. Auf dem Berg angekommen, versuche ich, meinen Pulsschlag zu normalisieren und gleichmäßig durchzuatmen. Das Sonnenlicht, das ich für ein gutes Foto brauche, ist beinahe verschwunden. Ich richte meine Kamera auf die Grenzzäune und ziehe das Bild heran, bis der Ausschnitt einen einzelnen Turm zeigt, der in diesem Licht den schlanken Fichten am Waldrand ähnelt. Auf dem Turm befindet sich eine Plattform mit einem achteckigen Glaskasten, ein geschlossener Raum, in dem vermutlich nicht mehr als drei oder vier Stühle Platz finden. Der Mond spiegelt sich in den Fensterscheiben und auf den ersten Blick sieht es aus, als leuchte jemand mit einer Taschenlampe in den Wald. In den Grenzzäunen aus Stacheldraht befinden sich abgetrennte Durchgänge und das Gras vor diesen Schlupflöchern ist knöchelhoch, als dienten diese Büschel als Abgrenzungen oder Schranken für Trampelpfade, die ins Innere des Waldes führen. Ich erahne das Ziel und fokussiere den Badeplatz, der Holzsteg ist als dunkler Strich hinter der letzten Baumreihe erkennbar. Ich fotografiere das Ufer und einen Ast, der wie die Hand eines Ertrinkenden aus dem Wasser ragt, zumindest ist es das, was ich aus dieser Entfernung zu erkennen glaube. Ich erinnere mich an einen Briefwechsel, der in einer der Polizeiakten abgeheftet war, in dem sich zwei Jugendliche für ›den gemeinsamen Tauchgang in der Mitte des Sees‹ verabredeten. Ich suche nach einer Erklärung, wie ein Mensch es schafft, sich selbst jede Energie aus den Armen und Beinen zu entziehen und auf den Gewässergrund zu sinken. Ist nicht in jedem der Instinkt, um sein Leben zu paddeln, ist der freiwillige Tod durch Ertrinken nicht nur mit einer Bleikugel möglich, ist die Selbstmordankündigung ›Ich gehe ins Wasser‹ nicht ein Trugschluss, ist diese Überwindung und Körperkontrolle möglich, kann man einfach sinken?

Ich muss am See vorbeigelaufen sein. In der Akte, zusammen mit den Briefen, befand sich das Foto einer Wasserlandschaft, und auf der Rückseite war mit einem staatlichen Stempel beglaubigt, dass die Aufnahme vor sieben Jahren in diesem Bezirk entstanden war. Die handschriftliche Notiz daneben beeindruckte mich: ›Wie finde ich die Mitte eines Sees, wenn ich das Ufer nicht sehen kann?‹

Ich würde mich nie freiwillig auf einem Gewässer treiben lassen, denn ich vermeide ungeschützte Flächen, ich beobachte aus sicherer Distanz, um später in meiner Dunkelkammer alleine, ohne fremde Blicke, das Ergebnis zu betrachten.

Ich schwenke meine Kamera über den Wald, der See müsste im südwestlichen Teil liegen, der Fluss als Ausläufer und als Verbindung von diesem Gewässer zum Meer, oder doch im Norden? Ich muss einsehen, ich habe das Gebiet unterschätzt, es ist in seinen Ausmaßen und in seiner Dichte mächtiger, als es meine Landkarte vermittelt, und ich begreife, die Karte ist allenfalls ein Auszug, das Puzzleteil von etwas Größerem, in dem ich mich verlaufen kann.

Ich werde mich nicht in meinem Vorhaben verrennen, ich werde meinem Chef alle Bilder geben, soll er entscheiden, was in ihnen erkennbar ist. Mein Job ist es, diesen Wald zu fotografieren, so wie er ist, das habe ich geschafft, souverän, wie ich meine Ziele immer erreiche.

Ich beende meine Arbeit, stütze mich mit dem Rücken gegen einen Eibenstamm ab und richte mich auf. Die Eibe, der einzige Baum auf diesem Hügel, ist gewaltig, den Schatten könnte ich nicht auf einem Bild erfassen, die Wurzel wühlt sich links und rechts aus dem Erdreich, als bestünde diese Eibe nicht aus einem Stamm, sondern aus mehreren, die sich im verworrenen, alles überragenden Astwerk vereinen. Ich gehe einige Schritte zurück, um die Eibe zu fotografieren, solche Bäume gibt es in der Großstadt nicht mehr, oder es gibt sie nicht mehr in meiner Vorstellung von einer Großstadt. Ich schaue durch den Sucher und führe die Kamera langsam nach oben, den übergroßen Stamm entlang, der sich kurvenreich windet und dicht verzweigt ist. Mein Objektiv kann lediglich einen kleinen Teil des Baumes fixieren. Auf der Suche nach einer Besonderheit richte ich den Fokus auf einen äußerst dicken Ast. Diese Wahl erweist sich als geglückt, denn auf dem Holz erkenne ich eine vertikale Einkerbung, als wäre dort etwas befestigt gewesen. Ich drücke den Auslöser und frage mich, was vom Baum heruntergehangen haben könnte. Der Strich auf dem Ast wird nichts weiter als eine natürliche Einfärbung im Holz sein, denke ich, denn um etwas dort zu befestigen, hätte man zwanzig Meter den Baumstamm hochklettern müssen. Ich gehe weitere Schritte nach hinten und richte das Objektiv auf das Geäst und halte auf dieses Bild, bis mein Auge nur noch eine einzige schwarze Fläche wahrnehmen kann. Meine Augen beginnen zu tränen, und in diesem Moment scheint sich ein Schatten aus dem Gezweig zu lösen. Ich nehme die Kamera von meinem Gesicht, starre auf den Punkt, den ich zuvor fokussiert habe, und sehe nichts, der Baum steht bewegungslos da. War es ein Tier, das sich versteckt hat, überlege ich, oder haben mir meine müden Augen einen Streich gespielt? Ich lausche, kann aber kein Knistern oder Rascheln hören.

Ich bewege mich einen Schritt zur Seite und schaue den Hügel hinunter. Der Wind fährt tief in das Gehölz des Waldes hinein, als gäbe es nur eine Richtung, und trägt die Dunkelheit mit sich. Erst jetzt realisiere ich, wie steil diese Erhebung ist.

Etwas kracht hinter mir zu Boden. Erschrocken drehe ich mich um und sehe einen Ast, der zwei Meter vor mir am Boden liegt. Der Ast ist doppelt so dick wie mein Oberarm und in der Mitte durchgebrochen. Er muss aus einer beachtlichen Höhe mit Wucht aufgeschlagen sein, und hätte mich diese Wucht zu Boden gerissen, ich wäre nie wieder aufgestanden, und mein Redaktionsleiter hätte seinen wichtigsten Mitarbeiter verloren. Aber die Trauer würde nur einen kurzen Tag dauern, da bin ich mir sicher. Ich sehe das Titelbild und die Überschrift vor mir: ›Starfotograf von Todesbaum erschlagen‹. Und ich bin überzeugt, mein Chef hätte keine Skrupel, mit einer Lüge zu arbeiten: ›Fotograf des Jahres nimmt sich im Selbstmordwald das Leben.‹ Ich weiß, mit dieser Lüge bekämen meine Bilder, die ich heute gemacht habe, eine neue Qualität, die Presse könnte aus mir einen Fotografen machen, der tragisch an seinem Erfolg verzweifelte, und es wäre zugleich begehrtes Material für Verschwörungstheoretiker, die behaupten würden, ich wäre etwas Ungeheuerlichem auf der Spur gewesen. Aber ich hatte Glück, und meine Fotos aus diesem Wald werden wohl niemanden interessieren. Ich fokussiere den Riss, der sich im Zickzack, wie eine Lebenslinie auf einem Elektrokardiogramm, durch das Holz zieht. Ich möchte den Auslöser betätigen, jedoch mein Puls pocht vor Aufregung und meine Beine zittern, dieses Zittern überträgt sich auf meine Arme und auf meine Kamera und somit auf das Bild. Ich muss mich für dieses letzte Foto zusammenreißen, denn in diesem Augenblick bekommt das Bild, wie so oft bei meiner Arbeit, unerwartet und mit einem Schlag, die erhoffte Qualität.

Wir flüchten wie Tiere. Wie Tiere, die zum ersten Mal einen Menschen sehen. Oder wie Tiere, die die Menschen sehr wohl kennen und wissen, wozu sie fähig sind. Die Gestalt, die hinter dem Baumstamm plötzlich vor meiner

Kamera auftauchte, sah mich und rannte den Berg hinunter. Ich konnte kein Gesicht, nur einen Schatten erkennen und drückte den Auslöser. Diese fluchtartige Bewegung wird auf meinen Bildern etwas Verwischtes und Rätselhaftes erzeugen, den Spielraum für das, was die Fantasie beflügelt. Vielleicht wird man nicht erkennen können, ob es ein Mensch oder ein Tier ist, ob dieses Wesen flüchtet, oder wie ein nasser Sack hin und her pendelt, man wird auf dem Bild nicht sehen, dass mich soeben beinahe ein Ast getötet hat. Der Betrachter wird nur das erkennen, was er erkennen will, oder schlimmer, er wird das erkennen, was die Medien ihm einreden. Ich drückte den Auslöser dreimal, viermal, die Frage, was die Person auf diesem Berg wollte, bleibt.

Ich gehe den Berg im Laufschritt hinunter und stoße nach wenigen Minuten auf einen Wanderweg. Meine verbleibenden Tagesziele, das Hotel, mein Zimmer und eine heiße Dusche, liegen vor mir. Aber ich komme vom Weg ab – gewollt, weil ich links im Schatten der Büsche eine Abkürzung vermute, und ungewollt, da ich mich mit jedem Meter, den ich mich durch die Sträucher kämpfe, vom vorgegebenen Pfad entferne. Ich bleibe mit dem Jackenärmel hängen, reiße mich los und stolpere über eine Baumwurzel. Ich laufe weiter und muss ständig meine Augen schließen, weil Äste und Blätter in mein Gesicht schlagen. Ich sehe unendlich viele Farbpunkte und habe das Gefühl, mich im Kreis zu drehen, und der Wald sich um mich.

Ich höre ein Summen und erwache. Ich brauche einen Moment, bis ich realisiere, wo ich mich befinde. Der Eindringling, der in meine Gehörgänge und in meinen traumlosen Schlaf summte, wartet auf der Fensterbank. Ich nehme ein Wasserglas und stülpe es über das Insekt. Meine Hand drückt auf das umgedrehte Glas, als bestünde die Gefahr, mein Opfer könne fliehen. Ich erhöhe den Druck, das Glas rutscht nach vorne und hinterlässt in der Holzmaserung einen Halbkreis. Das Tierchen sitzt auf der Fensterbank und ich bilde mir ein, es winseln zu hören. Ich beuge mich an das Glas, wenige Millimeter trennen mein Ohr von dem Insekt, aber es ist still.

Ich schaue aus dem Fenster und kann den Wald sehen, ich beobachte, wie der Wind zwischen die Fichten und Buchen fährt, weit in das Gehölz hinein. Ich erkenne schnell den Hügel, auf dem ich vor Stunden den Unbekannten fotografiert habe, ich stelle mir das Bild und die möglichen Untertitel vor. Langsam schiebe ich das Glas zur Kante, das Leben eines Individuums in meinen Händen. Ich gebe zu, den Zeitpunkt des Todes zu bestimmen, reizt.

Ich höre erneut ein Summen und schlage im Halbschlaf um mich. Ich nehme aus dem Nachttisch die Bettlektüre und mache mich mit dem Alten Testament bewaffnet auf die Jagd. Aber das Tier narrt mich, ich höre es hinter mir summen, aber kaum habe ich mich umgedreht, summt es aus einer anderen Ecke. Nach ein paar Minuten wird mir die Aussichtslosigkeit meines Unterfangens bewusst. Ich lege mich wieder ins Bett und versuche, nicht an die Geräusche zu denken.

Als ich zum dritten Mal erwache, ist es bereits hell. Mein erster Blick fällt auf die Kamera, die auf dem Boden liegt, und auf die Erde, die ich gestern ins Zimmer getragen habe. Das Buch liegt aufgeschlagen auf der Fensterbank, daneben das Wasserglas, umgedreht, aber es hält kein Insekt gefangen, sondern ein zerknülltes Blatt Papier. Ich schaue auf meine Kamera, die ich niemals achtlos auf dem Fußboden liegen lassen würde, und kontrolliere meine Reisetasche und mein Portemonnaie, aber es ist noch alles da. Ich betrachte den verdreckten Fußboden, habe ich gestern so viel Erde aus dem Wald hereingetragen, frage ich mich und erkenne zwischen meinen Schuhabdrücken weitere Abdrücke, die nicht von meinen Schuhen stammen können, auf meinen Sohlen sind keine Kreise, keine lang gezogene Acht. Ich nehme die Papierkugel und falte sie auseinander, es ist eine Seite aus dem Alten Testament, am Rand eine Bleistiftnotiz in der Landessprache. Ich ziehe mich an und gehe nach unten zur Rezeption.

Guten Morgen, begrüße ich den Hotelbesitzer, der gelangweilt hinter dem Tresen der Rezeption steht.

Guten Morgen, ein seltener Gast aus Germany, früher hatten wir viele Gäste aus Deutschland.

Jemand war gestern Nacht in meinem Zimmer, beschwere ich mich und lege das zerknitterte Stück Papier auf den Tresen.

Unsere Türen sind immer offen, der Besitzer grinst, *aber Sie haben Ihr Zimmer doch bestimmt abgeschlossen,* er grinst noch immer und schaut auf den Zettel.

Was steht da?

›Verschwinden Sie‹, steht da, ich weißt nicht, wer …, stammelt der Besitzer, das Grinsen ist aus seinem Gesicht gewichen,

Da steht doch noch mehr, ich zeige auf die Notiz, die aus zwei Sätzen besteht.

Der Besitzer zögert, *ich habe keine Ahnung, was das soll, da steht: ›Das Insekt wird weitersummen, auch wenn du es tötest.‹*

Wieso töten, ich reiße dem Besitzer den Zettel aus der Hand, *wenn dieses blöde Vieh mich nervt,* ich zerknülle den Zettel und stopfe ihn in meine Tasche, *ich lasse mir keine Angst einjagen, ich nicht, ich werde weiter suchen, können Sie mir verraten, wo sich der Pavillon befindet.*

Der wurde zerstört, die von der Stadt oder wer auch immer haben ihn abgerissen, gleich nachdem man letztes Jahr die Leiche dort gefunden hat.

Der Pavillon müsste ja in der Nähe vom See sein, ich habe den See gestern gesucht, bin aber irgendwie daran vorbeigelaufen.

Ich falte meine Landkarte auseinander und lege sie auf den Tresen.

Der Mann schaut auf die Karte, *da im Norden*, er tippt auf eine grüne Fläche*, da, Ihre Karte ist falsch.*

Das kann doch nicht sein.

Der Mann zuckt mit den Achseln und grinst wieder.

Was fällt dir ein, denke ich, es war eine einfache Frage, auf die ich eine klare Antwort verlangen kann; wenn du wüsstest, ich könnte mit einem Artikel in meiner Zeitung aus deiner Bretterbude eine Goldgrube machen. Ich nehme meine Karte, versuche mir den Punkt auf dem Papier, wo der See liegen soll, zu merken und verabschiede mich.

Es gibt nur einen Wanderweg, der von meiner Unterkunft in den Wald führt. Ich folge dem Pfad hundert Meter geradeaus, bis er sich zum ersten Mal gabelt. Ich entscheide mich heute für die linke Abzweigung. Eine Blase unter meinem Fuß schmerzt bei jedem Schritt, meine Schuhe sind gepolstert, aber für diese Belastung nicht geeignet. Das

Profil meiner Schuhsohlen hinterlässt auf dem Waldboden nur schwache Spuren, im Gegensatz zu den Fußabdrücken daneben, die mir bei meiner ersten Tour nicht aufgefallen waren, ich schätze, die fest in den Boden gedrückten Rillen stammen von einem Paar 43er- oder 44er-Wanderstiefel. Und auf der Ferse die lang gezogene Acht. Die Spur verläuft in der Mitte des Weges, in großen, gleichmäßigen Abständen. Ich gehe neben den Fußspuren, aber nach einer Stunde wird der Pfad zu einem dünnen Streifen, und ich muss auf die Abdrücke meines Vorgängers treten, links und rechts Unkraut, als wolle das Gras den Weg vertuschen.

Nach gefühlten zehn Kilometern liegt der See vor mir. Er ist nicht so groß, wie das Bild in der Polizeiakte vorgab, aber ich würde mir nicht zutrauen, quer über das Gewässer zu schwimmen, die Bäume am gegenüberliegenden Ufer sehen aus wie Streichhölzer. Der Wind drückt auf das Wasser und Wellen schwappen gegen das Holz am Ufer und erzeugen ein schönes, monotones Geräusch.

Ich entdecke die übergroßen Wanderstiefel mit der Acht wieder, sie führen mich am Ufer entlang Richtung Norden. Nach einigen Metern entfernen sie sich vom Wasser, und ich kann nur raten, wo sie durch das Gras gezogen sind. Aber nicht weit entfernt stoße ich auf eine runde, sandige Fläche, die Fußspuren auf dem Sand sind in alle Himmelsrichtungen verteilt, als hätte der Wanderer einen rituellen Tanz ausgeübt. Ich kann den See von dieser leichten Erhöhung überblicken und vermute, der Pavillon könnte hier gestanden haben. Ich suche einen geeigneten Winkel und fotografiere den Kreis, mein Chef wird diese Aufnahme auf jeden Fall verwenden, er wird auf den letzten Toten hinweisen, und mit diesem Ausblick auf den See die Geschichte der beiden Jugendlichen nicht verschweigen, er wird die Spekulationen um dieses Gebiet antreiben. Ich habe im Dossier der Polizei drei Zeitungsartikel über den Selbstmord der Jugendlichen gefunden, ein Fischer fand die Leichen Monate nachdem sich die beiden auf dem See getroffen haben. Die Ärzte fanden keine Rückstände von Medikamenten, keine Schnittverletzungen, keine Bleikugeln an den Fußgelenken, alle waren sich einig: Tod durch freiwilliges Ertrinken.

Ich knipse eine weitere Bilderserie. Die Frage, warum ausgerechnet hier, bleibt, und die Tatsache, ein gewaltiges Gebiet vor sich zu haben, unterstreicht meine Zweifel, in diesen Bildern kann nicht die Lösung liegen. Aber ich brauche auch keine Lösung, ich habe einen Job, und den habe ich erfüllt, ich werde einen Geldbetrag, der völlig überzogen ist, bekommen, eine Summe, die ich nicht benötige, Annabell und ich sind finanziell längst abgesichert, bis zum Lebensende. Ich könnte abreisen und die eineinhalb Tage, die ich mir für diesen Job gegeben habe, sinnvoller nutzen, aber ich sehe es sportlich, ich ziehe weiter für ein perfekteres Bild, das ist der Grund meines Erfolges, kein Foto in meiner Laufbahn war für mich gut genug, die Suche danach nie beendet, erst die Zeit und neue, lukrativere Aufträge setzten die Grenzen, obgleich, das Motiv, auf dem meine Karriere ruht, kam, ohne dass ich danach suchen musste, es schlug im wahrsten Sinne des Wortes wie eine Bombe über mir ein. Ich war zum richtigen Zeitpunkt am richtigen Ort. Das ist die Faustregel, die man uns, den Kriegsberichterstattern, predigte. Dabei wurde versäumt zu erwähnen, dass Orte und Zeiten relativ sind, wenn man nicht den Mut und die Kraft hat, die Augen aufzuhalten. Ich hielt meine Augen offen und wurde für meine journalistische Arbeit belohnt, mit nationalen und internationalen Preisen, einem einzelnen Foto sei Dank. Ein schönes Foto aus einem grässlichen Krieg — der Krieg ist immer grässlich und ein Foto aus dem Krieg schonungslos und selten schön. Das wusste ich von Anfang an, ohne mich für meine Arbeit zu schämen.

Die Moschee, vor der ich mein preisgekröntes Foto schoss, steht auf einem anderen Erdteil, und es gibt Tage, an denen reicht mir ein Schulterblick, und ich habe das Gefühl, das Gebäude mit dem großen Festplatz davor liegt direkt hinter mir und nicht in einer Region Vorderasiens, die von Krisen und Kriegen bewohnt ist. Es war eine Frage der Zeit, bis es passieren würde. Es war ruhig an jenem Tag. Es waren zwei Wochen seit der offiziellen Waffenruhe vergangen, vor der Moschee die Vorbereitungen für eine Hochzeitsfeier, dreißig Grad im Schatten und eine Atmosphäre, als stünde der wundervollste Tag des Jahres bevor. Die Frau, die in meine Kamera blickte, als sei sie ein Model und nicht Zeugin eines Bombenanschlags, die Frau, deren Gesicht eine Woche später und noch Jahre danach auf Titelseiten zu sehen war, und die mit Sicherheit niemals westliche Zeitungen lesen konnte und durfte, diese Frau war bildhübsch, aber sie war nicht die Braut. Die Zeitungen behaupteten es, weil es schön klang und die Leser es glauben wollten, die Schlagzeilen der Presse waren bezaubernd und besitzergreifend, es gab später Interviews, in denen ich, ungewollt und wie selbstverständlich, von der ›wunderschönen Braut‹ sprach, als wollte ich diese Lüge wie einen Schleier über den Unglückstag legen. Ich habe das Foto lange nicht mehr gesehen, aber das Bild dieser Frau ist mir präsent, ihr entsetzter Gesichtsausdruck und ihre Arme, die links und rechts in der Luft nach Halt suchten. Der Mensch auf diesem Bild wurde zur Projektionsfläche, auf der die Details gedreht und verschoben wurden, bis sie neue, erstaunlichere Geschichten erzählten. Die Redakteure liebten die Fragen und die Behauptungen, die sie in diese Geschichten einbauten und die sie gefährlich summierten, aus der Frau wurde eine Verdächtige und eine Drahtzieherin und später eine Selbstmordattentäterin. Das Foto zeigt die Sekunde vor der zweiten Explosion, titelte die Presse, was konnte die Körperhaltung der jungen Frau anderes bedeuten, die ausgestreckten Arme, als wäre sie eine Ringturnerin vor der letzten, entscheidenden Übung, und ihre Mimik, der zu einem Schrei aufgerissene Mund und dieses Glücksgefühl in ihren Augen. Ich habe das Foto oft mit den Bildern in meiner Erinnerung verglichen. Wie sieht ein Glücksgefühl aus, wie konnte es in den Augen der Frau sichtbar gewesen sein? Ich sah Angst, Sprachlosigkeit und Ekel, aber kein Glück. Die Frau starb an jenem Tag nicht.

Vielleicht warte ich auf eine erneute Explosion, ist es das, was mich antreibt, diesen Platz zu verlassen und den Fußspuren zu folgen? Die Spur driftet nach rechts in den Wald, und mir fällt es schwer, auf dem hölzernen Untergrund die Fährte nicht zu verlieren. Ich muss Wege zurückgehen, umdenken und suchen, nach einer Stunde gebe ich es auf und wähle eine freie Fläche als Rastplatz. Ich bin vorbereitet, in meinem Rucksack befinden sich Äpfel, Wasser und eine Decke. Die Äpfel schmecken alt und mehlig, was mich nicht erstaunt, ich habe sie aus dem Korb an der Rezeption genommen, sie werden dort seit Wochen auf Gäste gewartet haben.

Ich wandere Richtung Nordosten und schieße nicht ein einziges Foto. Ich greife den ganzen Tag nicht einmal zu meiner Kamera, nicht, dass es an Motiven mangelt, im

Gegenteil, ein Spinnennetz, an dem eingesponnene Tiere wie auf einer Wäscheleine hängen, zwei morsche Astgabeln, die aus der Höhe, wie für einander bestimmt, auf dem Boden gelandet sind und sich zu einem Kreuz vereint haben. Oder die vom Wind verteilten Blätter, angehäuft zu unnatürlichen, in den wenigen Sonnenstrahlen grün und gelb schimmernden Bergen — all dies wäre ein Bild wert, aber ich wähle, wo ich genug Möglichkeiten habe, sorgfältiger, mit der Überzeugung: Das letzte und beste Foto liegt noch vor mir. Aber ich muss einsehen, ich kann den Wald auch am zweiten Tag nicht ansatzweise erkunden, zu viele Wege, die ich nicht einschlage, zu häufig versperren umgekippte Bäume die Pfade und zu viele dicht bewucherte Flächen, die mit meiner Ausrüstung nicht bezwingbar sind.

Ich erreiche den Wanderweg und ändere meinen Plan, denn ich möchte heute die Grenztürme aus der Nähe betrachten. Ich steuere am Stacheldrahtzaun entlang den ersten Grenzturm an. Die Heuballen, die ich gestern aus der Ferne irrtümlich als Vogelscheuchen zu erkennen glaubte, haben aus dieser Position ihre Arme und Beine verloren, es sind eckige, zu Würfeln gepresste Gebilde.

Die Grenztürme sind nicht hoch, sie bestehen aus robusten Stahlplatten, mit fingernagelgroßen Nieten, die Türme sind für die Ewigkeit gebaut und mit einem Sicherheitsschloss versehen, aber sie sind nicht verriegelt. Ich steige die Treppe bis nach oben auf die Aussichtsplattform und gehe auf dem Laufsteg um den achteckigen Glaskasten herum. Ich schaue durch die Scheiben in einen leeren Raum, kein Stuhl, kein Tisch, da ist nichts, außer Schmutz auf dem Fußboden. Die Tür zu diesem Raum ist abgeschlossen. Ich halte mich am Geländer fest, mein Blick reicht über das

Flussufer bis an das westliche Ende, ich kann den See in seinen Ausmaßen erfassen und die Umrisse des Hotels erkennen. Diese Aussicht lädt zu einem Panoramabild ein, um es, gerahmt oder auf Leinwand gezogen, über dem Kamin aufzuhängen. Ich sehe sofort, dieses Bild wäre verkäuflich, aber ich bin kein Fotograf, der Landschaftsbilder für die Masse macht, ich will meine Bilder nicht im Esszimmer meiner Freunde sehen. Ich will etwas anderes sehen. Aber das, was mein Redaktionsleiter möchte, kann ich nicht sehen, ich kann es in meinen Bilder nur andeuten, und das, was die Waldarbeiter, Soldaten oder Jäger von diesem Turm aus sehen sollen, kann ich nicht erkennen. Vor mir nichts anderes als eine traumhaft idyllische Landschaft.

Bevor ich die Treppe hinuntersteige, schaue ich noch einmal in den Glaskasten, betrachte den Schmutz, der seit Monaten, vielleicht seit Jahren, dort liegt, eine Schicht aus Sand und Staub, darüber verstreut Kieselsteine und Blätter. Und erst jetzt, mit dem zweiten Blick in diesen Raum, finde ich ein Lebenszeichen. Es sind Fußabdrücke, in der Mitte des Raumes, nicht so groß wie die Abdrücke der Wanderstiefel im Wald, das Profil ist nur schwach zu erkennen, als hätte derjenige Angst gehabt, aufzutreten.

Ich fotografiere die Abdrücke und mache mich auf den Heimweg.

Der übergewichtige Hotelchef steht vor der Eingangstür, sein Rücken lehnt gegen die Hauswand und seine linke Hand umklammert eine Bierflasche.

Waren Sie erfolgreich?

Vielleicht, antworte ich und überlege, was er von mir hören möchte, will er hören, dass ich umhergeirrt bin, dass ich meine Suche aufgegeben habe, oder möchte er hören, dass ich etwas gefunden habe, dass ich einen großartigen Artikel plane, dass die Massen in sein Hotel stürmen werden, will er das?

Ich habe den See gefunden und einige schöne Bilder gemacht.

Der See, richtig, der Chef nimmt einen Schluck aus seiner Flasche, *ich war dort oft schwimmen, früher, na ja, gelegentlich gehe ich noch zum Fischen an den See.*

Ich glaube, ich habe den Platz, wo der Pavillon mal gestanden hat, gefunden.

Ja, und, der Mann sieht mich an, er kann sich ein Schmunzeln nicht verkneifen, *und, haben sie dort Fotos gemacht, das haben in den letzten Jahren viele, ich verstehe das nicht, als wäre dieser Platz so interessant.*

Welcher Platz wäre denn interessant?

Der Mann schüttelt den Kopf, als wolle er sagen, so leicht geht das nicht.

Aber ich setze nach und frage: *Wer hat einen Schlüssel für die Grenztürme?*

Na, die, er zeigt mit dem Finger hinter sich, *die sitzen in der Stadt.*

Sind die Türme denn noch in Betrieb?

Wer weiß das schon, ab und zu sieht man Licht auf den Türmen, aber wahrscheinlich sind das nur Jugendliche, die dort ihre Partys feiern, der Chef nimmt einen letzten Schluck und nickt mir zum Abschied zu.

Auf meinem Tisch im Speisesaal liegt eine fleckige Stoffdecke und auf einer Serviette ein zweiteiliges Besteck.

Ich setze mich und höre den Chef hinter mir rufen: *Es gibt Wild.*

Selbst geschossen, frage ich, aber niemand antwortet mir.

Ich freue mich auf einen Braten oder auf ein Hirschgulasch. Der Chef serviert mir weder Gulasch noch einen Braten, sondern eine Suppe, eine klare Suppe. Ich löffle in der Brühe und entdecke Fleischkrümel.

Ja, selbst gefangen und selbst geschlachtet, verrät der Chef dann doch, *das ist Wildkaninchen.*

Die Suppe schmeckt mir, was an meinem Hunger liegen wird, zehn Stunden in der Natur haben meinen Appetit angeregt, ich könnte eine Horde Kaninchen essen.

Die anderen Tische im Speisesaal sind abgedeckt und gewischt, einzig auf dem Tisch in der hintersten Ecke gibt es Anzeichen eines weiteren Gastes, ein randvoller Suppenteller und Besteck, das akkurat auf der Serviette liegt.

Der Chef verfolgt meinen Blick und versteht ihn als Aufforderung. Er räumt den Tisch ab, grummelt etwas, was ich nicht verstehe und was sich in meinen Ohren wie eine Beleidigung anhört.

Dann soll er keine Suppe bestellen, der Chef deutet mit einem Kopfnicken auf den vollen Teller, *ich habe ihn gefragt, er sagte, einen frischen Salat und Vollkornbrot möchte er, das habe ich nun mal nicht, ich kann nicht zaubern, aber die Suppe wollte er dann, und was ist, alles umsonst.*

Ist er schon lange Ihr Gast?

Herr Kurtz ist seit zwei Tagen hier.

Ein Angler, frage ich, ohne eine Begründung für meine Vermutung zu haben.

Nein, ich glaube nicht, der Chef schaut auf den soeben abgedeckten Tisch, als sitze sein Gast noch immer davor, *nein, ich bin mir sicher, er ist aus einem anderen Grund hier.*

Was glauben Sie, warum er hier ist?

Keine Ahnung, antwortet der Chef schnell, *er hat keine Angelausrüstung dabeigehabt, und er hat mich auch nicht nach einer Anglerlizenz gefragt, nein, der angelt nicht.*

Man braucht einen Angelschein für den See?

Der Chef geht nicht auf meine Frage ein, als wüsste er, meine Frage diene nur dem Grund, das Gespräch aufrechtzuhalten, Angelsport ist das Letzte, was mich hier interessiert.

Überall diese Viecher, er verscheucht mit der Hand ein Insekt, das vor seinem Gesicht herumschwirrt, *die Insekten in unserer Gegend sehen mit den Instinkten, wie sagt man, sie fliegen aus dem Bauch heraus.*

Wie lange haben Sie das Hotel schon?

Seit zwanzig Jahren, erzählt der Mann, als bekäme damit der Staub in den Zimmerecken eine glanzvolle Berechtigung.

Dann hat dieses Haus einiges miterlebt.

Es könnte Geschichten erzählen, der Chef mustert meine Kameratasche.

Mich interessieren diese Geschichten.

Kein Mensch interessiert sich für diesen Wald, nur die Pilzsammler und die Lachsfischer.

Aber die Toten, vor Jahren haben sich die Zeitungen mit Artikeln über diesen Wald überschlagen.

Was interessieren mich die Toten, wir brauchen Ruhe, unsere Gäste brauchen Ruhe, die Stadt braucht Ruhe.

Ich will keine Toten wecken, ich will nur ein paar Fotos machen, versichere ich, ohne zu wissen, ob es die Wahrheit ist, denn große Zeitungen werden meine Bilder drucken, das ist gewiss.

Ich gehe vor die Eingangstür, es ist schon spät, aber der Wind ist noch warm und die Sonne zeigt zwischen den Bäumen die letzten Strahlen des Tages. Ich umrunde das Hotel und bleibe vor den Mülltonnen stehen. Es sind keine Tonnen, vielmehr an einen Holzschuppen genagelte Plastiksäcke. In meinem Rucksack befinden sich Butterbrotpapier und Schmierzettel, leere Filmdosen und alte Zeitungen, genug Müll, den ich heute endlich entsorge, an einem Ort, der auf mich wirkt, als wäre er von der Welt ausgeschlossen und könne auf all diese Dinge verzichten. Ich schenke diesem Ort meinen Müll und bekomme Bauchschmerzen. Es ist ein leichter Druck im Magen, nichts, was mich beunruhigen sollte, nichts, was eine Tablette verlangt, vermutlich bin ich Kaninchenfleisch oder eine klare Suppe nicht gewöhnt. Ich überlege, was ich mir ausgesucht hätte, ein Pfeffersteak oder ein Omelette, mit Sicherheit keinen Salat, aber mich hat der Chef ja nicht gefragt. Als ich den zweiten gedeckten Tisch sah, war mein erster Gedanke, im Hotel ist ein Gast, der, genau wie ich, diesen Ort im Wald sucht, aber nicht um ihn zu fotografieren. Und dieser Gedanke weitergesponnen, zeigt Möglichkeiten auf, die meinen Chef und alle anderen Zeitungsredakteure freuen würden, so trügerisch und grässlich wie die Gesetze unserer Berichterstattung. Aber das sind Spekulationen, Herr Kurtz wird ein Sportler sein, kombiniere ich, ein Jogger oder ein Wanderer, er wird vor dem Morgengrauen aufstehen und mit dem Sport beginnen, er wird in dieser schönen Gegend laufen oder wandern wollen, deshalb der Wunsch nach leichter, gesunder Kost, eine Henkersmahlzeit sieht anders aus.

Es riecht nach verfaulten Äpfeln, ich atme tief ein und schließe die Augen. Es summt. Das Obst hat Insekten angelockt, sie schwirren um die Plastiksäcke und um meinen Kopf, sie suchen Eingänge, und ich versuche, sie mit meinen Händen zu verscheuchen. Es gelingt mir nicht, es sind zu viele, aber sie haben das Futter gefunden und konzentrieren sich nun auf den Abfall.

Die Nacht ist still, nur das Surren und Rascheln in den Tüten ist zu hören. Ich muss an den Zettel denken, *›das Insekt wird weitersummen, auch wenn du es tötest‹*, und ich muss an den Chef denken, an seine Beschreibung der Insekten, ›sie sehen mit den Instinkten, sie fliegen aus dem Bauch heraus‹, diese Worte erinnern mich an einen Soldaten, den ich auf meiner Reise als Kriegsfotograf traf, er sprach von seiner Arbeit, den Frieden zu sichern, obwohl der Krieg längst ausgebrochen war, er verwendete die gleichen Worte, er arbeite aus dem Bauch heraus, mit Instinkten, die man nicht trainieren kann. Ich erinnere mich gut daran, der Soldat sprach diese Sätze in meine Kamera, leise und unaufgeregt, als wolle er zugeben, ich weiß, was ich hier anrichte. Ich hatte damals zum ersten Mal das Gefühl, wir, die Reporter und die Soldaten, wären auf Augenhöhe.

Jemand war wieder in meinem Zimmer, er hat die Bibel in die Nachttischschublade gelegt und das Wasserglas ordentlich ins Regal gestellt. Aber es war nicht das Putzpersonal, denn mein Bett ist nicht gemacht und die Erde liegt noch immer verteilt auf dem Boden. Mein Hotelzimmer war gestern und auch heute abgeschlossen, weiß ich, aber die Schlösser sehen so alt und einfach aus, vermutlich kann jeder Taschendieb sie mit einem Dietrich öffnen — aber was sollte der Eindringling in meinem Zimmer klauen?

Ich höre es summen, bevor ich meine Augen öffne, das Summen ist nicht vor meiner Nase, es kommt auch nicht aus den Zimmerecken oder von der Fensterbank, das Insekt schwirrt nicht über mir, sondern unter mir. Das Geräusch ist unter meinem Bett, und aus dem Summen wird ein leises Rascheln. Das kann kein Insekt sein, ahne ich und halte den Atem an, der Einbrecher ist ein weiteres Mal in mein Zimmer eingebrochen, nicht um etwas zu klauen, sondern um mir aufzulauern, ich wage nicht einen Atemzug. Aber warum wartet er, ich habe geschlafen, es wäre für ihn ein Leichtes gewesen, was auch immer er vorhat. Meine Augen wollen sich nur langsam an die Dunkelheit gewöhnen, und es dauert, bis ich begreife warum. Jemand hat die Vorhänge zugezogen.

Das Rascheln hat aufgehört, und ich höre meinen eigenen Atem — ist es mein eigener Atem? Ich fasse allen Mut zusammen, springe aus dem Bett, renne zur Tür und schalte das Licht ein.

Stille.

Ich schaue vorsichtig unter das Bett, aber da ist niemand, nichts, nicht einmal eine Decke, die rascheln könnte.

Ich ziehe die Vorhänge wieder auf, der Mond scheint über den Wald, der Wind pfeift draußen unter dem Dach und die erste Baumreihe steht statisch da, als könnte der Wind ihr nichts anhaben. Vor mir auf der Fensterbank das Insekt, *du weckst mich nicht noch einmal*, sage ich und greife nach dem Wasserglas.

Ich möchte als Erster im Speisesaal sein und verlasse unausgeschlafen und unrasiert mein Zimmer, aber auf dem Tisch in der hinteren Ecke steht bereits benutztes Frühstücksgeschirr.

Ich sehe Obstreste, Müslikörner und ein halbleeres Wasserglas und denke, wer so gesund lebt, muss Sportler sein. Das Besteck ist links und rechts an den Tellerrand gelehnt, als wäre der Gast nur kurz aus dem Raum gegangen. Der Schlüssel für das Zimmer Nummer Drei und eine Karte liegen neben dem Teller, auf dem weißen Rand der Karte steht, sauber in Druckbuchstaben geschrieben ›A. KURTZ‹‹. Der Kartenausschnitt beschränkt sich auf den Wald und auf einige anliegende Felder, rote Linien kreuzen durch das Gebiet, unübersichtlich und doch miteinander vernetzt, wie ein Blutkreislauf, als folgten sie einem mir nicht verständlichen System. Ich lese die Vermerke ›Badestelle‹, ›Tanzkreis‹, ›Grenzübergang‹ und in der Mitte der Karte das Wort ›Feuerhaus‹. Ich vergleiche die beschriebenen Punkte auf der Karte mit den Bildern in meiner Erinnerung und erkenne den Badesteg und die Grenzzäune, das ›Feuerhaus‹ kann ich nicht zuordnen.

Jemand betritt hinter mir den Raum. Ich drehe mich um und sehe eine Gestalt, und auf den ersten Blick habe ich das Gefühl, die Person vor mir will mich anspringen.

Er grinst müde und fragt, *kann ich Ihnen helfen?*

Nein, ich …, ich gehe einen Schritt von seinem Tisch weg, *nein, ich habe mir nur Ihre Karte angesehen, meine Karte ist veraltet, aber Ihre …*

Meine auch, ich habe mich am ersten Tag gleich verlaufen.

Herr Kurtz blinzelt, aber es ist kein Zublinzeln, sondern ein nervöses Zucken der Augenlider.

Was suchen Sie denn?

Ich, also, ich …, stottert er, *ich, ich suche eigentlich nichts, ich habe viel über den Wald gelesen.*

Ich habe auch viel über diesen Ort gelesen, ich mustere Herrn Kurtz, ich schätze ihn auf Ende dreißig, er ist einen

Kopf kleiner als ich und hampelt vor dem Tisch herum, als wüsste er nicht, ob er sich setzen soll oder nicht.

Ein merkwürdiger Ort, sagt er und schaut aus dem Fenster, *ich bin erst den dritten Tag hier, aber ich habe das Gefühl, der Wald rückt jeden Morgen ein Stückchen näher an das Haus.*

Sie meinen, der Wald bewegt sich?

Nein, es ist alles so eng und klein hier in diesem Provinznest, mir fällt die Decke auf den Kopf, das meinte ich, er versucht zu lachen, aber es gelingt ihm nicht.

Aber zum Party machen fährt man ja nicht in dieses Kaff.

Nein, das stimmt, Herr Kurtz setzt sich und faltet seine Karte zusammen, das Zucken seiner Augen wird stärker.

Ich arbeite für eine Zeitung und soll diesen Ort fotografieren.

Interessant, ich will auch ein paar Bilder knipsen, *das Licht und die Farben in dieser Gegend sollen ja unglaublich sein,* er schiebt seinen Teller nach links, dann wieder näher zu sich heran, *und wandern möchte ich, einmal quer durch den Wald*, er dreht seinen Teller, als wolle er die Müslikörner von allen Seiten betrachten.

Dann wünsche ich Ihnen viel Spaß, ich gehe einen weiteren Schritt nach hinten, mein Blick fällt auf seine Schuhe, auf blau-weiße Turnschuhe.

Haben Sie das Feuerhaus schon gefunden?

Nein, habe ich nicht, er sieht mich an, als hätte ich ihm eine rhetorische Falle gestellt, *nein, in einigen Reiseführern taucht der Name auf, deshalb …*

In Reiseführern, ich verstehe, ich deute mit den Fingern zu meinem Platz, *ich werde mich dann auch mal meinem Frühstück widmen.*

Herr Kurtz nickt. Ich habe gehofft, er würde mir einen Platz an seinem Tisch anbieten, denn ich finde ihn interessant, ich glaube, er hat Geschichten zu erzählen, und Menschen, die Geschichten erzählen, ob sie wahr sind oder nicht, haben mich schon immer interessiert. Das, was er mir bisher erzählt hat, kann ich nicht glauben, ein Wanderer trägt keine Sportschuhe, und ein Fotograf hat seine Kamera am Mann und lässt sie nicht im Hotelzimmer liegen, mir kann er nichts vormachen, ich bin vorbereitet, die Redaktion hat mir vor meiner Reise ein umfangreiches Informationspaket zukommen lassen, bestehend aus Kopien der Polizeiakten, einigen Zeitungsartikeln und drei Reiseführern über diese Region, und nirgends bin ich auf den Begriff ›Feuerhaus‹ gestoßen.

Ich fische mit dem Löffel Rosinen aus der Milch und beobachte aus dem Augenwinkel heraus Herrn Kurtz. Er starrt aus dem Fenster, sein Kopf wackelt, es sind kleinste Bewegungen, aber ich erkenne sie, der Kopf wippt zur linken Schulter, dann zur rechten. Herr Kurtz schiebt seinen Teller von sich weg, überlegt, stellt sein Geschirr an den Rand des Tisches und steht auf. Er geht mit der Karte unter dem Arm zur Tür, ohne mich zu beachten, er bleibt vor der Schwelle stehen, wartet, dreht sich um und steuert erneut seinen Platz an, um den Teller vor seinem Stuhl und das Glas daneben zu platzieren. Er begutachtet seine Arbeit, verrückt den Salzstreuer einige Zentimeter nach links und ordnet das Besteck so an, wie es vorher lag, sein Kopf zuckt unsicher. Er lächelt mir verlegen zu und verlässt den Raum. Ich gestatte ihm einen Vorsprung von zwei Minuten.

Herr Kurtz steht fünfzig Meter vor dem Haus, mit Blickrichtung zum Wanderweg. Er hat keinen Rucksack und keine Kamera, nicht einmal eine Jacke. Ich schaue auf den Waldboden und finde seine Fußabdrücke, die größer sind, als ich vermutet habe. Eine Acht entdecke ich nicht. Herr Kurtz nähert sich dem Wanderweg, als müsse er sich anschleichen, aber kaum hat er festen Waldboden unter seinen Schuhen, erhöht er sein Tempo und verschwindet hinter den Bäumen.

Ich wähle an meinem letzten Tag nicht den Wanderweg, sondern die Landstraße in das nahe gelegene Dorf. Das Dorf besteht aus einer Straße und wenigen Häusern auf beiden Seiten. Die Straße ist in einem miserablen Zustand, überall Schlaglöcher und verrostete Gullydeckel. Der Ort sieht verlassen aus, es gibt nur wenige Anzeichen, dass hier Menschen leben, ich sehe karierte Gardinen und Topfblumen auf Fensterbänken, Haushaltsmüll in einem Metalleimer und auf den provisorischen Bordstein gespuckten Kautabak; die Straßenlaternen leuchten am helllichten Tag. Ich kenne diese Orte, die verlassen aussehen und doch bewohnt sind, die Inseln in den Krisengebieten sehen so aus, vor und nach dem Krieg, ich habe immer versucht, diesen Zustand mit meinen Bildern einzufangen. Ob meine Fotos das können, kann ich nicht sagen, ich ahne, was die Menschen aus den Bildern machen, und was sie in ihnen sehen wollen.

Ich werde dieses Kaff nicht fotografieren. Ich schlendere die Straße entlang, an Wohnhäusern und Geschäften vorbei, die Läden sind geschlossen, die meisten, wie es scheint, für immer. Ein Mann steht ein Stück weiter an der Straße, er schaut in meine Richtung und streckt dabei seinen Kopf nach vorne. Als er merkt, ich bin ein Fremder, wendet er sich ab und geht in sein Haus.

Über der Eingangstür hängt ein Schild, dessen Aufschrift ich nicht verstehe, aber die Dinge, die ich im

Schaufenster sehe, deuten auf einen Gemischtwarenhandel hin. Ich betrete den Laden und über mir klimpert ein Glockenspiel. Ich gehe weiter in den Raum hinein, der zugestellt ist mit Regalen, die bis an die Decke ragen und die nach wenigen Schritten die Töne des Glockenspiels schlucken. In den Regalen finde ich alles, Gewürze, Baumwollsocken, Waschmittel in Familienpackungen, Ersatzreißverschlüsse, Petroleum in Literflaschen, Zeltstangen und Klappspaten, dazwischen ein Zeitungsständer mit Lokalzeitschriften aus dem letzten Monat. Hinter den Regalen steht eine Gefriertruhe, ein Fach für Fleisch, ein Fach für Speiseeis und ein Fach für den Rest. An der hinteren Wand befindet sich ein Kühlschrank mit einer Glastür, durch die ich Flaschen und Kanister sehen kann, daneben der Verkaufstresen mit einer Ladenkasse aus braun lackiertem Holz. Der Kühlschrank brummt und es riecht nach klammem Zeitungspapier.

Es gibt einen weiteren Verkaufsraum, an den Wänden hängen ausgestopfte Forellen und Rehköpfe, daneben Schrotflinten und Fallen für Kaninchen oder Ratten. Im linken Teil des Raumes können sich Angler rüsten, mit Haken in allen Größen und Formen, mit Angelruten und Keschern und Reusen, es gibt lebendige Maden und Würmer und künstliche Köder in Regenbogenfarben, einige sehen aus wie Fische, täuschend echt, andere wie Fantasiegebilde. Was ich brauchen könnte, steht im Schrank daneben. Mückengift.

Hallo, kann ich Ihnen helfen?

Der Mann, der vorhin auf der Straße stand, wartet hinter mir, das Licht der Deckenlampe spiegelt sich in seiner Halbglatze.

Sie kommen aus Deutschland, oder, der Mann deutet auf den Schriftzug, der auf meine Kameratasche gestickt ist, der Name einer deutschen Zeitung.

Ich suche nichts Bestimmtes, ich möchte heute im Wald wandern, vielleicht sollte ich …, ich zeige auf eine Flasche Insektengift.

Das hilft eh nicht, der Mann winkt mit der Hand ab, *die Leute kaufen den Mist, sprühen überall herum und vergiften nicht die Insekten sondern die Luft.*

Ja, die Menschen übertreiben gerne, von einem Mückenstich stirbt man nicht.

So ist es, sagt der Verkäufer, und ich bin mir nicht sicher, ob er die Mückenstiche oder die Menschen meint.

Sie sprechen hervorragend Deutsch, lobe ich beeindruckt, denn die Sprache in diesem Land ähnelt meiner Heimatsprache in keinster Weise.

Danke, der Mann streicht über seinen Wollpullover, unter dem sich ein beachtlicher Bauch abzeichnet, *hier können alle ein wenig deutsch sprechen, die Kinder lernen es in der Schule und die Älteren können es von früher, als wir noch viele Touristen aus Deutschland hatten, außerdem kam meine Frau aus Deutschland, aber irgendwann ist sie zurückgegangen.*

Sie wollten nicht nach Deutschland?

Nein, ich bleibe hier, ich habe hier meinen Laden, er richtet eine Eisenfalle an der Wand gerade.

In dieser Region scheint es viele Jäger zu geben, ich prüfe die Gewehre, als wäre ich ein Waffenliebhaber und nicht Pazifist.

Was bleibt den Menschen hier, außer jagen und sammeln, aber für viele ist es mehr als ein Zeitvertreib.

Ich sammle auch, leidenschaftlich, aber keine Tiere, sondern Fotos.

Fotos, der Mann sieht mich ungläubig an, ich sehe in seinem Gesicht die Frage, warum, welchen Nutzen haben Fotos? Ich kenne diese Fragen und antworte jedes Mal mit einer anderen Wahrheit: *Fotos bringen gutes Geld.*

Meinetwegen, der Mann schüttelt den Kopf, *und was bringt hier Geld?*

Diese Region hat ihren Preis.

Ihren Preis, er sieht mich fragend an, aber er versteht, was ich meine.

Bilder aus dieser Gegend sind interessant, nach allem, was hier passiert ist.

Ja, hier ist einiges passiert, der Mann schlendert in den großen Verkaufsraum zurück und öffnet den Kühlschrank, *als letztes Jahr der Junge am See lag, dachte ich, Scheiße, jetzt geht es wieder los*, er steht vor dem offenen Kühlschrank und kann sich nicht entscheiden, *wir wollen diese Leute hier nicht haben.*

Wen? Die Menschen, die sich …

Alle, fällt er mir ins Wort, *alle, die Bekloppten, die meinen, sich im Wald die Kugel geben zu müssen, die Schaulustigen und die Besserwisser aus der Stadt, die sich immer neue Vorschriften ausdenken, wir, die Bewohner hier, wollen nur in Ruhe leben*, er entscheidet sich für eine Wasserflasche und schaut auf das Etikett.

Ich finde es hier ruhig, beängstigend ruhig.

Und so soll es bleiben, es gab Zeiten, in denen haben die jeden Monat einen Toten gefunden.

Aber es muss doch Erklärungen dafür geben.

Erklärungen, Erklärungen, die Leute wollen immer Erklärungen, der Mann entscheidet sich um und greift nach einer Bierflasche, *man kann nicht alles erklären, viele Kunden fragen mich, warum der Nachbar so viele Fische fängt und sie nicht, und ich antworte ihnen dann, das ist einfach Zufall oder Glück, und dann stimmen sie mir zu und sind glücklich.*

Und, ist es Glück oder Zufall?

Das kann es nicht sein, der Mann stellt seine Flasche auf der Gefriertruhe ab, *warum sind es sonst immer die gleichen, die erfolgreich sind, aber auch die Erfolgreichen sind nicht zufrieden*, der Ladenbesitzer muss sich mit dem Arm an der Truhe abstützen, *es gibt Angler, die freuen sich über ein Hundertgramm-Rotauge, und es gibt Angler, die maulen, weil der gefangene Hecht die Metergrenze um ein paar Millimeter verfehlt.*

Ich bin kein Angler, sage ich, um das Thema zu beenden, aber der Ladenbesitzer ist in seinem Element.

Wussten Sie, Aale legen Tausende von Kilometern zurück, um ihre Laichplätze zu erreichen, sie durchqueren Weltmeere und trotzdem finden sie ihr Ziel, und auf dem Weg dahin verzichten sie komplett auf ihre Nahrung, und für was? Wenn sie den Platz erreicht haben, vermehren sie sich und sterben, um die halbe Weltkugel für einmal Sex und den Tod, der Mann trinkt sein Bier und rutscht mit dem Arm von der Truhe ab, er knickt mit dem Knie ein, hält aber das Gleichgewicht und nuschelt, *Tausende Kilometer, unglaublich, dumm können die Tiere nicht sein.*

Ja, sehr intelligente Wesen, ich nicke dem Mann zu, er grinst zurück und ich bin mir sicher, dass er nicht mehr ganz nüchtern ist.

Ratten gehören zu den schlausten Tieren, sagt man, aber in meine Fallen laufen sie alle, der Mann zeigt mit beiden Händen eine Größe an, vierzig oder fünfzig Zentimeter, und ich weiß nicht, ob er die Ratten oder seine Fallen meint.

Die Viecher sehen, wie ihre Kameraden in den Käfig laufen, sie sehen das Fallbeil, und doch schnappen sie nach dem Stückchen Käse, aber intelligent sind sie, der Mann lacht, verschluckt sich und tapert hustend durch den Laden, *sie sollten mal zum Fliegenfischen gehen, das ist ein anderes Angeln,* er setzt die Flasche an seine Lippen und stürzt das Bier hinunter, *wenn die Schnüre durch die Luft zischen, dieses Geräusch, dieses herrliche Geräusch.*

Ich bin nicht zum Spaß hier, ich tippe mit dem Finger auf den Schriftzug meiner Tasche, *mein Chef braucht noch ein paar gute Fotos.*

Sie wollen einen Scheißartikel schreiben, aber was wollen Sie fotografieren, unsere hässlichen Grenzzäune?

Wozu stehen die Türme eigentlich hier, weiche ich aus, denn der Mann wird mich nicht verstehen, wenn ich ihm erkläre, ich fotografiere den Wald, um mich einem Ort im Inneren zu nähern.

Die Grenze brauchen wir nicht mehr, weder den Zaun, noch die Türme, ich hatte nie Probleme mit unseren Nachbarn, aber die aus der Stadt, die Politiker sehen das anders, auf dem Papier sind wir verfeindet, manchmal glaube ich, die Grenzsoldaten stehen noch auf ihren Türmen, nachts, wenn das Licht über den Wald scheint.

Woher kommt das Licht, ich nehme mir aus dem Kühlschrank Proviant für den Tag, rechne die Preise zusammen und gebe dem Ladenbesitzer mein Münzgeld, abgezählt und passend.

Keine Ahnung, die Soldaten sind es sicher nicht, der Mann geht hinter den Tresen und öffnet die Kasse, *die Zeiten, in denen unser Land geteilt war, sind vorbei,* er wirft die unterschiedlichen Münzen alle in ein Fach und schubst die

Kassenlade mit seinem Bauch zu. Ich verabschiede mich und bewege mich zum Ausgang.

Verlaufen Sie sich nicht, ruft der Mann mir hinterher, *Sie werden es eh nicht bekommen.*

Ich bleibe stehen und drehe mich um, *was werde ich nicht bekommen?*

Na, das Foto.

Sie wissen ja gar nicht, was ich fotografieren möchte.

Das haben Sie mir doch verraten, er schaut in mein Gesicht, *Sie wollen herausfinden, warum sich die Menschen ausgerechnet hier umbringen, aber das wird man auf keinem Ihrer Fotos sehen, man kann nicht alles erklären.*

Ja, alles kann man nicht zeigen, ich öffne die Eingangstür und denke, Bilder können mehr erzählen, als du dir in deinem Kopf ausmalen kannst, aber das brauche ich jemandem, der morgens um 7 Uhr angetrunken ist, nicht zu erklären. Ich gehe nach draußen und höre den Mann rufen, *das schaffst du nicht, das schaffst du nicht.* Aber vielleicht hat er auch etwas anderes gesagt. Ich muss niemandem etwas beweisen, stelle ich für mich klar und mache mich auf den Weg aus dem Dorf raus.

Ich biege hinter dem Ortsschild rechts ab und gehe über Felder, bis ich einen Wanderpfad erreiche. Ich folge dem Pfad nach Norden, und stoße auf die ersten Baumreihen des Waldes. Die Holzpfeile mit den eingebrannten Fußabdrücken stehen am Wegesrand, sie zeigen in den Wald hinein, obgleich ich dort keinen Weg erkennen kann. Ich schlage mich durch das Buschwerk, drei Stunden lang, drei Stunden, ohne den Wunsch nach einem Foto, ohne irgendeine Notiz zu machen — das schaffst du nicht, ob ausgesprochen oder nicht, der Satz ärgert mich, was bildet sich dieser Alkoholiker ein, meine Fotos gehen um die Welt, keine Zeitung, die sie ablehnen würde. Ich habe den Ort, der diese Selbstmorde verbindet, noch nicht gefunden, aber wie sollte ich das schaffen, so verstreut die Tatorte sind, gibt es diesen einen Ort nicht, dennoch, der Betrachter wird in meinen Fotos die Taten sehen, sie hinter den Bäumen, im Schatten der Grenztürme, auf dem See oder in der Mitte des Tanzkreises vermuten, und insbesondere im Schatten der Gestalt, die ich am ersten Tag auf dem Hügel fotografiert habe, wird jeder Betrachter seine ganz eigene Theorie bestätigt sehen. Meine Bilder spielen mit der Vorstellungskraft des Betrachters, denn ich will und kann nicht die Gründe für die Morde festhalten, aber ich kann ein Gefühl dafür vermitteln — und die entscheidende Frage bleibt: Wie nah ist dieses Gefühl an der Lösung des Rätsels?

Ich bin bewusst in das Dorf und von dort in den Wald gegangen, ich wollte mir sicher sein, heute, an meinem letzten Erkundungstag, Ecken des Waldes zu sehen, die ich an den ersten Tagen nicht gesehen habe, die mir möglicherweise einen neuen Blickwinkel auf diese Gegend liefern. Ich versuche meinen Standort auf der Landkarte zu finden. Ich bin in einem Gebiet, in dem es das Sonnenlicht schwerer hat, die Lücken im Blätterdach zu finden. Die Luft ist klarer, als wäre sie von der Außenwelt geschützt, und dem Duft, den ein Wald in unserer Vorstellung hat, näher. Und obwohl ich von den Waldgebieten, die ich bereits erkundet habe, weit entfernt bin, treffe ich auf den Wanderweg und auf die mir bekannten Fußabdrücke. Der Mann mit der Acht unter den Füßen ist fleißig, ich sehe keine Anstrengung in seinem Gang, die Schrittlänge ist gleichbleibend groß. Ich folge der

Spur, sie lenkt mich Richtung Norden, kommt vom Weg ab und führt mich tiefer in den Wald. Die Fußabdrücke führen bis an den Stamm einer Eiche, als wolle der Wanderer den Baum hochklettern. Ich schaue nach oben und begreife, der Unbekannte ist in der Tat die Eiche raufgeklettert, zehn Meter über mir sehe ich Holzbretter auf einer dicken Astgabel. Ich umrunde den Baum und suche nach Hinweisen, wie der Wanderer den Baum bezwungen hat. Ich finde keine Einkerbungen im Holz, keine Trittleiter, nichts, aber jemand muss die Bretter nach oben gebracht haben, sage ich mir und versuche, mit dem Fuß am Stamm Halt zu finden. Ich setze den linken Fuß in ein Astloch, drücke mich hoch und ziehe den rechten Fuß nach, ich umklammere mit beiden Armen den Baum und hangele mich nach oben, besser als ich erwartet habe, ich klettere leichtfüßig wie ein Kind, das nicht nach unten schaut, weil es die Möglichkeit, zu fallen und sich das Genick zu brechen, nicht sieht.

Ich liege auf den Brettern und blicke hinab auf den zurückgelegten Weg und begreife die Gefahr, der ich mich ausgesetzt habe, und die mir noch bevorsteht, beim Abstieg. Auf dem Holzboden sind, wie in dem Grenzturm, überall verstreut Äste, Blätter und Fußspuren, und zwischen den Spuren tote Insekten. Die Tiere ähneln der Mücke unter dem Glas auf der Fensterbank im Hotel, sie erinnern mich auf den ersten Blick an unsere heimischen Stechmücken, aber genau betrachtet unterscheiden sie sich, die zartgliedrigen Flügel sind doppelt so groß und die Körper sehen aus, als wären sie gedreht, als bestünden sie aus mehreren Schichten, die ineinander verwoben sind.

Ich rufe mir das Baumhaus meiner Kindheit in Erinnerung, eine mit Hingabe gezimmerte Bretterbude, ich lebte mit meinen Eltern und meinen Geschwistern in einem Vorort, in dem Baumhäuser und Höhlen für die Kinder dazugehörten. Unser Baumhaus war größer als dieser Hochsitz — oder täusche ich mich, weil ich es damals mit Kinderaugen sah? Auf jeden Fall liegt dieses Haus höher, ich kann bis zum Fluss sehen und die Dächer der Grenztürme erkennen. Ich frage mich, was wir Kinder damals in den Bäumen gespielt haben, mir fallen die Spiele nicht ein, sie waren nicht wichtig, entscheidend war das Versteck und die eigenen vier Wände. Dieses Baumhaus hat keine vier Wände, lediglich eine Wand als Windschutz, an der rote Farbpartikel haften, die Witterung hat die Farbe zerstört, aber das Rot ist erkennbar, ein kräftiges Rot wie es sich für ein ›Feuerhaus‹ gehört. Aber das Feuerhaus auf der Karte von Herrn Kurtz war in der Mitte platziert. Und befinde ich mich jetzt nicht im Nordwesten des Waldes?

Ich mache es mir bequem und breite meinen Proviant aus. Gab es in Annabells Kindertagen Baumhäuser? Sie lebte mit ihren Eltern in einer Region, die reich an Kindern, aber auch reich an Hungersnöten und Kriegen war. Als sie sieben Jahre alt war, floh sie mit ihren Eltern in den Westen. Ich bereiste als Kriegsberichterstatter Jahrzehnte später jenes Land und schoss dort das Foto meiner Karriere. Ich habe Häuser gesehen, die ebenfalls aus einer Wand bestanden, ich habe Bretterverschläge gesehen, die nicht als Schutz vor Wind sondern als Versteck vor Gewehrsalven dienten, ich habe Kinder gesehen, die mit Stoffklumpen Fußball spielten und mit Schrotflinten Patrouille liefen, aber Baumhäuser habe ich nicht gesehen.

Ich taste mich vorsichtig nach unten und springe die letzten beiden Meter. Ich suche die Fußspuren, kann aber nicht erkennen, in welche Richtung der Wanderer zurückgegangen ist. Ich gehe weiter in den Wald hinein und suche einen Weg, der mich an neuen Plätzen vorbei zum Hotel führt.

Ich treffe immer wieder auf den Wanderweg und habe das Gefühl im Kreis zu laufen, trotzdem entdecke ich hinter jeder Kurve neue Waldabschnitte. Und obwohl ich bis spät in den Abend hinein suche und zahlreiche Eindrücke bekomme, schieße ich das erste Bild an diesem Tag erst wenige Meter vor dem Hotel. Ein Motiv, das so zufällig wie bezeichnend ist, eine Chance, mit der ich nicht gerechnet habe, auf dem Haus, am Rand des Daches steht eine Gestalt, kerzengerade, wie zum Absprung bereit. Dieses Bild hat eine Symbolkraft, die ich nicht ungenutzt lassen sollte, ich greife nach meiner Kamera und drücke ab, einmal, zweimal, dreimal.

Ich nehme die Kamera von meinem Auge und stelle fest, die Gestalt ist verschwunden.

Es pocht in meinem Schädel. Ich habe Kopfschmerzen. Ich will schlafen, aber die Schmerzen werden mit dem Pochen stärker, die Schläge steigern sich mit dem Schmerz, und als ich kapiere, das Pochen und der Schmerz sind eins, zwinge ich mich, meine Augen zu öffnen. Das Erste, was ich sehe, ist das Wasserglas auf der Fensterbank. Das Insekt hat genug Luft und Kraft, um gegen die Glaswände zu fliegen. Ich beobachte die Rettungsversuche und glaube, die Ursache für das Pochen in meinem Kopf gefunden zu haben. Aber ein Insekt kann nicht so laut sein.

Ich taste mit der Hand nach meinem Wecker, meine Fingerkuppen wischen über den Fußboden und verschieben eine dicke Staubschicht. Das Zimmer hat in den letzten Wochen keine Putzfrau gesehen, und obwohl ich gelüftet habe, erinnert der Zimmergeruch an das Seniorenheim meiner Eltern. Ich schaue mich um, kann dieses Mal aber keinen Hinweis auf einen nächtlichen Einbrecher entdecken. Ich steige aus dem Bett, schlüpfe in meine Klamotten vom Vortag und stopfe die restlichen Sachen in meine Tasche, mein ungetragener Anzug ist zerknittert und der Ärmel meines Hemdes bleibt im Reißverschluss hängen. Ein letzter Blick aus dem Fenster: Die Sonne steht über dem Wald, aber die Bäume sehen aus, als hätten sie die Dunkelheit der vergangenen Nacht noch in sich. Ich nehme das umgedrehte Wasserglas hoch und gewähre dem Blutsauger seine Freiheit, aber das Insekt fliegt nicht davon. Das Tier beobachtet oder belauert mich, um sich zu rächen, mit einem gezielten Stich, für zwei Tage Freiheitsentzug. Ich schüttele diesen Gedanken aus meinem Kopf, stülpe das Glas wieder über das Tier, sicher ist sicher, und verlasse das Zimmer.

Ich möchte abreisen, ich lege den Schlüssel auf die Rezeption, *einen Tag später als geplant.*

Ich weiß, der Chef schiebt einen Briefumschlag auf den Tresen, *der ist für Sie.*

Die zusätzliche Nacht zahle ich.

Das ist nicht die Rechnung, das ist ein Brief für Sie, kam heute aus der Stadt.

Ich öffne den Umschlag und lese:

›Lieber Konrad Jagen, wir schätzen Ihre Professionalität und Ihren Wunsch, ungestört arbeiten zu können. Aber ich hoffe, Sie verstehen, dass ich in der jetzigen Situation alles versuchen musste, um Sie zu erreichen. Sie haben sicherlich Kenntnis von den gescheiterten Regierungsverhandlungen und der Eskalation in Vorderasien genommen, und Ihnen wird bewusst sein, wie sehr uns am Herzen liegt, dass Sie, und nur Sie, für uns vor Ort sind. Wir wissen, dass Sie mit dem Kapitel der Kriegsfotografie abgeschlossen haben, aber verstehen Sie uns bitte nicht falsch, wir haben keine Zeit, um einen Ersatz, der nie gleichwertig sein kann, zu finden. Sie kennen die Region. Es ist ja ein Nachbarstaat des Landes, das Ihre Arbeit berühmt gemacht hat. Ich baue auf Ihr Verständnis und bitte Sie, Ihre Arbeit, so schnell es Ihnen möglich ist, abzubrechen. Ich erwarte Sie.‹

Ich starre auf die Unterschrift, auf den vollständigen Namen, mein Chef zeichnet Anschreiben, wenn er sie überhaupt zur Kenntnis nimmt, mit seinen Titeln und mit seinem Nachnamen gegen, und nie mit Vor- und Zunamen. Sein Anliegen scheint ihm wichtig zu sein, ›wir haben keine Zeit‹, dieser Versuch, Druck auszuüben, ist eine Frechheit, Zeit ist Geld, und Geld habe ich, mehr als genug, also habe ich Zeit, mehr als genug, und ich entscheide, was ich mit meiner Zeit mache, weil ich auf keinen Job dieser Welt angewiesen bin. Ich möchte den Brief zerknüllen und lese ihn doch ein zweites Mal und verstehe, was mich an der Bitte stört, es ist das Wort ›Nachbarstaat‹, als könne ich die Seiten wechseln, wie andere ihre Unterhemden, die Fahne dort in den Wind halten, wo sie am schönsten weht, ich kenne die Region, das stimmt, ich habe die Täter und die Opfer der einen Seite fotografiert, und aus diesem Grund …, ich breche meinen Gedanken ab und lege den Brief auf den Tresen.

Ich habe mich entschieden, ich werde noch eine Nacht bleiben.

Herzlich Willkommen, der Hotelbesitzer gibt mir den Schlüssel zurück, *Herzlich Willkommen*, wiederholt er, als wäre mein Bleiben der Beginn eines Spiels.

Nur eine Übernachtung, es gibt noch Ecken im Wald, die ich fotografieren möchte.

Natürlich, der Chef grinst, *natürlich gibt es die.*

Ich nehme den Schlüssel und für eine Sekunde ziehe ich in Betracht, ein anderes, ein sauberes Zimmer zu verlangen, stattdessen verrate ich: *Gestern Nacht stand jemand auf Ihrem Dach.*

Die Aussicht ist ja auch schön, der Chef schaut auf sein Gästebuch.

Der Mann stand am Rand des Daches.

Wir haben eine Dachterrasse, wenn Sie möchten, die Tür ist immer offen.

Eine Tür ist es nicht, eher eine Dachluke, die man über eine ausziehbare Holzleiter erreicht. Aber die Aussicht ist schön, zweifelsohne, auch wenn ich diesen Dachvorbau nicht als Terrasse bezeichnen möchte, dieser Balkon ist nicht größer als mein Einzelbüro und nicht vergleichbar mit der Terrasse auf dem Dach unseres Redaktionsgebäudes, von dem man die Stadt und das Geflecht aus Straßen und Straßenlaternen bewundern kann. Der Blick von diesem Vorbau reicht bis an die Grenzzäune, aber ich kann nur vereinzelt durch das kompakte Blätterdach Wege und Grasflächen erkennen. Ich gehe bis an den Rand des Daches vor. Es gibt kein Geländer, eine Reihe aus Ziegelsteinen markiert das Ende. Ich beuge mich nach vorne, um abzuschätzen, ob ich mir einen

Sprung zutrauen würde, und ich muss einsehen, ich bin mutig, aber nicht lebensmüde. Ich hole meine Kamera aus der Tasche, auf meinem Film sind noch zwei freie Fotos, die ich sinnlos verschieße, dieser Blick auf den Wald ist ansehnlich, aber nichtssagend, bis zu dem Moment, als Herr Kurtz die Bühne betritt. Er steht auf dem Wanderweg, zwei Meter vor den ersten Bäumen, ein Bild, das mich als Fotograf lockt, es ist dieses Größenverhältnis, der Mann, klein und unterwürfig, vor dem Wald, der aus dieser Position gewaltig aussieht. Ich wechsle schnell den Film und richte den Fokus auf den Wanderweg, aber Herr Kurtz ist im Schwarz der Zwischenräume verschwunden.

Ich gehe nach unten und stelle mich vor den Wald, an den Punkt, an dem Herr Kurtz stand. Ich versuche mir den Größenunterschied verständlich zu machen, aus der Vogelperspektive sah der Unterschied übermächtig und doch auf seine Weise natürlich aus, den Gesetzen der Natur folgend, aber mit dem gradlinigen Blick auf die Bäume sind die Ausmaße für mich nicht mehr greifbar. Ich weiß nicht, wie viel ich von dem Wald bereits gesehen habe und wie viel ungesehen ist und bleibt, ich bezweifle, dass ich diesen Ort in meinen Fotos wiedererkennen werde.

Ich gehe in den Wald und bemühe mich, nicht auf den Weg zu sehen. Ich will keine Fußspuren entdecken, ich möchte mich jetzt, wo ich meine Arbeit abgeschlossen habe und mich ohne Abgabetermine auf die Wanderung begeben kann, nicht beeinflussen lassen. Ich werde meinen nun endgültig letzten Erkundungstag nutzen, um die Bilderserie für mich abzurunden, um die Eindrücke, die ich gesammelt habe, auf mich wirken zu lassen, ohne eine Kamera im

Anschlag. Die Luft ist eisigkalt für diese Jahreszeit, für diese letzten, kürzer werdenden Augusttage.

Ich befinde mich nordwestlich vom Hotel, links müsste ich auf den See treffen. Ich entscheide mich für rechts und gehe weiter in den Wald hinein. Meine Augen müssen sich an die Lichtverhältnisse gewöhnen, es gibt Waldabschnitte, die vom Sonnenlicht vernachlässigt werden, Strecken, in denen die Umrisse der Bäume in zwei Metern Entfernung vor meinen Augen verschwimmen, diese Abschnitte werden unterbrochen von Flächen, an denen die Sonne einen Weg durch das Blätterdach gefunden hat und auf den Waldboden scheint. Ich bleibe auf einer der Lichtungen stehen und schnüre meine Schuhe fester. Ich ziehe an den Bändern, binde einen doppelten Knoten und schaue auf meine Fußspuren. Es dauert einen Moment, bis ich begreife, die Abdrücke sind nicht von meinen Schuhen, sondern von klobigen Wanderstiefeln. Der Wanderer bewegte sich auf die Mitte des Waldes zu, über umgestürzte Bäume und andere Hindernisse hinweg, schnell und geschickt, wie sich jemand bewegt, der den Wald und sein Ziel kennt. Ich erreiche den Platz, an dem der Wanderer stehen blieb und auf der Stelle trat, aber das Ziel erkenne ich nicht. Die Abstände zwischen den Bäumen betragen einige Meter, und die Sonne scheint auf das Gras und auf aufgewühlte Erdhügel. Woher die Erde stammt, weiß ich nicht, erst als ich einen Fliederbusch umrunde, sehe ich einen größeren Erdhaufen und das Loch darin, der Eingang zu einem Fuchsbau. Die Erde um das Loch herum sieht stabil aus, mit tierischer Kraft komprimiert, eine Wohnung ohne Einsturzgefahr. Vor dem Bau stehen die Stiele gekappter Pilze, und überall aufgewühlte Erde und verstreute Blätter. Ich schaue in den

Eingang und stelle mir die Höhle vor, mit einem Schlafplatz, einer Vorratskammer und einem Netz aus Gängen und Löchern. Ich habe Höhlensysteme in Vorderasien fotografiert, Höhlen, mit deren Hilfe Kriege entschieden wurden. In den Untertiteln und Beschreibungen dieser Bilder stehen Begriffe wie ›moderne Kriegsführung‹ oder ›Guerillataktik‹. Und auch in den Artikeln über mein preisgekröntes Foto war häufig die Rede von ›moderner Kriegsführung‹ und von ›Guerillakämpfen‹, für mich waren diese Wörter wie Fremdkörper, Definitionen, die ich in meinem Kopf nicht mit diesem Schicksal und der Trauer, die ich gesehen habe, vereinen konnte, nicht mit der Geschichte, die dahinterstecken musste, nicht mit dieser bildhübschen Frau. Ich weiß nicht, was der Wanderer hier wollte, ich weiß nicht, ob er sich für Füchse oder Guerillas oder moderne Kriegsführung interessierte, ich weiß nur, er ist mir einen Schritt voraus, was immer wir suchen.

Die Fußspuren führen vom Fuchsbau wieder Richtung Norden. Ich verliere die Spuren auf Höhe der Badestelle und entscheide mich für eine Pause auf dem Steg. Ich halte meine Hand in das Wasser, bis die Fingerspitzen vor Kälte schmerzen. Ich streiche mit der feuchten Hand über mein Gesicht und höre die Wellen gegen die Holzpfosten schwappen. Ich stelle mir die Unruhe vor, die in diesem Augenblick in der Redaktion herrscht, der Leiter wird seine Angestellten anschreien, weil er es nicht geschafft hat, mich rechtzeitig an den Konferenztisch zu bekommen, er wird sie anbrüllen, weil ein Teil der Welt untergeht und sie auf einem weit entfernten Erdteil tatenlos rumsitzen und keine Bilder vom Untergang haben, ich höre ihn schreien und breite meine Decke und den Proviant aus. Annabell wird noch bis Ende der Woche auf Geschäftsreise sein, auf der Suche nach neuen Stoffen und Farben, sie wird nicht bemerken, dass ich meinen Aufenthalt verlängert habe. Morgen bin ich zurück in meinem warmen Wohnzimmer, die Redaktion werde ich erst übermorgen aufsuchen, frühestens, Begehrlichkeiten wecken und unterstreichen, viel zu selten habe ich diese Taktik angewandt. Ich werde erst in der nächsten Woche Bericht erstatten, und die Bilder, die ich hier gemacht habe, werde ich zunächst behalten; wenn mein Chef glaubt, mich von einem Ort zum nächsten jagen zu können, wird er sich gedulden müssen, ich bestimme den Zeitpunkt der Veröffentlichung. Der Zeitpunkt kann entscheidend sein, die bildhübsche Frau wäre nicht berühmt geworden — berühmt, ohne davon zu profitieren, vermutlich ohne davon zu wissen — wenn das Cover nicht in einer Zeit erschienen wäre, in der die westliche Welt durch die vergangenen Kriege sensibilisiert war und die kleinsten politischen und gesellschaftlichen Entwicklungen ängstlich beobachtete, in einer Zeit, in der Begriffe wie Terror und Selbstmordattentate Einzug in die alltägliche Berichterstattung gefunden haben, in einer Zeit, in der man aus der Erfahrung des eigenen Landes wusste, wie Krisen sich ausdehnen können, über die Grenzen eines Kontinents hinaus. Der Bombenanschlag in Vorderasien, der Leid und Entsetzen verursachte und dreißig Menschenleben forderte, faszinierte die Menschen, eine Faszination aus Neugier und Angst, aber noch mehr faszinierte die Menschen die Geschichte der Frau, die mit ausgestreckten Armen das Bild bestimmte, eine Geschichte, die sich jede Woche, nahezu mit jedem

Artikel änderte. Aber das, was ich in der Aufnahme sehe, finde ich nicht in den Berichten wieder, das leuchtende Grün der Dattelpalmen im Hintergrund, der wolkenlose, hellblaue, fast weiße Himmel – suggerieren die Bilder, die wir aus dieser Region täglich vorgesetzt bekommen nicht einen dunklen, oft rußbedeckten Horizont, können wir uns diese Gegend im Sonnenschein vorstellen? Wenn ich an mein Foto denke, sehe ich den Himmel und die Palmen und das Gesicht dieser Frau, die Wangen zart und verletzlich, und in den Augen eine Hilflosigkeit, die alle auf dieses Gesicht projizierten Geschichten unglaubwürdig machen – machen müssten, aber die Faszination über dieses Bild und seine Geschichten bleiben und somit mein Ruhm und die Möglichkeiten daraus. Ich trainiere oft mein Gedächtnis, indem ich versuche, alle Einzelheiten auf dem Foto aufzusagen. Das Schlachtfeld zu beschreiben, fällt mir schwer, aber ich erinnere mich, obwohl ich das Foto jahrelang nicht mehr gesehen habe, an all die anderen Dinge, an das Mauerwerk der Kirche, ein Flickenteppich aus rostroten Klinkersteinen und grauen Feldsteinen, an die Giebelfenster aus buntem Glas, und ich erinnere mich an die schwarzen Locken der Frau, an ihre braunen Augen, an einen Schmutzstreifen auf ihrer Stirn, als hätte sie sich nach erledigter Feldarbeit den Schweiß von der Stirn gewischt. Ich habe mir ausgemalt, wie ihr Leben aussehen könnte, aber ich habe sie in meiner Vorstellung nie auf einem Feld arbeiten gesehen, sie taucht in den unterschiedlichsten Gestalten auf, ich sehe sie in der Straßenbahn an mir vorbeifahren, in der Stadt musizierend und bettelnd und sogar in der Redaktion, in Gestalt unser neuen Kollegin. Aber jedes Mal muss ich feststellen, aus der Nähe verlieren alle Ähnlichkeiten zu der Person, der ich so viel zu verdanken habe, ihre Kraft.

Ich höre, wie jemand ins Wasser geht, und schrecke aus meinem Tagtraum. Ich sehe einige Meter flussaufwärts einen Angler, er steht mit seiner Wathose bis zur Hüfte im Wasser, in seiner rechten Hand eine Angelrute, die er hin und her schwingt, wodurch die Schnur, die er mit den Fingern der linken Hand führt, durch die Luft zischt. Ich schaue auf die gelbe Schnur, die zum Ende hin dünner wird, einen Köder kann ich nicht erkennen, nur einen klitzekleinen roten Punkt. Der Angler bewegt seinen rechten Arm mit gleichmäßig langen Bewegungen, elegant, wie tausendfach geübt. Er hat mich gesehen und die Schleife, die er mit der Rutenspitze in die Luft zeichnet, wird größer. Die Schnur landet wenige Meter vor mir auf dem Wasser. Der Mann schiebt seine Schirmmütze ein Stückchen nach oben, an der Mütze stecken seine Köder, künstliche Fliegen aus Federn und Fellfusseln.

Sind hier überhaupt Fische drin?

Der Mann lacht, er stoppt seine Wurftechnik und fährt mit der Hand durch seinen Vollbart, *Lachse und Meerforellen, spreche nur ein wenig deutsch.*

Führt der Fluss zum Meer?

Der Mann nickt und zieht mit einer einzigen Bewegung die Schnur zu sich und fängt mit der Hand das Ende. Er beäugt durch seine Brille, die aus zwei halbrunden Gläsern besteht, seinen Köder.

Womit angeln Sie?

Mit Eibenrot, der Mann watet zu mir, seine Gummistiefel wirbeln den Schlamm vom Gewässergrund auf und verfärben das Wasser, *hier, schau,* er zeigt auf den roten Kopf seines Köders, *wie von Eiben, giftig, sehr giftig.*

Das Fusselgebilde in seiner Hand ist nicht größer als eine Pfennigmünze, ein Insekt mit einem Körper, der so gebunden ist, dass der Köder aussieht wie die Mücke im Glas auf meiner Fensterbank.

Ich habe hier Insekten gesehen, die genauso aussehen.

Eibenrotfliegen, es gibt hier viele, sehr viele Eiben.

Fängt man hier gut?

Da viele Fische, er zeigt nach Norden, *aber hier*, er verzieht das Gesicht zu einer Grimasse, *nicht aufgeben.*

Ist das Wasser hier zu klar?

Er schüttelt schnell den Kopf.

Angeln ist eine Philosophie für sich, sage ich und deute mit dem Kopf an, dass ich weitergehe.

Es liegt am Wald.

Wie meinen Sie das, es liegt am Wald?

Fische, immer, jeden Tag, aber hier, er deutet mit einem Kopfnicken zu den Bäumen, *hier, nichts, die Bäume, die Luft will kein Biss.*

Aber warum sollte es an den Bäumen oder an der Luft liegen?

Er zuckt mit den Schultern und beginnt mit dem rechten Arm, die Schnur in der Luft zu halten, die Fliege landet auf dem Wasser, genau dort, wo ein Stein die Strömung teilt, *aber Fische da, ich sehe sie.*

Ich sehe keine Fische und konzentriere mich auf das Geräusch, das die Schnur in der Luft erzeugt, ein Zischen, als schneide man mit einer Schwertklinge durch eine Papierwand.

Der Mann zieht an der Schnur und führt die Fliege am Hindernis vorbei, *alles komisch, bin kein schlechter Angler*, er sieht mich an, fordert mit seinem Blick eine Bestätigung, *vielleicht was von den Bäumen.*

Was soll denn von dort kommen, frage ich und denke, was für ein Blödsinn, aber trotzdem gefällt mir dieser Angler und seine Geschichte, ich sollte sie mir merken, Leser mögen solche Spukgeschichten.

Der Angler nickt mir zu und geht weiter.

Ich gehe in die entgegengesetzte Richtung, drehe mich nach einigen Schritten um und bewunderte noch einmal die Wurftechnik. Ich greife nach meiner Kamera und halte diese ästhetischen Bewegungen fest. Diese Bilder werde ich meinem Chef nicht überlassen, aber mir sind diese Fotos wichtig, sie werden mich irgendwann an diese Geschichte erinnern, dann, wenn ich meinen Auftrag und diesen Wald schon lange vergessen habe.

Ich erreiche das Dorf von der gegenüberliegenden Seite. Die einzige Straße des Ortes liegt vor mir, und die Rückwände und Hinterhöfe der Häuser sehen aus wie ein stillgelegtes Fabrikgelände, erst auf den zweiten Blick erkenne ich Wäscheleinen und ein Haustiergehege.

Ich stehle mich zwischen den Häusern und Gärten zur Straße. Der Ladenbesitzer sitzt vor seinem Geschäft auf einer Holzbank und raucht.

Mein Laden hat zu, aber wenn Sie etwas brauchen …

Nein, danke, ich bin auf dem Heimweg.

Setzen Sie sich doch, der Ladenbesitzer klopft auf den Platz neben sich, *warten Sie*, er verschwindet in seinem Geschäft und kommt mit zwei Flaschen zurück, *Sie sind bestimmt durstig nach der Wanderung, Sie waren doch wandern, oder?*

Ja, ich bin den Fluss Richtung Norden gewandert.

Haben Sie ein paar Fotos gemacht?

Wenige, aber schöne, ich habe einen Fliegenfischer fotografiert, in der Nähe vom Badesteg.

Piet war das, sonst fischt da keiner mehr, und hat er etwas gefangen, er trinkt aus seiner Flasche und ich sehe, wie er in sich hinein grinst.

Nein, er hat nichts gefangen, er behauptet, dort hätte noch nie ein Fisch gebissen.

Na, das stimmt nicht, früher haben wir dort reichlich Forellen und Lachse gezogen.

Er meinte, es liege am Wald.

Am Wald, der Ladenbesitzer schaut mich an, er macht sich nicht lustig über mich, es ist etwas anderes, was ihn amüsiert.

Ich habe ihn auch nicht verstanden, es faselte etwas von Luft oder von irgendetwas anderem, was vom Wald herüberweht.

Ich habe da eine andere Theorie, er wartet und trinkt genüsslich, *also früher, vor zehn Jahren in etwa, da kamen die Leute aus allen möglichen Ländern, um dabei zu sein, wenn die Lachse in den Fluss aufsteigen, teilweise standen die Angler alle fünf Meter.*

Haben die Tiere sich weiterentwickelt, frage ich, *sind sie schlauer geworden, um nicht mehr auf eine blöde Fliege hereinzufallen?*

Das kann ich mir nicht vorstellen, er sieht mich von der Seite an, *wissen Sie, die von der Stadt sind froh, wenn keine Touristen kommen, auch und keine Angler.*

Aber die bringen doch das Geld.

Klar, aber dieses Gebiet hat schon für genug Ärger gesorgt. Die Stadt will keine Fremden.

Sie meinen, die Stadt hat dafür gesorgt, dass …

Das habe ich nicht gesagt, man muss hier ja vorsichtig sein, was man sagt, der Ladenbesitzer hält inne, *aber denkbar wäre es.*

Das wäre ein Skandal.

Halten Sie mich da raus, er sieht mich wütend an, *wenn Sie das in Ihrer Zeitung schreiben, dann …*, er nimmt einen großen Schluck, *wie gesagt, wir wollen alle nur unsere Ruhe.*

Ich habe nicht die Absicht, über Skandale zu schreiben, sage ich, ohne zu wissen, ob das eine Notlüge ist, oder nicht, *einen interessanten Köder hatte der Angler*, versuche ich das Gespräch zu lenken, *Eibenrot.*

Eibenrotfliegen, klar, damit fischt man hier, die Insektenart ist typisch für diese Gegend, ich bin mir gar nicht sicher, ob es einen anderen Ort auf der Welt gibt, wo diese Tiere leben.

Vielleicht sollte ich darüber schreiben, ich proste meinem Gesprächspartner mit einem Augenzwinkern zu, *dann kommen keine Selbstmörder, sondern Insektenforscher in Ihr Dorf.*

Er geht in sein Geschäft, um keine Minute später mit vier Bierflaschen zurückzukommen.

Wir trinken und reden über das Sportfischen, über die schönsten Fliegen der Welt, über die Natur und über das dreckigste Hotel, das ich kenne, und wir philosophieren über den Sinn des Lebens und über andere Themen, über die man philosophiert, wenn der Alkohol die Gesprächsführung übernimmt. Das Bier ist stärker als die Biere aus meiner Heimat, meine Gedanken drehen sich mit jedem Schluck schneller.

Ich weiß nicht, wie viele Flaschen wir ausgetrunken haben, irgendwann kommt der Ladenbesitzer aus seinem Geschäft und sagt, *der Kühlschrank ist leer und warmes Bier biete ich meinen Gästen nicht an, ich glaube, wir sollten den Abend beenden.*

Mein Gegenüber holt aus seiner Jackentasche eine kleine, viereckige Schachtel. Er überreicht mir den mit rotem Samt überzogenen Kasten. Als ich das Geschenk öffnen möchte, legt er seine Hand darüber, *schon die Griechen haben gesagt, es reicht aus, unter einer Eibe zu schlafen, um zu sterben, so gefährlich ist der Baum.*

Ich stecke die Schachtel ein und verabschiede mich mit einer angedeuteten Umarmung.

Ich habe das Gefühl, die Schotterpiste zum Hotel besteht ausschließlich aus faustgroßen Steinen, ich komme nach jedem zweiten Schritt ins Straucheln.

Endlich erkenne ich die Leuchtschrift, und es ist, als bräuchte das Hotel diesen Schriftzug, um sich vom mächtigen Schwarz des Waldes abzuheben, um nicht komplett darin unterzugehen und verschluckt zu werden.

Ich betrete den Eingangsbereich und entscheide mich gegen mein Bett und für die Dachterrasse. Die Luft auf dem Dach ist frisch, der Wind weht in mein Gesicht und kühlt meine Wangen, als stünde ich nicht im Schutz eines Waldes, sondern an einer Küste. Ich kann die Grenztürme ganz schwach erkennen, einige sind von den Bäumen verdeckt, aber von den anderen ragen die Dächer der Glashäuschen am Horizont hervor. Hinter einer Glasscheibe blitzt ein Licht auf. Eine Taschenlampe? Das kann nicht sein, der Lichtstrahl ist zu stark, er reicht bis tief in den Wald hinein. Derjenige, der auf dem Wachposten steht und das Licht über das Gebiet schwenkt, muss einen Lichtstrahler auf den Turm geschleppt haben, aber warum? Ich erinnere mich an die Partys, die ich früher als Jugendlicher auf dem Dorf gefeiert habe, Feste in Zelten und Scheunen, sie waren ausufernd und auf ihre Weise abenteuerlich. Die Feiern und Empfänge, an denen ich in den letzten Jahren teilnahm, waren weder ausufernd noch abenteuerlich, eher dekadent und aufgesetzt. Eine Party auf einem alten Grenzturm stelle ich mir anders und in der Tat spannend vor. Vielleicht sind es aber auch die Leute aus der Stadt, erst vergiften sie den Fluss, um die Angler zu vergraulen, und jetzt suchen sie das Gebiet ab, um sicher zu sein, dass sich keine Menschenseele im Wald befindet. Oder soll der Grenzturm, wie das Licht die Motten, Menschen oder Tiere in den Wald locken? Aber dann hätten sie diesen grässlichen Zaun abgerissen, überlege ich und erinnere mich an Aufnahmen von Grenzgebieten, an denen Flüchtlinge um ihr Leben liefen. In meinem Kopf sind zu viele Bilder und zu viele Geschichten, und ich hoffe, der Alkohol und einige Stunden Schlaf helfen mir, all dies bis zum nächsten Morgen abzuschütteln.

Ich stolpere in mein Zimmer und werfe meine Jacke über den Stuhl. Die rote Schachtel fällt heraus und landet auf dem Fußboden. Ich öffne das Kästchen, betrachte den Inhalt und obwohl ich es mir hätte denken können, bin ich über das Geschenk überrascht. Eine Eibenrotfliege. Ich lege das künstliche Insekt neben das lebendige Original, Auge an Auge, die Ähnlichkeit ist beeindruckend. Das Tier unter dem Glas hat jedoch den Überlebenskampf aufgegeben und liegt reglos auf der Fensterbank.

Ich kontrolliere die Zimmertür, öffne das Fenster einen kleinen Spalt und lege mich auf das Bett. Ich konzentriere mich auf das Glas, aber meine Augen fallen mir immer wieder zu. Und in einem kurzen Moment sieht es aus, als würden sich im Glas Lichtpunkte spiegeln. Das Scheinwerferlicht aus dem Wald, assoziiere ich sofort, aber aus dieser Entfernung kann das unmöglich sein. Ich lasse die Augen geschlossen, beginne zu träumen und höre das Summen eines Insektenschwarms. Oder das Summen einer einzelnen Mücke, leise und dumpf hinter Glas.

7:35 Uhr: Mensch und Tier sind zum Leben erwacht.

Ich fühle mich, als hätte ich zwei Tage lang geschlafen, mein Kopf ist klar und schmerzfrei, und auch das Insekt auf der Fensterbank schwirrt munter unter dem Wasserglas umher.

Du lebst ja doch noch, sage ich zu meinem Mitbewohner und tippe mit dem Finger auf das Glas. Ich habe meine Reisetasche gestern nicht ausgepackt und somit reichen mir drei Minuten und eine Handvoll Leitungswasser, um abreisebereit zu sein. Ich schaue mich um, kann aber keinen Hinweis auf einen Einbrecher erkennen. Die rote Schachtel steht auf der Fensterbank, aber der Wind muss die Fliege auf den Boden geweht haben. Ich sammle beides ein und betrachte ein letztes Mal das Insekt unter dem Glas.

Ich schlage dreimal auf die Klingel an der Rezeption, aber der Chef taucht nicht auf. In dem Fach mit meiner Zimmernummer liegen drei Zettel. Das erste Papier ist die Rechnung. Eine Endsumme, die mir lächerlich erscheint, ich runde großzügig auf und lege das Geld zusammen mit der Rechnung in das Fach zurück. Die anderen beiden Papiere sind neue Nachrichten für mich:

›Geschätzter Konrad Jagen, ich weiß, meine letzte Nachricht ist erst einen Tag alt, aber was ist ein einzelner Tag in diesen Zeiten. In diesem Augenblick werden Berge gesprengt und Raketen auf Wohnsiedlungen gerichtet. Ich musste heute seit Langem wieder das Wort »Atomrakete« lesen. Die Zeit drängt. Ich habe ein Team aus fünfzehn Leuten zusammengestellt. Ich benötige jemanden, der diese Mannschaft leitet. Und dafür kann ich mir nur Sie vorstellen. Sonntagmorgen startet der Flieger. Ich erwarte Sie. Hochachtungsvoll …‹

›Sonntagmorgen‹ ist es jetzt, und der Satz ›Ich erwarte Sie‹ klingt für mich wie ein Befehl. Ich zerknülle den Brief und werfe ihn in das Fach zurück. Die zweite Nachricht ist von Annabell:

›Mein Liebster, ich muss meine Reise verlängern. Ich sitze in Israel fest. Ich komme nicht voran. Der Großhändler meinte, ein Weltkrieg stünde vor der Tür, er bekomme keine Ware aus Ägypten und Jordanien. Ich verstehe diese Dramatik nicht. Es ist schrecklich, was passiert, aber ich habe dieses Treffen seit Monaten geplant, und egal was wir hier machen, wir werden keinen Einfluss auf die kommenden Geschehnisse haben. Somit bleibt mir nichts anderes übrig, als hier zu sitzen und zu warten. Ich werde nicht ohne neue Ware zurückkommen. Ich hoffe, du kommst mit deinen Fotos besser voran. Bis bald, …‹

Ich bin mir sicher, Annabell wird arbeiten, akribisch und gnadenlos, um der Konkurrenz immer einen Schritt voraus zu sein, Stillstand ist ihr fremd und die Gefahr eines Krieges offensichtlich auch. Ich stecke den Brief in meine Hosentasche und verlasse das Haus. Ich könnte meinen Chef informieren, dass ich nun abreise, er würde mich abholen lassen, aber ich verzichte auf einen Chauffeur und suche eine Bushaltestelle. Ich muss das Dorf durchqueren und finde erst hinter der Ortsgrenze die erste Haltestelle. Eine Haltestelle ohne Häuschen und ohne Sitzbank, aber mit einem Fahrplan, der an einen Baumstamm genagelt ist, und wenn ich den Plan richtig übersetze, gibt es lediglich eine Buslinie, die stündlich und in genau fünf Minuten diese Haltestelle anfährt.

Der Bus ist pünktlich. Es ist kein Bus, wie ich ihn aus meiner Heimatstadt kenne, nicht wie die leuchtenden Omnibusse, die an meinem Bürofenster vorbeifahren und die alle hundert Meter halten, diesem Bus sieht man die Lebensjahre und zahlreiche Reparaturen an. Er hält mit seinem klapprigen Fahrgestell vor meinen Füßen. Ich steige ein, nicke dem Fahrer höflich zu und gebe ihm einen Zehner, ohne nach dem Preis zu fragen. Ich bin der einzige Fahrgast und setze mich in die letzte Reihe. Der Bus hat nicht mehr als fünfzehn Sitzplätze, die Polster sind voller Dreck und Flicken, ich spüre bei jeder Unebenheit im Asphalt die Sprungfedern. Ich werde bei der ersten Station, die eine Großstadt vermuten lässt, aussteigen.

Ich sehe nach fünf Haltestellen nichts, was mich an eine Stadt erinnert, ich sehe Trampelpfade und Ackerland, ich sehe auf den Feldern Heuballen, Futtertröge, einige Nutztiere und einen rostigen Traktor.

Der Bus stoppt ein sechstes Mal und ein Fahrgast steigt ein. Ein älterer Mann mit Filzhut und Rucksack, seine Arme hängen nach unten, und die Finger umklammern zwei vollgestopfte Plastiktüten, die aussehen, als könnten sie jeden Moment reißen. Der Mann nickt dem Fahrer zu und nimmt, ohne zu bezahlen, drei Reihen vor mir Platz.

Er setzt sich ans Fenster und legt die Tüten auf dem Nebenplatz ab. Ich lehne mich zurück, versuche, nicht an das Hungergefühl in meinem Bauch zu denken, und zähle die Bäume, die am Busfenster vorbeiziehen, ich zähle, bis ich ein vertrautes Ortsschild erkenne. Der Bus fährt im Kreis, was sollte er auch anderes tun, als seine Runden durch diese eintönige Gegend zu drehen, ärgere ich mich, wie konnte ich glauben, diese Rostlaube bringe mich direkt zum Hauptbahnhof. Ich gehe zum Fahrer, schildere mein Problem in wenigen deutschen und englischen Worten, aber er zuckt nur mit den Schultern. Ich schaue auf meine Landkarte und beschließe, drei Stationen weiter auszusteigen, um von dort zu Fuß die nächstgrößere Stadt anzusteuern. Der Bus hält und der Mann mit den Plastiktüten steigt aus, so ungeschickt, dass die Tüten links und rechts gegen die Sitze schlagen. Ich schaue dem Mann hinterher, er verschwindet zwischen zwei Häusern, zwischen den Ferienhäusern, die ich bereits auf der Hinreise gesehen habe, kleine Holzhütten mit Schornsteinen und spitzen Dächern. Der Bus erreicht die dritte Station, und ich bleibe sitzen, noch eine Runde, ich habe genug Zeit, außerdem gefällt mir die Gegend und die Klassikmusik, die im Hintergrund aus dem Radio zu hören ist. Ich lausche den Klängen und erinnere mich an eine Fotoserie, die ich vor Jahren von einem Pianisten gemacht habe, er galt als Wunderkind, spielte in den großen Konzerthallen dieser Welt, er wurde verglichen mit Franz Liszt und Frédéric Chopin, die Presse schwärmte, er streiche mit den Fingern über die Tasten, sachte und behutsam, als entstünden die Töne schon vor jeder Berührung, und dann sei seine Spielweise wiederum extrovertiert dynamisch, als würde er in das Musikstück mit aller Gewalt einbrechen und es sich zu eigen machen, mit Leib und Seele. Diese Leidenschaft wollte ich mit meiner Kamera einfangen, und das, was ich in meinen Bildern sah, war zwar die Leidenschaft an dem, was er tat, doch da war ein weiteres Gefühl, das sich in seinem Gesicht zeigte. War es Depression oder Unmut, die Traurigkeit über einen kurzen Moment, oder der triste Überdruss der immer wiederkehrenden Monotonie? Ich habe mir die Fotos oft angesehen, nur wenige wurden veröffentlicht, und die, die nicht den Weg in die Medien fanden, sind die Bilder der Serie, die mir am besten gefallen. Wenn ich fotografiere, stelle ich nur die nötigsten Fragen, denn die Fotos reichen mir als Antwort. Es gibt Sätze, die, absichtlich oder nicht, fallen und meine Arbeit beeinflussen und oft die Kraft haben, meine Arbeit zu zerstören, rücksichtslos wie viele der Titel und Geschichten, die meinen Bilder von der Presse auferlegt werden. Ich habe den Ausnahmekünstler, nachdem die Fotoserie abgeschlossen war, gefragt, warum er noch immer um die Welt reist, um zu spielen, er sehe auf den Fotos unglücklich aus. *Wenn ich spiele, bin ich glücklich, überglücklich*, sagte er empört, er sah mich lange an und ergänzte mit leiser, nachdenklicher Stimme, *das Pianospielen ist mein Leben, die Musik ist mein Leben, das wissen alle, das sehen alle, und es ist die Wahrheit, aber wer nennt und bestimmt den Teil in unserem Leben, der uns unglücklich macht, ich kann nicht sagen, was es ist, ist es der Sinn unseres Handelns?*

Ich erinnere mich an seine Worte, als hätte ich sie soeben gehört, und ich sehe sein Gesicht, oder vielmehr die Bilder, die ich von ihm gemacht habe, als stünde er vor mir. Der Bus hat den Scheitelpunkt seiner Runde überschritten und steuert erneut das Dorf an. Die Bäume am Wegesrand sind von der Kälte und vom Wind gezeichnet. Ich habe den Pianisten damals nicht verstanden, und jetzt erscheinen mir die Worte übertrieben und wichtigtuerisch, aber ich musste, seitdem ich mich auf diese Reise vorbereitet habe, häufig an seine Antwort denken. Ich habe viele unterschiedliche Menschen fotografiert und mit allen Bildern habe ich nach einem Warum gefragt, warum sind Sie so erfolgreich, warum sind Sie das glücklichste Paar des Jahres, warum wurde Ihre Firma zu einem Weltunternehmen, warum verkaufen Sie Senfgas, wenn Sie wissen, was es anrichten kann, warum sitzen Sie in einem Sturmpanzerwagen und richten das Fadenkreuz auf ein Siedlerdorf, warum haben Sie versucht, sich das Leben zu nehmen, Ihr erfolgreiches Ausnahmeleben, warum? Ist die Frage, die ich mit meinen Fotos stellen will, nicht stets die gleiche? Und wenn es ein und dieselbe Frage ist, müsste es dann nicht auch eine einzige Antwort dafür geben … Der Bus bremst ruckartig, mein Oberkörper schießt nach vorne, ich kann mit den Armen in letzter Sekunde einen Aufprall auf den Vordersitz verhindern. Die Musik ist aus und der Wagen steht an der Haltestelle vor den Ferienhäusern. Ich sehe niemanden, der einsteigen möchte. Der Fahrer schaut in den Rückspiegel, als warte er auf ein Zeichen, ob ich aussteigen möchte oder nicht.

Ich steige aus.

Ein Kieselsteinweg führt zu den drei Ferienhäusern, die schräg voneinander versetzt, mit Blick auf Felder und den angrenzenden Wald, auf Gäste warten. Ich stehe vor der Haustür der ersten Hütte und suche einen Hinweis auf den Vermieter, ein Schild mit einer Telefonnummer oder einer Wegbeschreibung, aber ich finde nichts, auch am zweiten Haus finde ich keinen Hinweis, erst vor der dritten Eingangstür fällt mir eine Konservendose auf, und in ihr liegen drei Münzen, ein Rechnungsblock und der Haustürschlüssel. Ich zahle später, entscheide ich, und schließe die Tür auf. Das Haus besteht aus einem Raum, der Wohnzimmer und Flur in einem ist, mit Garderobe und Schuhschränken, daneben der Küchenbereich mit einem großen Esstisch, eine weiße Holztreppe führt zu einer Empore mit einer Schlafkoje. Und obwohl das Haus vermutlich für Angler, Wanderer oder andere Durchreisende gedacht ist, ist es erstaunlich gut ausgestattet, ich sehe ein Holzbord mit Tassen, Tellern und Töpfen, dazu Regale mit Handtüchern, meterweise Bücher und es gibt einen Kachelofen und einen Korb mit Holzscheiten. Ich öffne den Kühlschrank und kann wählen zwischen Wasser und Bier, zwischen Wurst und einigen Milchprodukten, das Haltbarkeitsdatum der Joghurts ist keine zwei Wochen überschritten. Ich stelle meine Reisetasche auf dem Fußboden ab, lege meine Jacke über eine Stuhllehne und betrachte die Bücherregale, es sind Ratgeber und Atlanten, diverse Romane und Bildbände, ordentlich sortiert, nicht nach Autorennamen, sondern nach Titeln. Ein Buch liegt quer, ein großformatiges Notizbuch in einem festen, schwarzen Leineneinband, auf dem Deckel ein Aufkleber mit einem Satz, dessen Bedeutung ich aus den Bestandteilen der Wörter ableiten kann und es frei übersetzen würde mit ›Album für die Gäste unserer Waldhäuser‹. Wie sinnlos, denke ich, ist ein Gästebuch, hier, in dieser Gegend, in der man die Touristen mittlerweile an einer Hand abzählen kann. Der erste Eintrag, ohne Datum und ohne Unterschrift, ist ein simples Zitat: ›Der Grund einer Reise ist die Reise.‹ Ich habe dieses Zitat oft gehört oder gelesen, stand es nicht auch unter einem meiner Fotos? Ich revidiere meine Meinung, ein Gästebuch in diesem Haus ist genial, was könnte es nicht alles über die Menschen sagen, die hier gewohnt haben, und denkt man an Gäste, die sich dieses Domizil mit Blick auf diesen besonderen Wald ausgesucht haben, wird jeder Eintrag zu einem möglichen Abschiedsbrief. Ich blättere, die meisten Seiten sind jungfräulich weiß, einige sind herausgerissen, dazwischen Gedichte, getrocknete Blätter und Bleistiftzeichnungen und Sprüche in den unterschiedlichsten Sprachen. Ich lese viel Lob und keine Kritik, alle sind dankbar, eine Unterkunft gefunden zu haben, froh, die Natur genießen zu können, ich lese nichts, was depressiv oder verzweifelt klingt, nichts, was auf eine Aufgabe, auf den letzten Tag deuten könnte, ein Gast schrieb: ›Ich komme zurück.‹

Ich gehe die schmale Treppe hoch, oben auf der Holzempore befindet sich ein Bett, ein Nachttisch und in der Dachschräge ein großes Doppelfenster. Das Bett ist gemacht, die Tagesdecke faltenlos und auf dem Kopfkissen ein Knick, wie mit der Handkante geschlagen. Die Empore hat keine Absicherung, wenn man im Schlaf aus dem Bett rollen würde, sind es wenige Zentimeter, die von einem Sturz auf den Wohnzimmertisch trennen.

Ich entdecke nicht einen Gegenstand, den ich einem Gast zuordnen würde, das Haus ist frei, ich könnte einfach bleiben.

Ich mache mir einen Kaffee, setze mich an den Tisch und verewige mich im Gästebuch, mit meinem Namen und dem heutigen Datum, mehr fällt mir nicht ein. Ich könnte schreiben, warum ich hier bin, dass ich im Auftrag einer großen, deutschen Zeitung arbeite, dass ich Fotos von dem Wald machen möchte, aber stimmt das? Ist mein Job nicht schon erledigt?

Ich gehe mit dem Kaffeebecher in der Hand zum Bücherregal und suche nach etwas Unterhaltsamen und finde eine Chronik, und wie der Zufall es wollte, ist es ein Buch mit den Geschichten und Bildern aus jenem Jahr, in dem ich meinen Durchbruch hatte. Das Buch ist nicht in meiner Sprache geschrieben, trotzdem beginne ich zu blättern und zu suchen. Mein Erfolg reichte weit über die Grenzen Deutschlands hinaus, aber ich finde nicht einen Hinweis auf das Pressefoto des Jahres. Wie kann das sein, der hoffnungslos überforderte Autor dieses Buches hat mein Foto vergessen, denn Bilder von anderen Journalisten und Künstlern, die in jenem Jahr in den Medien präsent waren, sind mit langen Textbeiträgen vertreten. Es sind Bilder von Fußballspielern und gescheiterten Innenministern, von Dorfköniginnen und von Großunternehmern abgebildet, aber nicht das Foto, das um die Welt ging. Ich blättere das Buch ein zweites Mal durch und bleibe bei einem Tierfoto hängen, ein kapitaler Hecht, der an einer Angelsehne hängt und durch ein Loch in einer Eisdecke gezogen wird. Der Fang eines Fisches ist in diesem Jahresrückblick erwähnenswert, mein Foto aber nicht, ärgere ich mich und denke an das Geschwätz des Ladenbesitzers, das Fischefangen sei kein Zufall oder Glück, aber man müsse nicht alles erklären wollen — ich möchte alles erklären, ich wollte Gerichtsfotograf werden, mit meinen Bilder etwas beweisen, das entscheidende Foto als Beweisgrundlage, und heute, nach all den Jahren als Fotograf kann ich aus Erfahrung sagen, Bilder haben eine Kraft, sie können uns die Augen öffnen, für Dinge, die wir im Alltag nicht sehen, und diese Bilder, ohne Untertitel und Verzerrungen, ermöglichen uns einen Blick auf eine andere Wahrheit. Ich gehe zum Tisch und schreibe ins Gästebuch eine Frage:

›Wer bestimmt den Teil in unserem Leben, der uns unglücklich macht?‹

Ich lese, was ich geschrieben habe und möchte es streichen. Ich will nicht weiter in das Buch schmieren und überlege, die Seite herauszureißen, dieser Eintrag passt nicht in ein Gästebuch – auch wenn die Frage in diese Gegend passt, denn wäre die Antwort auf diese Frage nicht das, was ich mit meinen Bildern suche, des Rätsels Lösung, warum sich in diesem Wald so viele Menschen das Leben nehmen? Ich unterstreiche meinen Eintrag und komme zu dem Entschluss, jeder Tag in dieser Einöde wäre zwecklos, wenn ich nicht einen Versuch starte, ein besseres Foto zu bekommen, nicht für meinen Chef, sondern für mich.

Ich kann mein Gepäck auf keinen Fall mit auf die Wanderung nehmen und stecke meine Geldbörse und die teuersten Ersatzteile für meine Kamera in den Rucksack. Ich habe ein ungutes Gefühl und schreibe einen Zettel mit dem Wort ›belegt‹ in allen mir verfügbaren Sprachen. Ich klebe den Zettel an die Haustür und nehme den Schlüssel mit. Ich gehe an den anderen Häusern vorbei und schaue in die Fenster, die Innenräume sehen unbewohnt aus, lediglich im ersten Haus liegt auf dem Esstisch eine zerknüllte Streichholzschachtel.

Ich benötige wenige Minuten, um den Wald zu erreichen. Ich durchquere den nordöstlichen Bereich, achte heute auf die Bäume und erkenne viele Eiben. Ein Feldhase springt aus seinem Erdloch und flitzt über meine Füße in das nächste

Gebüsch. Ich bleibe stehen, es ist, als wäre es das erste Tier, das ich in diesem Wald sehe, Insekten schwirren zwar umher, Ameisen krabbeln in Kolonien über den Boden und die Baumstämme hinauf, und ich habe am ersten Tag aus der Entfernung ein Rehkitz beobachten können, aber für die vielen Stunden, die ich im Wald verbracht habe, sind es erschreckend wenig Tiere, die ich zu Gesicht bekommen habe, als wäre ich so tollpatschig, dass sie mich schon von Weitem hören könnten. Ich kämpfe mich durch das Gestrüpp und erreiche den höchsten Punkt des Waldes. Ich fotografiere die Eibe, den Stamm, der sich aus dem Erdboden windet, als wachse er aus mehreren Wurzeln. Ich muss sparsam sein, in meiner Tasche befinden sich nur noch zwei unbenutzte Filmrollen. Ich mache neben dem Baum eine Pause und atme tief durch.

Sie treiben sich ja noch immer im Wald herum.

Ich schrecke hoch, Herr Kurtz steht vor mir und sieht mich freundlich an, er schaut heute wie ein Wanderer aus, mit Rucksack, Wanderstiefeln und einer Wildlederjacke mit gefüttertem Kragen.

Ich brauche eine etwas längere Auszeit, sagt er, und es sieht aus, als prüfe er seine eigenen Worte, er nuschelt, *ja, eine etwas längere Auszeit, und Sie, ich habe gehört, Sie sind abgereist?*

Ja, eigentlich wollte ich schon lange zu Hause sein, aber ich habe mich für eine Nacht in einem Ferienhaus einquartiert.

In den Häusern hinter dem Dorf, Kurtz sieht mich an, *ich will auch umziehen, das Hotel ist unerträglich dreckig, da bleibt kaum Luft zum Atmen, überall Staub und Schmutz, die Decken sind mit Milben verseucht, da holt man sich ja den Tod*, er lacht, *den Tod holt man sich.*

Das haben hier einige, sage ich und sein gestelltes Lachen bricht ab.

Das macht diesen Ort für viele Menschen interessant.

Interessieren Sie sich auch dafür, frage ich und sehe, wie Herr Kurtz beginnt, nervös mit den Armen zu schlackern.

Ich will mich damit nicht belasten, ich will ausspannen, ich brauche Abstand.

Der Stress, stimme ich zu, *der Stress in unserer Gesellschaft.*

Meine Firma ist inzwischen relativ groß, er lässt sich auf sein Hinterteil fallen, *ich muss nicht mehr arbeiten, ich muss nur die Aufträge verteilen und die Verantwortung tragen.*

Was produziert Ihre Firma denn?

Wir produzieren nicht, wir organisieren, er lehnt sich mit dem Rücken gegen den Baumstamm, *wir organisieren Feste, in erster Linie religiöse Feiern, Hochzeiten, Taufen und dergleichen.*

Eine sichere Branche, etwas zum Feiern gibt es immer, sage ich und sehe sofort die Bilder einer ganz bestimmten Hochzeitsfeier vor mir. Ich säubere mit meinem Ärmel die Öffnung meiner Wasserflasche und biete sie Herrn Kurtz an, er lehnt dankend ab.

Mittlerweile haben meine Frau und ich über ein Dutzend Angestellte, die sich um die Aufträge kümmern, das Geschäft läuft von selbst.

Dann kann man sich auch mal eine Auszeit nehmen.

Finanziell gesehen schon, er wühlt in seinem Rucksack, *die Haupteinnahmequelle sind natürlich die Beerdigungen*, er holt aus dem Rucksack seine Kameratasche und eine eigene Wasserflasche.

Aber warum brauchst du denn eine Auszeit, frage ich mich, und er scheint diese Frage in meinem Gesicht gesehen zu haben und antwortet: *Ich bin hier, um Kraft und Ideen für neue Aufgaben zu bekommen*. Er sagt diesen Satz und dreht dabei seinen Kopf von mir weg. Ich sehe, wie seine Fingerspitzen zittern.

Warum ausgerechnet hier, hake ich nach, *hier ist doch nichts.*

Mein Psychiater meinte, die unberührte Natur und die klare Luft wären gut. Und was hält Sie noch hier, reichen die Bilder, die Sie gemacht haben nicht, will Ihre Redaktion mehr?

Doch, mit Sicherheit wären die über jedes Foto von mir glücklich, aber ich lasse sie zappeln.

Sie wollen den Preis hochtreiben, verstehe, er schmunzelt.

Ich glaube, der Wald hat noch mehr zu bieten, als die Fotos, die ich bisher gemacht habe.

Wie meinen Sie das, Herr Kurtz öffnet erneut seinen Rucksack, um einen Apfel herauszukramen.

Vielen reicht ein sehr gutes Foto, mir aber nicht, ich möchte etwas anderes.

Sie wollen das perfekte Foto, Herr Kurtz poliert den Apfel mit einem Stofftaschentuch ungewöhnlich lange, er betrachtet das Obst von allen Seiten und beißt hinein.

Das perfekte Foto gibt es nicht.

Und nach was für einem Foto suchen Sie, fragt er kauend, *ich meine, hier ist, wie Sie sagen, nicht viel.*

Ich mag Rätsel, für die es keine Lösung gibt.

Er kaut und poliert die nicht angebissenen Stellen weiter, *aber ein Foto wird nicht die Lösung bringen.*

Nein, gebe ich ihm recht, auch wenn ich seine Meinung nicht teile, *wie lange bleiben Sie noch hier?*

Ich habe keinen Zeitplan, vielleicht noch zwei oder drei Tage, ich werde nicht erwartet.

Ich auch nicht, rutscht es mir heraus, aber es stimmt, Annabell ist mit sich und ihrer Mode beschäftigt, meine Freunde kennen mich und wissen, wenn ich mich nicht melde, bin ich unterwegs, und mein Chef hat nicht mehr die Zeit und die Ruhe, um noch länger auf mich zu warten.

Ich werde aufbrechen, Herr Kurtz schultert seinen Rucksack.

Wenn es Sie nicht stört, begleite ich Sie ein Stück.

Gerne, er nickt und seine Mundwinkel zucken nach unten.

Wir spazieren durch den Wald, nicht nebeneinander, weil die Wege zu schmal sind, und dort, wo sie breit genug wären, beschleunigt Herr Kurtz sein Schritttempo, so wechseln wir nur wenige Worte, bis sich unsere Wege trennen, links zum Hotel, rechts zu den Ferienhäusern. Wir verabschieden uns, und ein unbestimmtes Gefühl sagt mir, es war kein Abschied auf ewig.

Ich gehe einen großen Umweg und steuere auf die drei Ferienhäuser zu. Es ist bereits dunkel und die Häuser, farblos wie Schatten, sehen aus, als wären sie eine Mauer, die geschlossen etwas verteidigt. Am Ende der Mauer leuchtet ein kleiner, gelber Punkt. Es muss eine Lampe sein, die mir entgegen strahlt, aus dem Dachfenster des letzten Hauses, aus meinem Quartier. Habe ich das Licht übersehen, grübele ich, brannte es die ganze Zeit, ohne dass es mir aufgefallen war, denn eingeschaltet habe ich es definitiv nicht. Oder war das Haus vermietet und ich habe mich wie ein Schmarotzer dort eingenistet? Ich denke an meine Reisetasche und an den sündhaft teuren Anzug und ertaste in meiner Jackentasche den Haustürschlüssel.

Ich schließe die Haustür auf und suche vergeblich nach der Lichtquelle. Jemand muss im Haus gewesen sein, aber die Tür war abgeschlossen und ich kann nichts erkennen, was auf einen Besucher oder Bewohner hindeutet. Vielleicht hat sich der Mond im Fenster gespiegelt, beruhige ich mich, lege meine Klamotten ab und bereite den Kamin vor. Ich finde im Küchenschrank eine Flasche Whisky, ein billiges, einheimisches Produkt aus dem Dorfladen, vermute ich, und schütte einen zwei Finger großen Schluck in meinen Kaffeebecher. Ich suche das Badezimmer. Verflucht, das Haus hat nicht einmal eine Toilette, dieser Gedanke schießt durch meinen Kopf und in meine Blase, bis ich durch das Wohnzimmerfenster die Tür zu einem Holzschuppen sehe.

In dem Schuppen, der nicht größer als zwei Quadratmeter ist, befindet sich eine Kloschüssel, ein Waschbecken und als Duschersatz ein Gartenschlauch, der an die Decke montiert ist. Ich bin dem Hochprozentigen dankbar, er schenkt mir den Glauben, die Kälte des Wassers wäre erträglich, in Wirklichkeit beißt sie in mein Gesicht und brennt auf meinen Wangen, als wäre die Haut kurz davor, zu zerreißen.

Ich wage trotz der Kälte einen Kontrollgang um das Haus. Hinter dem Schuppen befindet sich, in Zweierreihen geschichtet, der Holzvorrat. Zwischen diesem und dem zweiten Haus, auf Höhe des Küchenfensters, stehen zwei leere Mülltonnen, aber daneben, direkt vor dem Fenster, erfassen meine Augen etwas. Ich bin für eine Schrecksekunde nüchtern und hellwach, das kann nicht sein, auf dem Erdboden sind feste Schuhabdrücke mit lang gezogenen Achten, die keinen Zweifel zulassen. Er beobachtet mich, er scheint mir immer einen Schritt voraus zu sein, nicht weil wir das Gleiche suchen, sondern, weil er stets einen Schritt hinter mir ist. Ich versuche, diesen Gedanken zu verdrängen, warum sollte er mir hinterherrennen, das ist Blödsinn, ich hätte ihn längst sehen müssen. Ich schaue mich um, die Häuser sind in der Dunkelheit erstarrt und der Wind streicht, wie ein kühler, fremder Atem, an meinem Gesicht vorbei. Ich gehe in das Haus zurück und schließe die Tür zweimal ab. Ich nehme meinen Kaffeebecher und die Whiskyflasche, krabble die Leiter hoch und lasse mich auf das Bett fallen. Meine Hände kribbeln noch von der Kälte und ich ziehe meine beiden Goldringe von den Fingern und lege sie neben das Bett. Ich schalte das Licht aus, mache es mir bequem und taste noch einmal nach den Ringen, um sie dichter an die Bettpfosten zu legen. Meine Finger berühren einen Gegenstand. Ein Transistorradio. Ich schalte es ein, es rauscht, und mit Geduld schaffe ich es, das Rädchen so zu stellen, dass ich einen deutschen Sender empfange. Die Stimmen sind schwach und durch das Rauschen und Piepen schwer zu verstehen. Ich schließe die Augen und filtere einzelne Satzbrocken einer Nachrichtenübertragung heraus: … Versorgungskette unterbrochen … trügerisch … am runden Tisch … Waffenruhe … einen Fluss umgeleitet … Verträge … Grenzen kontrollieren ...

Es folgt Musik, aber die gehörten Worte sind in meinen Gedanken, sie erzeugen Bilder, die ich gesehen und fotografiert habe, ich denke an Annabell und bete, dass sie dort, wo sie jetzt ist, sicher ist. Denn ich habe das, was sich jetzt auf dem anderen Ende der Welt anbahnt und sich zu wiederholen scheint, gesehen, leibhaftig und unrevidierbar, wie die Fußspuren vor dem Fenster, sie sind da und Beweis genug – Beweis für was? Es waren eindeutig die gleichen Abdrücke, die ich im Wald gesehen habe, der Wanderer war an den Orten, die ich aufgesucht habe, und ein logischer Gedanke entsteht, und mit ihm ein Gefühl, das bis in meinen Hals pocht, der Wanderer könnte in diesem Augenblick hier sein, unter mir.

Ich horche, das Holz im Kamin knistert und der Wind pfeift unter dem Dach.

Ich drehe das Radio lauter und versuche, an nichts zu denken, nicht an Wanderstiefel, nicht an leuchtende Glühbirnen, nicht an besetzte Häuser, an nichts, bis ich einschlafe.

2:30 Uhr.

Ein Knall reißt mich aus meinem Traum. Ein Schlag, als würde eine Tür zufallen.

War es wirklich die Haustür? Oder kam das Geräusch von draußen? Die Tür zum Schuppen oder einer der Fensterläden? Oder habe ich das Geräusch geträumt? Ich kann mich nicht an einen Traum erinnern und schalte das Licht ein. Die Nachttischlampe hat nicht die Kraft, um das Wohnzimmer unter mir zu beleuchten. Ich lausche, es ist still, da ist niemand, sage ich mir, ich muss geträumt haben. Ich kann mich nicht wehren, meine Augen fallen wieder zu.

3:05 Uhr.

Erneut wird mein Schlaf unterbrochen, aber dieses Mal ist es nicht ein Geräusch, sondern die Nachttischlampe, deren Strahlen auf meine Kopfhaut brennen. Ich könnte wetten, dass ich die Lampe ausgemacht habe. Ich schlage auf den Lichtschalter und höre dem Wind zu, der unter dem Dach pfeift. Aus dem Pfeifen wird ein Winseln, und aus dem Winseln wird ein Flüstern. Ein menschliches Flüstern? Der Wind flüstert mir ein Schlaflied und bevor ich diesen Gedanken fassen kann, falle ich in einen Traum zurück.

4:55 Uhr.

Das Schlaflied ist nicht nachhaltig, denn die Flüsterstimme ist zu eindringlich, zu männlich, zu sehr meine eigene, die mich auffordert, geh an die Tür, es klopft, geh, es klopft, geh endlich!

Ich öffne meine Augen und versuche, sie aufzuhalten. Der Schlaf in meinen Augen verwischt die Sicht. Ich schaue aus dem Fenster, der Tag hat die Farben der Nacht noch nicht verdrängt und der Wald sieht aus, als wäre er im Tiefschlaf, in einem schwarzen, traumlosen Schlaf. Ich ziehe mich an, gehe nach unten und versichere mich, dass die Haustür doppelt verriegelt ist. Ein Blatt klebt auf dem Glaselement der Tür und versperrt mir den Blick nach draußen. Ich öffne die Tür und sehe, es ist kein Laub und kein Müll, den der Wind an die Tür geworfen hat, es ist eine Postkarte. Ich nehme die Karte und lese:

›Darf ich Sie einladen? Haus Nummer Drei.‹

Ich sehe mich um und habe das Gefühl, derjenige, der den Brief an die Tür geklebt hat, ist noch da und wartet hinter den Büschen. Ich drehe die Postkarte in meiner Hand, das Haus Nummer Drei war gestern dunkel, überlege ich und frage mich, wann die Person dort eingezogen sein soll? Ich denke an die Fußspuren und beschließe, die Einladung anzunehmen.

Das Haus Nummer Drei ist noch immer dunkel, aber die Haustür einen Spaltbreit geöffnet.

Hallo, ich klopfe gegen den Türrahmen.

Kommen Sie rein, ruft die Stimme einer jungen Frau, die plötzlich vor mir steht. Die Stimme passt nicht zu dem Gesicht, ist mein erster Gedanke.

Ich bin Susanne Johannson.

Konrad Jagen, ich dachte, ich wäre alleine hier am Waldrand, ich habe gestern kein Licht in Ihrem Haus gesehen.

Ich sitze gerne im Dunkeln, ich habe mir nur ein paar Kerzen angezündet.

Die Frau ist über fünfzig, vermute ich, sie hat mehr graue als schwarze Haarsträhnen, tiefe Falten zieren ihre Augen und Mundwinkel. Aber würde ich nur ihre Stimme hören, ich würde sie auf Mitte dreißig schätzen.

Ich habe Kaffee gemacht, sie nimmt aus dem Küchenschrank zwei Tassen.

Ich folge ihr durch den Küchenbereich zum Esstisch, das Haus hat die identische Aufteilung wie meine Unterkunft.

Sind Sie schon lange hier?

Nein, fünf Tage, antworte ich und muss mir eingestehen, sicher bin ich mir nicht, sind es fünf oder sechs Tage, oder bin ich bereits über eine Woche in diesem Nest?

Ich bin vorgestern angekommen, eigentlich wollte ich mir ein Zimmer in diesem Hotel, das hinter dem Dorf liegt, nehmen, aber der Besitzer meinte, er könne mir kein Zimmer geben, es gibt irgendwelche neuen Auflagen, die Stadt wolle keine Touristen, oder so ähnlich, keine Ahnung.

Ich habe die ersten Nächte im Hotel geschlafen, sage ich, *der Besitzer hat auf mich auch einen komischen, aber irgendwie netten Eindruck gemacht.*

Zumindest hat er Ihnen ein Zimmer angeboten, sie lächelt mir zu, *und warum sind Sie ausgezogen?*

Ich arbeite für eine Zeitung und die Redaktion hat das Zimmer nur für drei Tage reserviert, auf der Rückfahrt habe ich die Ferienhäuser gesehen und dachte …, ich nehme den ersten Schluck aus der Tasse, *ja, warum, ich hatte einfach das Bedürfnis, hier weiter an meinen Fotos zu arbeiten.*

Sie sind also Fotograf, spannend, was möchten Sie denn in dieser Gegend fotografieren?

Den Wald, antworte ich, *den Wald oder präziser gesagt, den Ort, an dem sich seit Jahrhunderten Selbstmörder treffen.*

Die Frau sieht mich an, als hätte ich etwas Ungeheuerliches gesagt, sie nickt, *das habe ich geahnt, ich wusste, jemand, der sich hier einmietet, ist wegen …,* sie wartet und sagt, *aber dass Sie Fotograf sind, das wusste ich natürlich nicht.*

Sie machen Urlaub hier?

Urlaub, ja, könnte man meinen, ein wenig Erholung würde mir guttun, im Prinzip bin ich aus dem gleichen Grund hier, wie Sie.

Sie sind hier, um Fotos zu machen, frage ich, obwohl ich mir sicher bin, der Grund wird ein anderer sein.

Nein, ich fotografiere nicht, sie starrt in ihre Tasse, *ich verstehe das nicht, was treibt die Menschen dazu, ausgerechnet hier, ich meine, ein Selbstmord ist schon schrecklich genug, und kein Mensch versteht es*, sie blickt von ihrer Tasse auf in mein Gesicht, *möchten Sie ein paar Kekse.*

Ich verstehe es auch nicht, früher, vor hundert Jahren gab es sicherlich keine verlässlichen Aufzeichnungen, aber bis zu diesem Jahrhundert zählte man angeblich hundertzweiundzwanzig Selbstmörder, und selbst in unserem noch sehr jungen Jahrhundert gab es bereits zehn Tote, die Zahlen sind beängstigend.

Jeder einzelne Selbstmord ist beängstigend, erwidert sie, und ich höre, wie die Ruhe aus ihrer Stimme weicht.

Jeder Selbstmord hinterlässt etwas, was man nicht beschreiben kann, ihre Stimme zittert, *Worte wie Leid oder Trauer sind zu schwach dafür, sie können nicht zeigen, was die Hinterbliebenen durchmachen.*

Meine Pressekollegen würden jetzt nachhaken, mit einer einzelnen Frage ihrem Gegenüber ins Herz stechen, und auch mir fällt die entscheidende Frage als Erstes ein, aber ich verkneife mir den Hieb und stimme zu, *selbst ein Foto, was aus meiner Sicht mehr sagt als jedes Wort, ist da machtlos.*

Ja, man ist einfach machtlos, sie steht auf, geht in die Küche und kommt mit einer Flasche und zwei Wassergläsern in den Händen zurück, *möchten Sie, ich trinke eigentlich keinen Schnaps*, sie stellt die etikettlose Flasche auf den Tisch, *die Flasche hat irgendjemand hier vergessen*, sie wartet nicht auf meine Antwort und schenkt ein.

Der Wald ist zu groß, sie nippt an ihrem Glas, *ich habe den Platz auch noch nicht gefunden.*

Wer sagt, dass es einen einzigen Platz gibt, es gab zahlreiche Morde, es wird auch zahlreiche Tatorte geben.

Für mich gibt es nur einen Tatort, sie verzieht ihre Mundwinkel, als wolle sie das Wort ›Tatort‹ rückgängig machen, *ich werde weitersuchen, ich habe genug Geld in die Dose gelegt, der Vermieter kann sich nicht beschweren, selbst wenn ich einen Monat bleibe.*

Einen Monat bleibe ich bestimmt nicht hier, da hätte meine Frau etwas dagegen.

Arbeitet Ihre Frau auch als Fotografin?

Nein, Annabell arbeitet in der Modebranche.

Oh, als Model, sie sieht mich an, als glaube sie kein Wort.

Sie lässt modeln, sie ist Designerin und hat eine eigene Modelagentur und zurzeit ist sie beruflich in Asien.

Ich mag schöne Kleider und bunte Stoffe, nicht nur schwarz, sie sieht aus dem Fenster, das Haus Nummer Drei ist dem Wald am nächsten, der Mond scheint hell und ermöglicht eine eindrucksvolle Sicht auf dichte Baumreihen.

Ich arbeite auch mit Farben, mit den Farben der Blumen, ich bin Blumenhändlerin, sie zieht ihre Augenlider ein Stück zusammen, als fixiere ihr Blick etwas, *haben Sie auch manchmal das Gefühl, die Farben in diesem Wald sind dunkler als in unseren Wäldern?*

Der Wald hat ein interessantes Farbspektrum, ich hoffe, man wird das auf meinen Fotos sehen, antworte ich, wobei, ich bin von meinen Bildern überzeugt, meine Bilder werden alle Facetten des Waldes zeigen.

Wo werde ich die Bilder denn bewundern können, sie flüstert meinen Namen, *Jagen, Konrad Jagen.*

Ich bin mir sicher, dass sie meinen Namen nicht kennt, die Leute merken sich die Bilder und die Geschichten, aber nicht die Namen der Fotografen.

Ich habe vor vielen Jahren das Pressefoto des Jahres geschossen.

Was war auf dem Foto zu sehen?

Es war eine Kriegsfotografie, antworte ich.

Ein Kriegsfoto, wiederholt sie leise, die Falten um ihre Augen werden tiefer, ihr Blick zeigt eine Frage: Warum macht man Fotos von etwas so Schrecklichem?

Ich kann mich an kein Kriegsfoto erinnern, ein Lächeln huscht über ihr Gesicht, *nur an dieses bekannte Bild von der Hochzeitsbraut.*

Sie war nicht die Braut!

Das stand doch überall, haben Sie das Foto geschossen?

Ja, und glauben Sie nicht alles, was in den Zeitungen steht.

Ich weiß nicht, ob die Genugtuung, dass Sie mein Foto

kennt, überwiegt, oder der Missmut, dass es wieder falsch verstanden wurde.

Aber die Frau trug doch ein Brautkleid.

Einen gehäkelten, rot-braun gestreiften Wollumhang würde ich nicht als Hochzeitskleid bezeichnen, ich trinke den Rest Schnaps aus meinem Glas, *für die Klatschblätter musste es die Braut sein, das klingt spektakulärer, und wenn man es oft genug schreibt, glauben die Leute es und dann sieht ein Stofffetzen auch wie ein elegantes Kleid aus.*

Wahrscheinlich, Leser lieben diesen Kitsch, ich auch, sie wartet, als suche sie nach einem passenden Vergleich, *aber für die Menschen hinter diesen Geschichten sind diese Lügen fatal.*

Ich stimme ihr zu, *ich habe keine Ahnung, was aus der Frau geworden ist, etliche Reporter waren dort, um diese Frau zu suchen, sie wollten alle diese Geschichte weiterausschlachten, aber gefunden haben sie sie nicht.*

Aber den Bombenanschlag hat sie überlebt, fragt Frau Johannson, und ich merke, wie unangenehm ihr diese Frage ist, aber ich sehe auch, dass sie diese Geschichte interessiert.

Es gab keine zweite Bombe an jenem Tag, wie einige Zeitungen behauptet haben, ich trinke einen Schluck Kaffee, langsam, um meine Gedanken zu sortieren, *ich habe das Foto gemacht, ein Zufall, dass ich in jenem Moment dort war, die Menschen stürmten auf den Platz, um die Verwundeten zu retten, überall waren Schreie, man wusste nicht mehr, welche Schreie von den Opfern und welche von den Helfern kamen, ich stand mittendrin, die Luft war sandig, ich konnte kaum geradeaus schauen, …*

Und die Frau war verschwunden?

Für einen kurzen Moment wäge ich ab, ob ich ja sage und die Geschichte an diesem Punkt enden lasse, der Geschichte und mir diesen endgültigen Abschluss gönne, um Fragen, die ich nicht beantworten kann und will, zu vermeiden.

Nein, sage ich dann doch, *wir standen uns gegenüber und niemand war in der Lage, zu reagieren, um uns herum die schreiende Menge, und wir standen da.*

Machtlos, Sie waren machtlos, sie lächelt mir zu und kratzt sich mit dem Zeigefinger in ihrer Frisur, die eigentlich keine Frisur ist, vielmehr ein zusammengebundenes wirres Durcheinander, *haben Sie mit ihr sprechen können*?

Ich spreche kein Arabisch, antworte ich und weiß, wie lächerlich diese Ausrede ist, in dieser Situation des Krieges kann es eigentlich keine Sprache geben, die man nicht versteht.

Darf ich Sie fragen, warum Sie diesen besagten Ort hier im Wald suchen?

Ich stelle diese Frage, obgleich ich weiß, die Antwort geht mich nichts an, weder als Gast noch als Journalist, und nach einer unerträglich strapazierten Pause kommt die Antwort, die mich trifft.

Jan, mein Sohn, hat sich im Wald das Leben genommen.

Das tut mir leid, ich wusste nicht, dass …

Schon gut, das können Sie nicht wissen, sie sieht mich an, als müsse nicht ich sie trösten, sondern sie mich, aber ich sehe in ihren Augen wie verletzlich sie ist, ich würde sie gerne fotografieren. Sie ist bemüht, ihre Tränen zu unterdrücken, und ergänzt, *es ist jetzt ein Jahr her, dass er* …, sie schüttet den Rest von dem Schnaps in ihre Kaffeetasse, *ich hätte viel eher hier sein müssen, ich habe mir das ganze Jahr über Tausende von Fragen gestellt und erst letzte Woche habe ich es kapiert, ich hätte den Brief früher finden können, finden müssen, es war offensichtlich, und all die*

Monate …, sie rührt noch immer in ihrer Tasse, eine Träne rinnt über ihre Wange, *was ist ein Jahr, was ist Zeit in so einer Situation, die vergangenen Sekunden mit ihm sind nicht mit Gold aufzuwiegen, aber jede danach vergeudete Sekunde hängt wie Blei an meinem Körper, und jetzt sitze ich hier, ich müsste in den Wald, das bin ich ihm schuldig, das bin ich mir schuldig.*

Was kann ich Tröstendes sagen, jedes Wort würde die Wunde vergrößern, denke ich, aber ich kann es nicht lassen und verrate, *ich glaube, ich habe den Platz gefunden, wo der Pavillon stand.*

Das ist nicht der Ort, sie schluckt, *er hat sich nicht im Pavillon umgebracht, so stand es in der Zeitung, aber …*, sie versucht, zu grinsen, *Sie wissen ja, man soll nicht alles glauben, was in den Zeitungen steht, trotzdem habe ich den Pavillon gestern gesucht, vergeblich.*

Der wurde abgerissen, aber die Umrisse, wo er gestanden hat, sind noch zu erkennen.

Und liegt man dort über dem Meer und dem Himmel am nächsten?

Man hat einen guten Blick auf den See.

Auf den See, sie schüttelt den Kopf, *ich werde heute nicht in den Wald gehen, es ist mir alles zu dunkel.*

Der Wald ist riesig, ich würde Ihnen gerne helfen.

Sie sieht mich an und zuckt mit den Schultern. Ich verstehe diese Geste und schweige.

Ich werde verfolgt, erzähle ich, um nicht schweigend dazusitzen, *egal wo ich mich im Wald befinde, der Wanderer war schon da, es sind die immer gleichen Abdrücke von großen Wanderstiefeln, die ich vorfinde, und gestern Abend habe ich die Abdrücke vor meinem Küchenfenster entdeckt.*

Ich habe gestern Abend jemanden gesehen, der um ihr Haus geschlichen ist, verrät sie.

Ich habe gestern gegen zehn Uhr einen Kontrollgang um das Haus gemacht.

Um zehn Uhr habe ich versucht, zu schlafen, das muss früher gewesen sein, gegen sieben oder acht Uhr, und der Mann, sie schaut aus dem Fenster und überlegt, *ich glaube, es war ein Mann, er war kleiner als Sie, er ging langsam, den Oberkörper leicht nach vorne gebeugt, er stand lange vor Ihrer Haustür, ich habe mir gedacht, es wäre der Vermieter, der sich das Geld holt.*

Vermutlich war es wirklich der Vermieter, gebe ich zu und denke, den werde ich noch kennenlernen, denn Geld werde ich vorerst nicht in die Dose werfen.

Aber warum sollte der Vermieter Sie bis in den Wald hinein verfolgen?

Genau genommen, verfolge ich ihn, ich peile ein Ziel im Wald an, und einige Meter davor treffe ich auf seine Fußspuren.

Dann sucht er wohl das Gleiche wie wir.

Das Wort ›wir‹ gefällt mir, aus ihrem Mund klingt es wie eine Geste der Freundschaft.

Ich finde es unheimlich, sie deutet mit dem Kopf zum Wald, *wir sind hier vom nächsten Dorf abgeschnitten, und wenn ich mir vorstelle, ein Fremder schleicht abends um die Häuser und beobachtet uns, dann …*, sie überlegt, *ich hatte gleich in der ersten Nacht das Gefühl, beobachtet zu werden, ich kann es nicht genau beschreiben, es war, als wären zwischen den Bäumen Augenpaare, die mich beobachten,* ihr Blick geht wieder aus dem Fenster, die dunkelgrüne Wand steht reglos da, *liegt es an den Grenztürmen?*

Ich habe nicht den Eindruck, dass die Türme noch genutzt werden, ich stehe auf und gehe zum Fenster, im Vorbeigehen werfe ich einen Blick auf das Bücherregal und erkenne einige Titel — befinden sich in jedem Haus die gleichen Bücher?

Ich habe gehört, die Jugendlichen aus dem Dorf feiern dort ihre Partys, ich betrachte die Ackerlandschaft vor dem Haus.

Das Licht schien bis in mein Schlafzimmer.

Vielleicht soll das Licht die Angler und Touristen abschrecken, ich schaue auf meine Armbanduhr, *ich glaube, ich werde rübergehen, wir werden uns sicher noch öfter über den Weg laufen*, ich ziehe meine Jacke an, *und wenn Sie irgendwie Hilfe brauchen …*

Das ist nett, ich würde mich freuen, wenn wir uns wiedersehen.

Ich gehe in mein Ferienhaus zurück, packe meine Tasche und suche noch einmal die Fußspuren vor dem Küchenfenster. Die Spuren führen einige Meter von dem Haus weg, verlieren sich aber dann, und von dort könnte der Fremde könnte überallhin gegangen sein, in den Wald oder zur Landstraße. Mir bleibt nichts anderes übrig, als ziellos in den Wald zu gehen. Wo soll ich meine Suche fortsetzen? Die Befürchtung entsteht, dass die Orte, die ich bisher fotografiert habe, so verräterisch und mehrdeutig sie auf meinen Fotos erscheinen sollen, im Grunde wahllos sind, einzig das Bild, das ich auf dem Berg von dem Fremden gemacht habe, wird für Aufsehen sorgen. Ich muss gestehen, Susanne Johannsons Schicksalsschlag ist grauenvoll, aber die Suche, die sie vorantreibt und am Leben hält, hat ihren Reiz.

›Über dem Meer und dem Himmel am nächsten.‹

Ich spreche die Worte in meinem Kopf nach, wie gerne würde ich einen Blick in den Abschiedsbrief werfen, aber wenn ich zwischen den Zeilen die Wegbeschreibung lesen könnte, wenn ich sogar den Ort finde und ihn aus allen Winkeln belichte, bin ich dann meinem Ziel näher? Als ich Annabells Familie sagte, ich gehe als Kriegsfotograf in das Land, aus dem sie vertrieben worden waren, meinte mein Schwiegervater, *mach keine Fotos vom Krieg, bitte, mach Fotos von meinem Land und von den Menschen dort, aber nicht vom Krieg*. Ich weiß bis heute nicht, ob ich ihn enttäuscht habe.

Wen ich enttäuschen würde, wenn ich heute abreise, kann ich nicht sagen, mit hoher Wahrscheinlichkeit nur mich selbst. Ich gehe weiter, lasse mich vom Wald und seinen Schatten schlucken, die ersten Meter sind, wie jeden Tag, ein Stolpern und Vorwärtstasten, aber meine Augen gewöhnen sich immer schneller an das zaghafte Licht, die schwarzen Umrisse der Bäume werden zu Wegbereitern. Ich folge dem Wanderweg Richtung Norden, biege rechts in das Gehölz ab, schlage mich durch mir unvertrautes Terrain und überlege, wo bin ich dem Meer am nächsten, wie weit bin ich von der Stelle, wo der Fluss ins offene Meer mündet, entfernt, aber bin ich dort auch dem Himmel nah? Dieser Spruch, von einem Verzweifelten in seinen letzten Atemzügen geschrieben, ist albern, sage ich mir, er bringt mich nicht näher an des Rätsels Lösung. Der Platz, der in diesem Waldgebiet dem Himmel am nächsten ist, müsste zugleich der höchste Punkt sein, und dort war ich bereits zweimal. Ich beschließe, ihn ein drittes Mal aufzusuchen.

Diese Aussicht, die ich nach Stunden erreiche, beschert mir einen Blick auf meinen Verfolger. Ich kann durch die Lücken im Blätterdach einen Mann erkennen, der parallel zum Fluss durch den Wald läuft. Die Gestalt wird vom Geäst verdeckt, um einige Meter weiter wieder aufzutauchen. Ich kann aus dieser Entfernung nicht erkennen, wer diese Person ist, es könnte Herr Kurtz sein, aber die leicht nach vorne gebeugte Haltung passt auch auf die Beschreibung des Mannes, der vor meinem Küchenfenster gestanden ist. Ist es der Wanderer, der mich gesehen hat und nun auf dem Weg zu meiner Unterkunft ist, hat er auf diesen Augenblick gewartet, um in Ruhe mein Ferienhaus zu durchstöbern?

Es beginnt zu regnen, und ich gehe drei Schritte zurück, unter den Schutz der Eibe und halte den Fremden mit meiner Kamera im Visier. Der Regen wird stärker, trommelt auf die dichten Nadeln und bahnt sich seinen Weg, und durch den Sucher meiner Kamera sieht es aus, als würden die Schatten der Bäume mit dem Regen zerlaufen und zu einem dunklen Ganzen werden. Ich glaube für einen Moment, den Fremden verloren zu haben. Aber dann sehe ich ihn zwischen den Bäumen, er steuert auf den Wanderweg zu, dort angekommen wählt er die erste Abbiegung nach links. Er bewegt sich von den Ferienhäusern weg, sein Ziel wird das Dorf sein, vermute ich und mache mich ebenfalls auf den direkten Weg dorthin.

Ich stehe auf der menschenleeren Straße, die durch das Dorf führt, und schwitze aus allen Poren. Ich bin vom Wald hierher gelaufen und diese Rennerei erscheint mir nun dumm und naiv, ich habe geglaubt, ich würde auf den Mann mit den Wanderstiefeln treffen, ihn stellen und fragen können, warum er mir hinterherspioniert. Ich gehe in den Laden und wühle in den Obstkörben.

Hallo Konrad, Joe klopft mir auf die Schulter.

Ich wusste nicht, dass ich mich mit ihm duze, ich sollte aufmerksamer sein, wenn ich mit Fremden abends auf dem Bürgersteig sitze und Alkohol trinke, denke ich und sage, *Hallo Joe, schön dich zu sehen.*

Die gelben Äpfel sind lecker, die wachsen hinter den Zäunen, Joe zwinkert mir zu, *die Äpfel aus Nachbars Garten schmecken ja bekanntlich immer am besten.*

Ich habe es eh nie verstanden, warum Menschen einen Zaun durch ihr eigenes Land ziehen, ich packe drei Äpfel in eine Papiertüte.

Joe sortiert aus dem Apfelkorb einige Birnen heraus, *am Anfang hieß es, unsere Nachbarn wollen den Wald abroden und ihre Siedlungen ausweiten, um näher am Fluss zu sein, früher war das Wasser extrem wichtig, doch das Waldstück gehört uns, zumindest behaupten das die Zuständigen aus der Stadt, unsere Nachbarn sehen das natürlich anders*, Joe poliert die Birnen mit seinem Hemdsärmel und wirft sie in den Korb zurück, *zum Glück sind es nur wenige, mit den meisten komme ich gut aus, auch als der Zaun noch aktiv war, wir hatten unsere Schlupflöcher und haben uns regelmäßig zum Angeln getroffen, damals, als die Lachse noch gebissen haben.*

Vielleicht sollte ich auch mal angeln gehen, ich bummle durch den Laden, *ich brauche etwas für mein Abendessen*, sage ich eher zu mir als zu Joe und nehme mir Brot und Marmelade und eine Dose mit Bohnen.

Schmeckt dir die Hotelküche nicht?

Ich habe mich in eines der Ferienhäuser eingemietet, antworte ich und erweitere mein Essen um Speck und Würstchen.

Ich überlege, wie viel Platz in meinem Rucksack ist und nehme mir fünf Bierflaschen aus dem Kühlschrank. Was für eine erbärmliche Tagesmahlzeit. Ich gehe zur Kasse und sehe hinter dem Tresen ein Telefon.

Darf ich dein Telefon benutzen?

Klar, aber die Leitungen sind schlecht, versuch dein Glück.

Ich wähle meine eigene Nummer, es knistert und rauscht und zwischen dem Rauschen und dem Knistern rattert die Wählscheibe.

Freizeichen.

Ich lasse sechs- oder siebenmal klingeln und lege auf, Annabell ist noch nicht zurück, was mich nicht verwundert. Ich wühle in meinem Rucksack nach einem Zettel mit der Telefonnummer, die Annabell mir aufgeschrieben hat, für Notfälle, irgendeine Modeagentur in Israel.

Hallo, ich verstehe Sie ganz schlecht, ist meine Frau Annabell Jagen bei Ihnen im Hause?

Ich höre, wie jemand am anderen Ende der Leitung aufgeregt redet, aber ich verstehe kein Wort. Die Verbindung bricht ab. Ich wähle erneut und nach zwei Freizeichen nimmt Annabell ab.

Schön deine Stimme zu hören, antworte ich, obwohl ich auch sie kaum verstehen kann.

Konrad … ja … wo … zurück … zu Hause … bist du … Deutschland?

Ich bin noch unterwegs, habe meinen Job verlängert.

Es dauert … dauert … abgeschnitten … Wochen … zwei Wochen.

Du bist noch zwei Wochen in Israel?

Tage … Tage … unglaublich hier … Chaos … Stoffe fehlen … keine Ware … Chaos …

Rede langsam, ich verstehe dich nicht.

Was … die Leitung …

Ich versuche es morgen noch einmal. Pass auf dich auf.

Ja … Kuss …

Ich drehe mich mit dem Hörer in der Hand um und suche Joe. Da er mich nicht belauschen wollte, hat er sich anstandshalber draußen auf seine Bank gesetzt, obwohl ein weiterer Kunde im Laden ist. Herr Kurtz steht im Nebenraum und betrachtet ein Jagdgewehr. Die Schrotflinte hängt an der Wand, der Lauf ist zur Decke gerichtet und das Preisschild baumelt am Schulterstück. Herr Kurtz wackelt mit dem Kopf, als wolle er das Gewehr aus allen Winkeln mustern, seine Finger bewegen sich aufgeregt. Ich muss an die Fingerübungen von Klavierspielern denken und versuche mir Herrn Kurtz mit einer Schusswaffe in der Hand vorzustellen, ein Bild, das mir, da ich genug Wahnsinnige im Krieg gesehen habe, Angst macht. Herr Kurtz wackelt und zuckt und greift nach der Waffe. Er dreht die Flinte mit beiden Händen. Ich schaue auf seine Schuhe, Wanderstiefel, an deren Sohlen feuchter Waldboden klebt, eine Acht kann ich auf die Schnelle nicht erkennen.

Wollen Sie auf die Jagd gehen?

Nein, ich …, er dreht sich erschrocken um, *nein, ich gehe nicht auf die Jagd, ich hatte noch nie ein Gewehr in der Hand.*

Für einen Anfänger ist das auch nicht geeignet, ruft Joe hinter mir.

Ich will es auch nicht kaufen, Herr Kurtz legt das Gewehr vorsichtig in die Wandhalterung zurück.

Sie sollten zunächst mit dem Angel beginnen, Joe zwängt sich zwischen mir und der Wand durch, *ich habe hier ein preiswertes Einsteigermodell*, Joe nimmt eine Steckangel, verbindet die beiden Teile und fuchtel damit in der Luft herum.

Das habe ich schon einmal versucht, mit einigen Geschäftspartnern, Herr Kurtz beäugt skeptisch die Zweimeterrute, *wir sind mit dem eigenen Boot rausgefahren, die Ausrüstung war hochwertig, ich habe sogar einen Fisch gefangen, einen Dorsch, fast zehn Pfund schwer*, Herr Kurtz mustert Joes Demonstration der Federungsqualitäten der Rute, *das war ein toller Tag auf See, aber das ist nichts für mich*, Herr Kurtz beginnt, desinteressiert in einer Kiste mit Plastikfischen zu wühlen, *ich stehe mir da selbst im Weg.*

Ich stehe mir selbst im Weg, wiederholt Joe und sieht Herrn Kurtz fragend an.

Das Telefon klingelt.

Ich komme gleich, Joe nickt entschuldigend zu Herrn Kurtz und verschwindet in den Verkaufsraum.

Ich glaube, wenn ich an meinem ersten Angeltag so viel Erfolg hätte, mich würde der Ehrgeiz packen, vielleicht wäre aus Ihnen ein erfolgreicher Sportfischer geworden, ich schaue zu dem Regal mit den Jagdtrophäen und den Pokalen.

Etwas Ähnliches haben meine Freunde auch gesagt und ich habe mich auch wahnsinnig über den Fisch gefreut, aber …, Herr Kurtz begutachtet einen flachen Metallfisch, an dessen Ende sich spitze Drillinge befinden, *ich habe keine Ahnung, das Angeln würde mich vermutlich nicht zufrieden machen.*

Ich höre Joe im Hintergrund reden und frage Herrn Kurtz, *macht Ihr Job Sie denn zufrieden*?

Herr Kurtz sieht mich an, als wäre diese Frage eine Falle, *also, doch, zufrieden bin ich mit meiner Arbeit, sie bringt gutes Geld, aber glücklich, ich weiß nicht, ich kenne ihre Bilder aus der Presse, macht Ihre Arbeit Sie glücklich?*

Ich liebe das Fotografieren, ich kann sagen, ich habe mein Hobby zum Beruf gemacht, antworte ich, obgleich ich ahne, dass es nicht die Antwort ist, die er hören wollte.

Fotos aus Kriegsgebieten, Herr Kurtz spielt noch immer mit dem Metallfisch und drückt eine Spitze des Drillings gegen den Zeigefinger, *okay, Sie haben die höchste Wertschätzung für Ihre Bilder bekommen, aber ist dann nicht auch der Reiz weg?*

Ich habe immer den Ehrgeiz ein besseres Foto zu machen, ich sehe, wie Herr Kurtz die Drillingsspitze tiefer drückt, bis die Haut nachgibt und sich ein Tropfen Blut am Finger bildet.

Ja, Ziele sind wichtig, Herr Kurtz legt den Köder zurück in die Kiste und steckt die Hände in die Jackentaschen, *ja, Ziele, und der Sinn von dem, was man tut.*

Und, haben Sie sich entschieden, Joe steht hinter mir, *ich glaube, Konrad würde auch gerne mal fischen gehen.*

Ich denke, ich bin ausgelastet, sage ich, *ich muss meine Sachen noch bezahlen.*

Joe und ich gehen zur Kasse und noch bevor ich mein Kleingeld sortiert habe, verschwindet Herr Kurtz durch die Eingangstür.

Komischer Vogel, grinst Joe und gibt mir das Wechselgeld.

Ich gehe zurück zu den Ferienhäusern und schaue, ob alles in Ordnung ist, und entdecke weder Fußspuren noch Einladungskarten. Ich stelle einen Topf mit Bohnen und Speck auf den Herd und bereite den Kamin vor.

Die Luft ist kalt aber angenehm, möchten Sie mit mir ein Gläschen Wein trinken, Susanne Johannson steht auf der Terrasse, hält eine Flasche Weißwein hoch und deutet auf eine Holzbank, die vor dem Schuppen steht.

Waren Sie heute erfolgreich im Wald?

Wenn ich ehrlich bin, ich habe nicht ein vernünftiges Foto gemacht, allerdings habe ich jemanden durch den Wald laufen gesehen, vielleicht war es der Wanderer …

… der Sie noch immer verfolgt, sie prostet mir zu.

Ich konnte sehen, wie er aus dem Wald ins Dorf marschierte, ich bin ebenfalls ins Dorf gegangen, habe ihn aber aus den Augen verloren, ich koste den Wein, *ich habe nur einen Gast aus dem Hotel in Joes Laden getroffen.*

Als ich mich im Hotel nach einem Zimmer erkundigt habe, sagt sie, *habe ich einen Gast gesehen, dunkelblond, ungefähr Ihre Größe, mit einem grünen Mantel.*

Ja, das muss Herr Kurtz gewesen sein.

Der Typ hat mich nicht beachtet, der stand einfach da und hat in die Luft geguckt und dann hat er sich von einer Sekunde zur anderen umgedreht und ist verschwunden.

Ich habe ihn gestern im Wald getroffen — oder war es vorgestern, überlege ich und füge hinzu, *ein erfolgreicher Unternehmer.*

Mein Sohn war auch erfolgreich, sie blickt auf ihr Glas und dreht es, bis ein Tropfen über den Rand schwappt, *er hatte alles, zumindest habe ich das immer geglaubt*, sie wischt mit dem Finger den Tropfen vom Glas, *er galt als eines der größten Basketballtalente, er hat mit neunzehn Jahren in der Bundesliga gespielt, es war sein Traum*, sie schaut an mir vorbei.

Im schummrigen Licht der Abendsonne sieht sie jünger aus, denke ich, die Falten in ihrem Gesicht sind nicht mehr die Falten eines anstrengenden Lebens, sondern die einer nachdenklichen, schönen Frau.

Er hat sich den Traum von der Profikarriere erfüllt, sagt sie leise, *aber glücklich war er nicht*, sie stockt und ergänzt mit noch leiserer Stimme, *er war unglücklich, warum hätte er sich sonst …*, sie sieht mich mit einem herausfordernden Blick an, *und Sie, Sie haben ja auch eine tolle Karriere hingelegt.*

Ja, ich kann mich nicht beklagen.

Sie würden also alles in Ihrem Leben genauso wieder machen?

Ja, keine Ahnung, ich bin glücklich verheiratet, habe meine Leidenschaft zum Beruf gemacht, ja, ich würde das meiste noch einmal machen, vielleicht würde ich nicht noch einmal als Fotograf in ein Krisengebiet ziehen.

Vielleicht, sicher sind Sie sich nicht?

Ich würde sicher nicht noch einmal das Risiko eingehen.

Aber dann hätten Sie nicht diese Frau kennengelernt, sie blickt mich an, *Sie haben sie seitdem nicht wiedergesehen,* fragt sie mich heute zum zweiten Mal.

Nein, ich habe sie nicht wiedergetroffen, gebe ich zu, *aber ich habe oft das Gefühl, ihr plötzlich gegenüberzustehen.*

Weil sie noch immer häufig abgedruckt wird, auch nach all den Jahren noch, vermutet Frau Johannson.

Nein, es sind reale Begegnungen, die mich irritieren, ich sehe Menschen in der Stadt oder in der Straßenbahn und glaube für einen Moment die Frau wiederzuerkennen, ich suche nach einem Beispiel und mir fallen etliche Begegnungen ein, aber ich sage, *ihr Gesicht wird von der Presse noch gerne verwendet, und wenn ich einen dieser Abdrucke sehe, ist es ein seltsames Gefühl*, ich warte, wäge ab, ob ich meinen Satz beenden soll, und sage, *es ist ein Gefühl, als wären zwischen dem Foto und dem Heute nicht so viele Jahre vergangen.*

Das verstehe ich, wenn ich mir vorstelle, dass ich bereits ein Jahr lang nach dem Warum frage, sie lächelt müde.

Ich nehme einen Schluck Wein, und bevor ich mich nicht mehr an meine Freundschaftsbekundungen erinnern kann, mache ich den ersten Schritt, *und wenn wir schon ein gemeinsames Ziel haben, könnten wir uns eigentlich auch duzen, ich bin Konrad.*

Sie lächelt und sagt, *gerne, sehr gerne.*

Ich gehe in die Küche, die Bohnen dampfen auf dem Herd und riechen verbrannt. Ich rette, was zu retten ist, und gehe mit zwei Suppentellern und einem Laib Brot nach draußen, *ich kann dir nichts Besonderes anbieten, aber immerhin ist es warm.*

Glaubst du, wir finden den Ort?

Wir haben ihn gefunden, antworte ich, *er liegt vor uns, der Wald ist der Ort.*

Mein Sohn hatte ein Ziel, einen bestimmten Platz, ob der im Wald oder irgendwo anders liegt, weiß ich nicht, aber es gibt ihn, da bin ich mir sicher.

Vermutlich hatte jeder seinen eigenen Ort, den er ansteuern musste, deshalb gibt es viele unterschiedliche Angaben in den Zeitungen und in den Polizeiakten, sage ich, *in einer Polizeiakte war ein bestimmt dreißig Jahre alter Abschiedsbrief abgeheftet, und in diesem Brief wurde gewünscht, dass der Ort, wo man ihn, den Schreiber, findet, ungenannt bleiben soll, und in einem anderen Brief hieß es, ›Man wird mich nie finden‹ – und man hat ihn nicht gefunden.*

Siehst du.

Aber es wurden ja auch viele Leichen gefunden.

Von wem wurden die Leichen gefunden, fragt Susanne.

Von den Waldarbeitern oder von den Bauern.

Und wenn die, genau wie der Chef vom Hotel, Anweisungen von der Stadt bekommen haben, wenn die vermeiden wollen, dass noch mehr Menschen kommen, sie nimmt die Weinflasche und schenkt nach, *und viele, die sich für diesen letzten Schritt entschieden haben, konnten in ihrer Verzweiflung den Ort sicher nicht finden.*

Der Ort lebt vom Mythos.

Mythos hört sich nach einer Lügengeschichte an, erwidert Susanne, *nach einer Story, die sich die Medien ausgedacht haben, aber die Morde waren echt.*

Ich habe viel über diesen Ort gelesen, fast alles war falsch und übertrieben, ich bin auf etliche Lösungsversuche gestoßen, aber keiner schien mir plausibel, sage ich und sehe, wie Susanne versucht, nicht zu weinen.

Jan erwähnte in seinem letzten Brief, er wolle einen Ort finden, der ihm Kraft gibt, den Sinn und dieses Licht zu finden.

In den Aufzeichnungen und Berichten, die ich mir angesehen habe, tauchen ähnliche Formulierungen auf — hatte dein Sohn Liebeskummer oder Feinde oder andere Sorgen?

Nein, ich glaube nicht, Susanne wischt sich Tränen aus dem Gesicht, *wenn er Kummer hatte, kam er zu mir, wir hatten ein offenes Mutter-Sohn-Verhältnis, so wie man sich das wünscht,* sie dreht ihr verweintes Gesicht von mir weg und starrt auf den Wald.

Wir sitzen minutenlang schweigend nebeneinander und beobachten den Wald. Wir sehen den Wind an den Eiben und Fichten vorbeiziehen, es sieht aus, als würden die Äste leicht nach hinten in das Innere des Waldes gedrückt werden. Es kommt mir vor, als wären erst Sekunden vergangen, als Susanne das Schweigen bricht, mit einer Frage, die für mich simpel und logisch und gleichzeitig fremd ist:

Wird der Krieg uns erwischen?

Ich brauche einen Augenblick, um die Frage zu verstehen – ist es der Krieg in Vorderasien, den sie meint?

Ich befürchte, wir werden den Krieg sehr nah zu spüren bekommen, sage ich, *aber ich hoffe, er wird uns nicht packen, ich denke, wir sind weit genug entfernt.*

Ich habe heute im Radio gehört, dass in der Nähe von Isfahan die ersten Bomben auf zivile Einrichtungen gefallen sind.

Ich habe zu viele Fotos vom Krieg gemacht, wenn ich die Augen schließe, sehe ich, was diese Nachrichten bedeuten, ich achte auf die Geräusche um mich herum, es ist nur beinahe still.

Gehst du morgen wieder in den Wald, um Fotos zu machen?

Ja, ich werde die noch verbleibenden Tage intensiv nutzen, sobald Annabell zurück ist, werde ich heimfahren.

Darf ich dich morgen begleiten, vier Augen sehen mehr als zwei.

Ich nicke, vielleicht hat sie recht.

Ich bin müde, sie steht auf und leert den Rest der Flasche auf den Boden, *ich werde ins Bett gehen, wir sehen uns morgen früh*, sie steht vor mir und wartet, als überlege sie, ob sie mich zum Abschied umarmen soll.

Bis morgen, sage ich, mit den Händen in den Taschen.

Bis morgen.

Ich schließe die Terrassentür und nehme mir aus dem Regal einige Bücher. Ich setze mich auf das Bett und sichte den Stapel, eine Novelle in der Landessprache, ein Gartenratgeber und ein Notizbuch. Das Notizbuch ist unbeschrieben und ein Bleistift klemmt zwischen den Seiten und dem Einband. Ich schreibe auf das erste Blatt das heutige Datum. Ich lege mich hin und das Zimmer beginnt sich zu drehen, ich notiere:

›Zu viel Alkohol!

Ziele für die nächsten Tage festhalten. Ist es ein Ziel oder der Sinn, den ich suche?

Ich duze Frau Johannson. Ich werde ihre Geschichte nicht nutzen, sie nicht verkaufen.‹

Ich lege das Buch auf meiner Bettdecke ab und sehe durch das Fenster einen Lichtkegel, der von einem der Grenztürme ausgeht und über den Wald gleitet. Ich denke an Susannes Worte, suche in den Briefen und Akten, die ich vor meiner Reise gelesen habe und an die ich mich bruchstückhaft erinnere, nach Parallelen. Ich schließe die Augen und sortiere die Sätze und Wörter, die mit zittriger Hand geschriebenen Briefe, die in Druckbuchstaben verfassten Todesmitteilungen, die Gedichte und Lebensgeschichten in mühevoller Schreibschrift, all diese Lebenszeichen fliegen durch meinen Kopf, und meine Erinnerungen und der Wein wirbeln sie durcheinander: ›Lasst es wie einen Unfall aussehen‹, ›Ich liebe euch‹, ›Zürnet mir nicht‹, ›Niemand hatte einen Namen für meine Krankheit‹, ›Ich habe genug von dem, was man Welt nennt‹.

Diese letzte Erinnerung — ich glaube, der Satz stammt aus einem Abschiedsbrief, der an einen Baumstamm genagelt war — hält mich für einige Sekunden, versucht eine Frage zu formulieren, die ich nicht verstehe, noch nicht, ich brauche Zeit und kein Licht und schlafe nachdenklich ein.

›Gibt es einen Ort, der von der Welt abgekapselt ist? Was nennen wir Welt? Was nennt ein Selbstmörder noch Welt?

Einen Tag noch, dann reise ich ab. Endlich zurück. In die eigenen vier Wände.‹

Ich kann meine eigene Schrift kaum lesen, ich war gestern angetrunkener, als ich dachte, denn meine letzten Einträge in das Notizbuch sind mir neu.

Ich ziehe mich an und gehe für eine Dusche in den Schuppen. Das Wasser ist eisig, als würde es aus einem tiefen Gebirgsbrunnen gepumpt. Ich halte meine Hand unter den Strahl, der aus dem Gartenschlauch plätschert, dann meinen Arm und dann traue ich mich und stelle mich ganz darunter. Das Wasser läuft über mein Gesicht und über meinen Rücken, kurz glaube ich, die Kälte würde meinen Körper lähmen und den Blutkreislauf stoppen. Ich halte die Luft an, für einen schönen Moment, meine nassen Haare fallen wie ein Vorhang über meine Augen.

Ich gehe zurück ins Haus und stelle mich dicht vor den Kamin, die Glut hat noch Kraft, um mich und eine Kanne Wasser aufzuwärmen. Ich mache mir einen Kräutertee, schaue aus dem Fenster und sehe eine Kerze im letzten Haus leuchten. Susanne wartet auf mich, aber ich beschließe, erst Joe in seinem Laden aufzusuchen.

Guten Morgen, mein Freund, Joe steht vor seinem Geschäft und raucht, *wie geht es dir?*

Mir geht es immer gut, sage ich und verschweige den Alkohol, der noch in meinem Kopf arbeitet.

Der verwirrte Vogel war gestern nochmal hier.

Herr Kurtz?

Keine Ahnung, wie der Typ heißt, Joe verdreht die Augen, *er hat sich wieder in den Laden reingeschlichen, ich war kurz hinten im Lager und als ich wiederkam, stand er plötzlich vor mir.*

Wollte er sich doch eine Angel kaufen?

Nein, er wollte das Gewehr, Joe geht in sein Geschäft und gibt mir ein Zeichen, ihm zu folgen.

Ich habe ihn gefragt, ob er doch auf die Jagd gehen will, Joe sieht mich an, als wolle er prüfen, ob ich mehr weiß als er.

Ich kann mir Herrn Kurtz nicht als Jäger vorstellen.

Er will nicht auf die Jagd gehen, Joe nimmt meine Papiertüte, die ich mitgebracht habe, und legt unaufgefordert drei Äpfel hinein, *er wolle das Gewehr für seine eigene Sicherheit haben, schließlich wandere er jeden Tag allein*, Joe legt einen vierten Apfel in die Tüte, *du wolltest doch Äpfel, oder?*

Eigentlich wollte ich noch einmal dein Telefon benutzen.

Kein Problem.

Ich wähle die Nummer der israelischen Agentur. Besetzt. Ich wähle die Nummer von meinem Chef, obwohl ich mich nicht bei ihm melden wollte, aber er kann wissen, ich war nicht tatenlos und habe genug Material. Es knistert und seine Vorzimmerdame meldet sich.

Hallo, hier ist Konrad Jagen, ich möchte den Redaktionsleiter sprechen.

Der ist zurzeit leider nicht zu sprechen, erklärt sie in einem schnippischen Ton, der mir verdeutlichen soll, wie unwissend ich bin.

Wann ist er denn für seinen besten Fotografen wieder zu sprechen?

Sie müssen wissen, sagt die Dame, *in der jetzigen außenpolitischen Situation ist eine Terminvergabe nicht möglich.*

Was heißt, nicht möglich, schreie ich.

Der Redaktionsleiter hat alle Projekte bis auf Weiteres zurückgestellt.

Mit Sicherheit nicht mein Projekt!

Die Berichterstattung aus Vorderasien genießt Vorrang, erwidert die Frau betont ruhig und sachlich.

Ich bin mir sicher, Ihr Vorgesetzter wird das anders sehen.

Soll ich ihm etwas ausrichten?

Sagen Sie ihm, Herr Jagen hat angerufen!

Ich lege auf und wähle erneut die Nummer der Agentur.

Hallo Schatz, kannst du mich verstehen?

Ja, heute verstehe ich dich etwas besser, geht es dir gut?

Es ist die Hölle, die flippen alle aus, die glauben, dass der Krieg uns bald erreicht.

Was hält dich da noch, fahr zurück, bitte ich Annabell, aber sie antwortet sofort, *nein, auf keinen Fall, ich ziehe das durch, in den Nachrichten heißt es, dass Israel sicher ist, noch.*

Ich höre hier keine Nachrichten, ich drehe mich um und schaue auf den selbst gebauten Zeitungsständer, *und die Tagespresse, die hier im Ort verkauft wird, ist zwei Wochen alt.*

Der Krieg im Nachbarland hat begonnen und die amerikanischen Truppen haben sich bereits positioniert.

Ich habe gehört, zivile Einrichtungen wurden getroffen.

Mein Vater …

Es rauscht, Annabell spricht weiter, aber ich habe Probleme, sie zu verstehen, *rede lauter, ich verstehe dich nicht*.

Am Boden … traurig … Nachbardorf … am Boden … zerstört … ich …

Ich verstehe dich nicht, das Nachbardorf wurde zerstört?

Ja … der Großhändler … keine Ahnung … drei … vielleicht …

Die Verbindung ist tot.

Ich weiß nicht, ob es an meinem Telefon liegt, Joe sieht in mein verdutztes Gesicht, *oder ob die Kabel defekt sind.*

Es ist ein Wunder, dass überhaupt Leitungen bis in dieses Kaff gelegt wurden, denke ich, *die Leitung musste auch einen langen Weg zurücklegen, bis nach Israel …*

Israel?

Ich sehe, wie er innerlich rechnet — was kostet ein Telefonat nach Israel, eine Unsumme.

Der Krieg in Vorderasien hat begonnen, aber diese Feststellung scheint Joe nicht zu interessieren, er rechnet noch.

Vielleicht wollte Herr Kurtz sich für den Krieg rüsten, reagiert Joe dann doch.

Wie viele Patronen hat er denn gekauft, kann er das Land verteidigen?

Er hat gar keine Munition gekauft, Joe überlegt, *nur das Paket Billighülsen, das bei meinen Gewehren immer dabei ist, fünf Schuss.*

Damit gewinnt man keinen Krieg, ich schlendere an den Regalen vorbei und entscheide mich auch heute für Bohnen mit Speck.

Wir sind zum Glück weit entfernt vom Krisengebiet, aber die Vergangenheit hat gelehrt, ich nehme eine zweite Packung Speck aus dem Regal, *dass sicher geglaubte Entfernungen im Bombenzeitalter nichts mehr wert sind.*

Wir haben unsere eigenen Probleme, Joe winkt mit dem Arm ab, *außerdem tun wir niemandem etwas und haben auch keine Ölfelder oder Ähnliches*, er öffnet für mich den Kühlschrank, *wir sind also für jede Kriegspartei uninteressant.*

Ich hoffe, du hast recht, ich entscheide mich für alkoholfreie Getränke und entdecke in einem Regal eine Auswahl an Wanderstiefel, *eigentlich brauche ich dringend vernünftige Schuhe.*

Joe mustert meine Füße und gibt mir ein Paar Wanderstiefel, *hier, die könnten passen.*

Ich schaue auf die dicke Sohle und erkenne eine lang gezogene Acht, *was ist das für eine Marke?*

Die Schuhe mit dem Unendlichkeitszeichen, die laut Hersteller unendlich halten, Joe lacht, *für mich sieht das Zeichen eher wie der Lauf einer Schrotflinte aus.*

Verkaufst du die oft?

Nein, die Einheimischen tragen ihre Schuhe, bis sie auseinanderfallen, ich glaube, vor zwei oder drei Jahren habe ich zuletzt ein Paar verkauft.

Mir passen sie, ich nehme sie, ich lege Joe ausreichend Geld auf den Tresen, *der Rest ist für die Telefonate.*

Joe nickt, lächelt und wirft das Geld ungezählt in seine Kasse.

Susanne wartet vor dem Haus, neben ihr ein voll gestopfter Rucksack.

Schön, dich zu sehen, ruft sie mit einem Lächeln, *ich möchte heute die Zeit nutzen, bis es dunkel wird*, sie zeigt auf den Rucksack und zieht den Reißverschluss ihrer Winterjacke bis unter das Kinn. Wir marschieren los. Ich gehe voran und steuere den Pavillon an und sie folgt mir, ohne zu fragen. Als ich den See zwischen den Bäumen erkenne, kommen mir Zweifel, soll ich ihr den Platz zeigen, mit den Fußspuren, die aussahen wie nach einem rituellen Tanz?

Wir bleiben einige Meter vor dem Pavillonplatz stehen.

Hier soll es passiert sein, Susanne geht mit unsicheren Schritten vorwärts, *das kann nicht sein*, sie weint und starrt auf die Fußspuren. Ich lege meine Hand auf ihre Schulter.

Das sind nicht seine Fußspuren.

Natürlich sind das nicht über ein Jahr alte Spuren, denke ich und sage, *nein, bestimmt nicht.*

Warum haben die Leute behauptet, man hätte ihn hier gefunden, Susanne wischt mit einem Taschentuch über ihr Gesicht, *in seinem Abschiedsbrief stand nichts von einem See, er schrieb …,* sie schluckt, geht einige Schritte zurück, *er schrieb, der Ort wäre ›im Kern den Waldes‹, und hier,* sie schaut von dem Hügel hinunter über den See, *wir sind hier eher am Rand des Waldes und nicht in der Mitte.*

›Im Kern des Waldes‹, spreche ich innerlich nach und versuche, diese Formulierung in meinem Gedächtnis wiederzufinden. In einigen Protokollen haben Bauern aus der Umgebung den Fundort der Leichen mit Bezeichnungen wie ›im Zentrum‹ oder ›im Herzen des Waldes‹ beschrieben. Aber im Zusammenhang mit welchen Morden fielen diese Äußerungen? Und entscheidender: Wo wurden die Leichen damals gefunden?

Susanne schreitet den Pavillonplatz ab, den Kopf suchend nach unten gerichtet, *die Fußspuren sind zu klein, Jans Füße waren groß, ich habe ihm seine letzten Sportschuhe gekauft, in Größe 48, hohe, weiße Basketballschuhe.*

›Auf Höhe des Bootstegs‹, fällt mir wieder ein, hatte ein Landarbeiter vor Jahrzehnten auf die Frage, wo er die Leiche gefunden hatte, geantwortet.

Glänzend weiße Turnschuhe, Susanne umkreist den Platz ein drittes Mal, *es hat Wochen gedauert, bis Jan beigesetzt werden konnte, allein die Überfahrt, schrecklich, ich kann mich nicht an die Beerdigung erinnern, es ist, als wäre ich körperlich dort gewesen, aber nicht mit dem Geist, nicht aufnahmefähig für den letzten Abschied.*

Bist du sicher, dass wir den Ort wirklich suchen sollten?

Aus diesem Grund bin ich hier, sie sieht mich empört an, *und ich werde erst abreisen, wenn ich den Ort gefunden habe.*

Ich weiß von Interviews, in denen vom Zentrum des Waldes die Rede war, vor Jahrzehnten wurde dort ein Selbstmörder gefunden, ich kann den Ort finden, behaupte ich, obwohl ich bereits am ersten Tag vergeblich das Zentrum gesucht habe. Ich schäme mich, denn in meiner Stimme klang eine Begeisterung mit, als freute ich mich auf ein großes Abenteuer.

Auf was warten wir, Susanne nickt mir zu, *ich möchte nicht noch mehr Zeit verlieren.*

Wir gehen am Fluss entlang Richtung Badestelle. Es sind mehrere Kilometer, vermute ich, und ich habe Mühe, den schnellsten Weg zu finden, ich muss die eingeschlagenen Pfade ständig korrigieren, bis wir endlich den Steg erreichen.

Susanne blickt über die Wiese zum Fluss, *da bekommt man Lust, einfach loszulaufen und ins Wasser zu springen.*

Das Wasser ist viel zu kalt, ich könnte mich nicht überwinden, gestehe ich und denke an meine Dusche heute Morgen.

Susanne geht auf die Holzplanken und schaut auf die Strömung. Ich spiele mit der Möglichkeit, die Kamera aus meinem Rucksack zu holen, um das Bild von dieser Frau festzuhalten, das Bild von einer Trauernden, die so dicht am Rand steht, dass ich befürchte, sie könnte augenblicklich das Gleichgewicht verlieren, unabsichtlich oder aus freiem Willen. Aber mir ist klar, sie wird nicht springen, es wird nicht das Foto einer Leichtsinnigen, die kopfüber ins Wasser hechtet, und auf keinen Fall wird es das Foto einer Verzweifelten, die sich für den letzten Schritt entscheidet. Dennoch wäre es ein Foto, das meinem Chef gefallen würde, denn mit der Vorgeschichte dieser Frau kann man erahnen, oder man glaubt es zu erahnen, was ihr mit dem Blick auf den Fluss durch den Kopf geht: Der Fluss fließt und verwischt Spuren, sofern es sie gab, aber auf dem Grund des Flusses könnten die Hinweise überdauert haben.

Ich gehe einige Schritte nach vorne und schaue in ihr Gesicht. Ihr Blick ist abwesend auf den Fluss gerichtet. Schließt sie die Möglichkeit aus, dass ihr Sohn ins Wasser gegangen ist, oder ist es das, was alle Hinweise vereint? Mir fallen Gemälde von Caspar David Friedrich ein, die den Himmel näher erscheinen lassen, indem die Farben des Mondes auf der Wasseroberfläche glitzern, dass man glaubt, es sei kein Spiegelbild, sondern der Himmelskörper tauche tief vom Grund an die Oberfläche. Und sind es nicht die Taucher, die von atemberaubenden Farben schwärmen? Ist das der Sinn und dieses Licht, von dem Jan schrieb? Ich wage nicht, Susanne meine Überlegungen mitzuteilen, aber als könnte sie meine Gedanken lesen, murmelt sie, *wir sind noch weit von unserem Ziel entfernt*. Sie sagt es mit einer Überzeugung und Selbstverständlichkeit, dass ich meine Gedanken beiseiteschiebe und schweige.

Wir gehen tiefer in den Wald hinein. Ich versuche, geradeaus zu laufen, damit wir den Punkt, der im Zentrum des Waldes und auf Höhe der Badestelle liegt, nicht verfehlen. Aber ich werde unsicher, alles sieht gleich aus. Ich lasse mir meine Unsicherheit nicht anmerken und gehe zügig weiter.

Wir sollten mal eine Pause machen, ich fasse an meine linke Wade, die mit jeder Bewegung stärker zwickt, *wenn wir wirklich geradeaus gelaufen sind, dann müssten wir irgendwann die Grenztürme erreichen.*

Wir suchen uns eine geeignete Fläche und breiten eine Decke aus.

Nur ein wenig Kraft tanken, flüstert Susanne und schließt die Augen.

Sie sieht schön aus, denke ich, für ihr Alter, ist sie jünger als ich? Haben nur die Sorgen und die Trauer das Alter in ihr Gesicht gezeichnet?

Hast du dir diesen Job hier selbst ausgesucht, fragt sie, ohne die Augen zu öffnen, *oder hat dein Chef dich einfach ausgewählt?*

Das Thema hat mich nicht gereizt, gebe ich zu, obwohl ich mir nicht sicher bin, ob es der Wahrheit entspricht, *einen Reiz für mich hatte die Tatsache, dass viele Kollegen an diesem Vorhaben gescheitert sind.*

Du meinst, sie sind ohne Fotos zurückgekommen?

Fotos bringen sie alle mit, ich muss schmunzeln und denke an Stachmann und Meier, *der eine ist von der Bildfläche verschwunden, ich glaube, er lebt irgendwo im Süden und schreibt unter Pseudonym für die Regionalpresse, seine Fotos aus dem Wald wurden nie veröffentlicht, und der andere,* ich halte inne, *Stachmann, ja, was ist aus Stachmann geworden, schwer zu sagen, seit seinem Job hier habe ich ihn nicht mehr in der Redaktion gesehen, meine Kollegen meinten, er sei verrückt geworden.*

Wie, verrückt, Susanne öffnet die Augen und sieht mich an.

Na, wie die Kollegen so lästern, die übertreiben alle gerne, vielleicht wollte der Chef ihn loswerden, weil er keine brauchbaren Bilder aus dem Wald mitgebracht hat.

Glaubst du das wirklich?

Ich habe Stachmann Monate später im Stadtpark gesehen, er saß auf einer Parkbank und hat die Vögel gefüttert, ich sehe diese jämmerliche Gestalt deutlich vor mir, *ich wollte ihn ansprechen, aber dann sah ich, wie er begann, zu reden, mit den Vögeln oder mit sich selbst, er hat gemeckert und gejammert und schließlich geweint, um zwei Sekunden später mit der Hand nach den Tieren zu schlagen, ich habe ihn seitdem nie wieder gesehen.*

Susanne nickt, *vielleicht hat der Wald tatsächlich auf ihn eingewirkt, wie lange war dieser Stachmann denn hier?*

Unser Chef sieht in der Regel zwei bis drei Tage für einen Job in dieser Größenordnung vor, es ist einige Jahre her, aber ich kann mich an die Konferenz erinnern, einen Tag später ist Stachmann bereits abgereist, das weiß ich noch, aber ich kann mich nicht daran erinnern, wann er zurückgekommen ist.

Susanne schließt wieder ihre Augen und atmet tief ein, *ja, wir vergessen schnell, ich habe fast alle Spiele von Jan gesehen, ich habe kein Heimspiel verpasst und doch sind viele Bilder weg*, sie legt die Hände auf ihr Gesicht, *er war ein so eleganter Spieler, es hatte etwas Atemberaubendes, wenn er in der Luft den Ball im Korb versenkte*, sie stockt, *wenn er spielte, sah er glücklich aus, wenn er Punkte gemacht hat, hat er sich vom Publikum feiern lassen und seine Augen leuchteten, ich werde das nie vergessen*, Tränen laufen über ihre Wangen und in ihrem Gesicht sehe ich die Anstrengung, die sie für die folgenden Worte aufbringen muss.

Es war der erste Bundesligatitel, den seine Mannschaft geholt hat, auf dem Foto hält er den Pokal in die Luft und schreit etwas vor Freude heraus, ich weiß nicht, was er geschrien hat, aber diese Geste und diese Entschlossenheit und dieses Glücksgefühl in seinem Gesicht zeigten allen, wir haben alles richtig gemacht, wir sind auf dem richtigen Weg, ich bin auf dem richtigen Weg, sie öffnet ihre verweinten Augen, *aber er war auf dem falschen Weg und ich habe es nicht gesehen.*

Niemand kann es sehen.

Ich war seine Mutter, erst jetzt nach seinem Tod begreife ich, was ich ohne ihn bin, ich …, sie verscheucht mit dem Arm ein Insekt, das vor ihrer Nase schwirrt.

Das Insekt flüchtet, aber das Summen in meinem Ohr bleibt.

Wir sollten weitergehen, bevor es zu dunkel wird.

Wir kämpfen uns durch das Gebüsch und bewegen uns nach Nordosten.

Wenn wir den Weg hier einschlagen, sage ich, *müssten wir den Grenzzaun erreichen, von dort kommen wir auf den Wanderweg.*

Wir erreichen den Grenzzaun nicht. Stattdessen wird das Blätterdach über uns dichter und dunkler und es wird zunehmend schwieriger, den Waldboden vor unseren Füßen zu erkennen.

Ein Lichtstrahl erhellt für eine Sekunde die Baumkronen über uns.

Jemand ist auf den Grenztürmen, schreit Susanne.

Das Licht kam von dort, ich zeige nach vorne und warte, aber es bleibt dunkel. Wir tasten uns vorwärts. Wir haben einige Meter zurückgelegt, als das Licht zum zweiten Mal über den Wald schwenkt und erlischt.

Suchen die jemanden, Susanne bleibt stehen, *oder wollen die uns den Weg weisen, lange machen meine Beine nicht mehr mit.*

Weit kann es nicht mehr sein.

Wir erreichen eine viertel Stunde und zwei Lichtkegel später den Grenzzaun, und als wäre es der abschließende

Hinweis blitzt das Licht noch einmal hell auf. Dieser letzte Wegweiser kam von dem Turm, der uns am nächsten steht, und wenn ich mich nicht täusche, ist es der Turm, den ich am zweiten Erkundungstag besichtigt habe. Ich muss an eine Erzählung denken, die ich vor Jahren in der Bibliothek eines Hotels gelesen habe, hieß der Autor Wasser oder Wassermann?

Ist da oben jemand, ruft Susanne, aber niemand antwortet. Ich finde diese Situation peinlich, trotzdem folge ich ihr. Sie klettert die Leiter nach oben, vor dem Glaskasten bleibt sie stehen.

Ich schiebe mit dem Fuß den Schmutz auf den Planken vor mir her, Erde, Äste, tote Insekten. Und Patronenhülsen.

Vermutlich waren es Jäger, ich hebe eine Hülse auf und zeige sie Susanne.

Aber mit der Beleuchtung verscheucht man doch alle Tiere, Susanne hält das Metallröhrchen dicht vor ihre Augen, *ist das scharfe Munition oder sind das Attrappen, ich habe keinen Schuss gehört.*

Ein Licht leuchtet auf, aber dieses Mal vom nächsten Turm.

Die wollen uns verarschen, sage ich, *bestimmt die Dorfjugend, die uns einen Schrecken einjagen will.*

Das Licht blitzt noch einmal kurz auf, als wolle es signalisieren, kommt näher, hier sind wir, wir warten auf euch.

Ich stecke die Hülse in meine Tasche, *ich wette mit dir, wenn wir uns vom Turm wegbewegen, marschieren die Burschen weiter und lachen sich über uns tot.*

Ja, wir sollten wieder zurück, Susanne beginnt, die Leiter hinunterzuklettern.

Wir bewegen uns von den Türmen weg und die Lichtsignale hören auf.

Wahrscheinlich waren es wirklich nur Jugendliche, die sich einen Spaß gemacht haben, murmelt Susanne vor sich hin, *Jan war auch für jeden Spaß zu haben, ein fröhlicher Mensch, deshalb ist es für mich so schwer, verstehst du?*

Ja, das verstehe ich, der Mensch braucht Erklärungen, auch wenn Erklärungen nichts ändern können, ich gehe dicht neben ihr, um sie besser hören zu können.

Ich wollte nach seinem Tod alles aus seinem Umfeld erfahren, aber ich brauchte niemanden zu fragen, sie schaut zu mir rüber, *es stand alles in den Zeitungen.*

Ich kann ihr Gesicht nicht erkennen, der Mond ist zu schwach und zeichnet nur vage Konturen, aber ich weiß, es ist ein trauriger, vorwurfsvoller Blick.

Seine ehemaligen Klassenkameraden sprachen von einem lustigen Kumpel, die Lehrer von einem Musterschüler und sein Basketballtrainer schwärmte von seiner Entwicklung und von dem Potenzial, das er hatte.

War er in einer Beziehung und wusste seine Freundin, was er vorhatte?

Ich glaube nicht, Susanne überlegt, als lege sie im Kopf alle Argumente auf eine Waagschale, um dann überzeugt zu sagen, *nein, sie wusste es nicht, sie ist davon ausgegangen, dass er in ein Trainingslager fährt.*

Der Wunsch, endlich vor dem warmen Kamin zu sitzen, spornt uns an. Wir gehen mit großen Schritten über die Hindernisse und erstaunlicherweise finden wir, ohne zu stolpern und ohne mit den Ärmeln an Sträucher oder Ästen hängen zu bleiben, schnell den Wanderweg. Die Schmerzen in meinen Beinen erzeugen in mir eine angenehme Form der

Genugtuung, und mit jedem Schritt fallen mir immer mehr Details ein, die ich vor meiner Reise in meinen Unterlagen gelesen und sofort wieder vergessen habe. Zumindest habe ich das geglaubt, denn die Geschichten der Selbstmörder, die schwer lesbaren Abschiedsbriefe, die Interviews der Hinterbliebenen, die kitschigen und künstlich dramatisierten Storys der Zeitungen, all dies habe ich nur gelesen, weil ich nicht unvorbereitet einen neuen Job antrete, interessiert hat mich das nicht. Aber die Informationen sind noch da, sie fallen mir mit jedem Schritt, den wir uns weiter zu unseren Ferienhäusern vortasten, ein. Ich erinnere mich an Bilder von Leichen, die im Wald oder am See lagen, ich sehe vor mir Fotos von den Menschen, die diese Leichen gefunden haben – und sind es nicht die Bilder, die mir stets etwas verraten haben, die meine Geschichten abrunden?

Ich erkenne die Ferienhäuser und bin froh, dieses Mal in keinem der Fenster Licht zu sehen. Die Häuser warten auf uns, erhaben und stillschweigend, wie verlängerte Schatten der Bäume. Ich stelle mir vor, jemand kommt zurück aus dem Wald, ein letztes Mal von der Todesschippe gesprungen, mit einem Funken Hoffnung tief im Innern, und dann steht er vor diesem Anblick. In dieser Sekunde weiß ich, woran mich die Häuser aus diesem Blickwinkel erinnern: an Grabsteine.

Wir erreichen Susannes Haus. Ich muss mich nicht zu einem Kontrollgang zwingen, denn ich finde, ohne dass ich suchen muss, direkt vor der Haustür Spuren von unserem Beobachter.

Da, der Wanderer war wieder hier, ich zeige auf weitere Fußspuren, die zur Haustür und von dort weiter um das Gebäude herumführen.

Wusste er, dass wir nicht da sind, Susanne kontrolliert die Haustür, *aber die Tür ist verriegelt*, sie schließt die Tür auf, läuft in das Haus, geht zum Sofa und kontrolliert einen Bücherstapel, der auf dem Fußboden steht. Sie schaut nach oben zu ihrem Schlafbereich, *es scheint noch alles da zu sein, zumindest auf den ersten Blick*, sie beginnt, Kerzen anzuzünden, zwei Kerzen auf dem Wohnzimmertisch und ein Teelicht auf der Fensterbank.

Ich glaube nicht, dass er im Haus war, ich stelle mich vor das Wohnzimmerfester, *wenn er gewollte hätte*, ich haue mit der Handkante gegen den Holzrahmen der Terrassentür, *die könnte er ohne Probleme aushebeln.*

Er beobachtet uns, Susanne betrachtet aus dem Fenster die Fußspuren, *wartet er auf den richtigen Moment?*

Es wird dafür eine logische Erklärung geben.

Ich werde heute Nacht kein Auge zumachen, allein die Vorstellung …, sie sieht mich an, *wer weiß, was das für ein Irrer ist.*

Susanne geht in die Küche und reißt die Schränke auf. Ich höre, wie Töpfe oder Dosen auf hartem Untergrund verschoben werden. Susanne öffnet die Haustür, geht raus, kommt Sekunden später ins Haus zurück und verriegelt die Haustür.

Ich bin mir sicher, es ist nicht der Vermieter, der Vermieter hätte das Geld mitgenommen, aber es liegt noch alles da.

Soll ich heute Nacht hierbleiben, schlage ich vor, *ich lege mich hier auf das Sofa.*

Wenn es dir nichts ausmacht?

Kein Problem, ich stelle meinen Rucksack neben das Sofa und lege meine Jacke darüber.

Susanne schiebt einen Stuhl vor die Terrassentür und holt eine Steppdecke.

Wir wünschen uns eine gute Nacht, Susanne steigt die Treppe zu ihrem Schlafraum hoch und ich mache es mir auf dem Sofa bequem. Ich höre eine leise, männliche Stimme. Susannes Radio ist besser, es empfängt klar und deutlich einen deutschen Sender, der Nachrichtenmoderator verkündet:

›*... die Verhandlungen sind gescheitert. Die Regierungschefs der Konfliktparteien haben sich am runden Tisch getroffen, konnten aber keine Einigung erzielen. In der Nacht wurde die Hoffnung auf eine Waffenruhe mit einem Bombenangriff einer islamistischen Untergrundorganisation zerstört ...*‹

Es folgen weitere Meldungen des Tages, Sportergebnisse und Wetterprognosen. Susanne schaltet das Gerät aus und blättert hörbar in einem Buch oder in einer Zeitung. Ich kann vom Sofa aus auf den Wald sehen, ich erkenne die erste Baumreihe, die wie eine bedrohlich schwarze Wand eine Grenze markiert. Ich schaue lange auf diese Wand und meine erschöpften Augen gaukeln mir vor, dass sich der Abstand zum Wald verringert. Ich reibe über mein Gesicht und blicke erneut auf den Wald.

Glaubst du, Herr Kurtz will sich das Leben nehmen, Susanne spricht diese Frage langsam und bedacht aus, als wäre sie seit Minuten ausformuliert in ihrem Kopf.

Er hat keine Munition für das Gewehr gekauft, antworte ich, *nur die fünf Schuss, die bei der Waffe dabei sind.*

Also, glaubst du, er hat das Gewehr nur aus einem Grund gekauft?

Warum ein Gewehr und keine Pistole, gebe ich zu bedenken.

Susanne schweigt und blättert weiter.

Der Wald ist nicht weit vom Haus entfernt, finde ich und schließe die Augen. Mir fällt der Name des Dichters, an den ich heute im Wald denken musste, ein. Jakob Wassermann. Ich versuche, die Geschichte im Kopf nachzuerzählen, die Geschichte von einem Zirkusbesuch und von einem Liebespaar, das wegen einer Krankheit getrennt wird, in Zeiten, in denen Tollwut, Pest und die Oberschicht regierten.

Ich schrecke mitten in der Nacht hoch. Es ist still, nur der Wind pfeift draußen durch die Bäume. Ich habe schlecht geträumt, ich bin eine Wendeltreppe hinaufgestiegen, immer schneller, als spürte ich im Nacken den Atem eines Feindes, oben im Turmzimmer angelangt sah ich einen Affen mit einer Kerze in der Hand. Der Affe lachte schrecklich laut, und dieses Lachen hallte durch meinen Kopf, es war ein menschliches und verachtendes Lachen. Doch nicht das Lachen riss mich aus meinem Schlaf, sondern der strafende Blick einer Frau. Ich kenne diese Frau. Es war nicht Annabell und es war nicht Susanne. Ich kenne diese Frau, aber ich weiß ihren Namen nicht. Und ihr Blick sagt mir, ich sollte ihn kennen. Während ich in einen neuen Traum abtauche, nistet sich ein Schuldgefühl in meinen Gedanken ein, denn der strafende Blick dieser Frau will nicht weichen, will mir zeigen, dieses Gefühl ist berechtigt.

›Jahrhunderttalent zerbricht am Erfolgsdruck.‹

Ich verstehe die Überschrift sofort und falte das Stück Papier, das ich im Bücherstapel neben dem Sofa gefunden habe, auseinander.

›Jan Johannson, eines der größten deutschen Basketballtalente, nimmt sich in der Nacht von Mittwoch auf Donnerstag im sogenannten Selbstmordwald das Leben. Die

Beweggründe sind noch unklar. Der Trainer der deutschen Basketballnationalmannschaft ist schockiert. Vielleicht waren die Erwartungen einfach zu hoch, glaubt er und verspricht der Familie in dieser schwierigen Situation seine volle Unterstützung …‹

Ich lege den Zeitungsartikel zurück und schaue aus dem Fenster, die Vögel zwitschern und Tau glitzert auf den Grasbüscheln, instinktiv suche ich nach Fußabdrücken. Es sind keine neuen Abdrücke hinzugekommen, aber im morgendlichen Licht erkenne ich die alten Spuren deutlicher, sehe wie der Wanderer auf und ab gegangen ist.

Guten Morgen, Susanne steht hinter mir.

Morgen, ich zeige auf den Pfad, den unser Beobachter in den letzten Tagen in den Boden getreten hat, *wie ein Zootier hinter seinen Gitterstäben.*

Nur, dass er derjenige war, der draußen stand, und wir die, die er beobachtet hat, Susanne trägt bereits ihre Wanderkleidung, ihre Haare sind zu einem Zopf gebunden.

Aber wenn man genau hinschaut, sie öffnet die Tür und kniet sich vor die Spuren, *es sind unterschiedliche Abdrücke, ein Abdruck ist fest in den Boden getreten, der andere ist etwas kleiner und die Rillen des Profils sind kaum zu erkennen*, Susanne deutet auf Abdrücke, die vom Haus weg zum Wald gehen, und auf eine Spur, die zur Landstraße führen könnte.

Wir umrunden das Haus, und als wir zum zweiten Mal auf die Haustür zusteuern, sehen wir jemanden an die Tür klopfen.

Was machen Sie da?

Ach, Sie sind doch da, Herr Kurtz dreht sich erschrocken um.

Ja, ich betrachte unseren Gast, der seinen grünen Mantel trägt und auf seinen Schultern einen ausgebeulten Rucksack.

Können wir Ihnen behilflich sein, Susanne hält zu unserem Besucher einen Sicherheitsabstand von einigen Metern.

Ich halte den Dreck im Hotel nicht mehr aus, Herr Kurtz schaut zu mir, *wo muss ich mich denn melden, wenn ich so ein Ferienhaus mieten möchte?*

Das läuft hier auf Vertrauensbasis, erkläre ich und hebe die Konservendose vom Boden auf und schüttele sie, das Geld klimpert gegen die Metallwände, *das mittlere Ferienhaus ist noch frei.*

Danke, danke, Herr Kurtz geht einige Schritte von uns weg, *ja, danke, ich werde mich dann mal darum kümmern …*

Wollen Sie länger bleiben, frage ich und sehe, wie Herr Kurtz beginnt, die Schultern hin und her zu bewegen.

Nein, ich glaube nicht, nein, stottert er, *ich bleibe nur noch eine Nacht, morgen, spätestens übermorgen bin ich weg*, er bewegt seine Schulterpartie noch immer und schlackert mit den Armen.

Ist der Rucksack zu schwer, ich deute auf seine Schultern.

Ja, das Ding wiegt einiges, ich habe mehr Proviant im Rucksack, als ich in den nächsten Tagen essen kann, aber …, er geht einen weiteren Schritt zu dem Trampelpfad, der zum nächsten Haus führt, *aber ich gehe immer auf Nummer sicher, wer weiß, was noch passiert.*

Ja, wer weiß, was noch alles passiert, ich betrachte die fast profillosen Fußspuren, die Herr Kurtz in den Boden gedrückt hat.

Waren Sie gestern schon einmal hier?

Ja, gestern Abend, aber da waren sie wohl noch im Wald.

Das kann sein, ich gehe einen Schritt auf Herrn Kurtz zu, der sofort zurückweicht.

Haben Sie hier jemanden gesehen, schaltet Susanne sich in das Gespräch ein, was Herrn Kurtz veranlasst, noch nervöser mit den Armen und Schultern zu schlackern.

Ja, hier war jemand, ich habe ihn angesprochen, weil ich dachte, er wohnt hier oder er sei der Vermieter, aber er sprach kein Deutsch, zumindest hat er mir nicht geantwortet, Herr Kurtz schaut an uns vorbei zur Terrasse.

Wie sah der Mann aus?

Nicht besonders groß, mit Brille und mit einem Wanderhut, er hatte in der Hand eine Plastiktüte und ging leicht gebückt, Herr Kurtz schaut wieder an uns vorbei zur Terrasse, *er ist um das Haus gegangen und hat auf den Boden geguckt, als würde er hier auf dem Acker etwas suchen, dann hat er durch die Fenster gespäht, aber nur kurz.*

Das glaube ich nicht, keift Susanne Herrn Kurtz an, als fühle sie sich von ihm und nicht von dem unbekannten Wanderer beobachtet.

Ich weiß es auch nicht, erwidert Herr Kurtz, *ich bin einfach weitergegangen, ich habe aber noch gesehen, wie der Typ über die Felder geschlichen ist, bis zum Wanderweg, und dann habe ich ihn nicht mehr gesehen,* Herr Kurtz dreht seinen Oberkörper ruckartig, und aus seinem Rucksack klappert es, als schlügen Metallstücke gegeneinander.

Dann werde ich mal das mittlere Haus beziehen, Herr Kurtz nickt uns zu und geht.

Was wollte der Fremde hier, Susanne läuft die Fußspuren ab, *ich bin mir sicher, der Fremde wollte einbrechen.*

Ich kann nicht sagen, warum, aber ich glaube das nicht, beruhige ich und denke, ein psychisch Angeschlagener im

Nebenhaus mit einer Schrotflinte im Rucksack macht mir größere Sorgen.

Ich benötige nur wenige Minuten, um meinen Rucksack mit Proviant zu füllen und mich startklar zu machen. Bevor ich mein Ferienhaus verlasse, setze ich mich auf mein Bett und schreibe in das Notizbuch:

›Herr Kurtz macht mir Angst.

Starben doch die meisten Soldaten nicht an den Wunden, sondern an ihrer Angst?‹

Ich schaue aus dem Fenster und sehe Herrn Kurtz, er steht mit seinem ausgebeulten Rucksack vor dem Haus Nummer Zwei und blickt nach links und rechts, als wolle er eine vielbefahrene Straße überqueren. Er marschiert auf den Wanderweg zu und peilt von dort den Wald an.

Ich schnappe meine Sachen und beeile mich.

Susanne steht auf der Terrasse und wartet bereits auf mich, *es sah aus, als wolle Kurtz, dass niemand ihm folgt.*

Diesen Eindruck hatte ich auch und aus diesem Grund sollten wir ihn nicht aus den Augen verlieren.

Wir können aus der Ferne den Punkt, wo Herr Kurtz vom Wanderweg abgebogen und in den Wald eingetaucht ist, erkennen. An diesem Punkt angelangt, nehmen wir die Verfolgung auf. Ich komme mir albern vor, wir schleichen wie zwei Kinder, die Räuber und Gendarm spielen, durch das Gebüsch, aber so kindisch diese Aktion ist, so reizvoll ist sie auch, denn ich bin überzeugt, Herr Kurtz sucht, genau wie wir, diesen Ort und er scheint seinen Weg und die Hindernisse zu kennen. Wir folgen ihm über Äste, umgestürzte Baumstämme und durch meterhohes Buschwerk, doch letztendlich fehlen uns die Orientierungspunkte, weder Fußspuren noch umgeknickte Äste verraten den Gejagten. Wir entscheiden aus dem Bauch heraus und müssen irgendwann feststellen, dass wir Herrn Kurtz verloren haben.

Er kann links oder rechts abgebogen sein, Susanne bleibt stehen, *dort geht es tiefer in den Wald hinein, will er zum Fluss oder zum Pavillon?*

Ich stelle mir vor, dass er hinter einem Busch oder in einer Baumkrone sitzt und uns beobachtet, seine Schrotflinte im Anschlag. Ich höre ein Klicken und drehe mich nach allen Seiten um. Ich sehe niemanden.

Wir sollten uns nicht auf diesen merkwürdigen Herrn Kurtz konzentrieren, meint Susanne.

Ich könnte mir aber vorstellen, dass Herr Kurtz mehr Informationen hat als wir, warum ist er sonst noch hier?

Susanne hat mich nicht gehört und entscheidet, *rechts, wir nehmen diesen Pfad, ich habe das Gefühl, er führt uns in das Zentrum, was immer das sein mag.*

Ob wir uns dem Zentrum nähern, kann ich nicht sagen, das Sonnenlicht wird immer mehr vom Schatten verdrängt und die Geräusche werden intensiver, hat man am Waldrand gelegentlich noch das Rattern einer Landmaschine vernommen, ist es jetzt die Stille, die hörbar ist, unterstrichen von dem Rascheln der Waldtiere, dem Summen der Insekten und unserem eigenen Atem.

Je weiter wir gehen, desto gesprächiger wird Susanne. Sie redet und redet, weil sie Angst hat, *die Dunkelheit macht mir zu schaffen*, sagt sie, *seit Jan gegangen ist, hat jede Farbe ihren Glanz verloren, ich sehe die Blumen in meinem Geschäft und es ist, als bestünden sie alle aus der gleichen, matten Farbe, die Rosen und die Dahlien und die sonst leuchtenden Orchideen.* Sie sagt es, ohne mich anzusehen, in einem Ton, der verzweifelt klingt, einer seelischen Aufgabe gleich.

Sogar meine Träume sind dunkel, früher habe ich in Farben geträumt, und nach seinem Tod …, sie setzt sich auf den Fußboden und massiert ihre Knöchel, *es ist alles sinnlos.*

Ich erzähle ihr von meinem Traum und während ich detailliert erzähle, fällt mir die Antwort ein, die Antwort auf die Frage, die mich, seit ich heute Morgen aufgewacht bin, beschäftigt, diese sandigen, schwarzen Haare, der mit Staub bedeckte Wollumhang, dieses Entsetzen im Gesicht, ich weiß den Namen der Frau nicht, die mich im Traum tadelnd angesehen hat, aber ich weiß, wer sie ist.

Ich glaube zwar nicht, dass es in diesem Wald Affen gibt, Susanne lächelt mühsam, *aber ich habe gestern Nacht auch lange über das Licht und über die Grenztürme nachgedacht, geträumt habe ich zum Glück nicht.*

Ich brauche etwas, um mich auf Susannes Worte zu konzentrieren, denn die Erinnerung an meinen Traum wirft Fragen auf, die ich nicht verstehe.

Und wie endete dein Traum?

Wie eine Bestrafung, der Traum endete mit einem bösen Blick, als wäre ich schuld, dass der Affe die Pest verteilt.

Ich habe vor Jahren in einem Tierpark einen Affen, einen Pavian, schreien gehört, er schrie, als ginge es um sein Leben, dabei wollte er nur Bananen.

Es war nicht der Affe, eine Frau hat mich vorwurfsvoll angesehen.

Wer war diese Frau?

Keine Ahnung, ich habe sie nicht erkannt, lüge ich und ergänze, *ich kann ihr keinen Namen zuordnen.*

Susanne sieht mich an, als wolle sie eine Frage formulieren, aber sie schweigt und steht auf. Wir gehen weiter und passieren Bereiche, die ich heute zum ersten Mal sehe.

Da ist jemand, Susanne zieht mich an meinem Ärmel hinter einen Baum, *da vorne steht jemand, mit einem Gewehr in der Hand.*

Das ist kein Gewehr, flüstere ich, *das sieht aus wie eine Harke oder ein Holzstab.*

Der Mann stochert mit dem Gerät im Waldboden herum und seine grün-braun gemusterte Uniform ist nur schwer von den Farben der Umgebung zu unterscheiden.

Das ist ein Waldarbeiter, ich verlasse meine Deckung und gehe auf den Fremden zu.

Entschuldigung.

Der Mann dreht sich um und umklammert mit beiden Händen sein Werkzeug, einen Holzstab mit einer sensenähnlichen Schneide am Ende.

Können Sie uns helfen?

Der Mann sieht uns an und stammelt, *ich wenig deutsch sprechen, ich kann nicht helfen.*

Was machen Sie hier, ich zeige auf die Klinge an seinem Werkzeug.

Bäume schützen, er kramt aus seiner Tasche ein Messer und fuchtelt vor einem Baum herum, *krank, wenn Baum krank.*

Er kennzeichnet die abgestorbenen Bäume, sagt Susanne, *und die Bäume, die den jungen das Licht wegnehmen.*

Der Waldarbeiter nickt zustimmend, als hätte er Susanne verstanden, und fragt, *verlaufen,* er zeigt mit dem Arm zwischen die Bäume, *da gehen, auf Weg, immer gerade …*

Nein, wir haben uns nicht verlaufen, wir suchen einen Platz im Zentrum, ich male mit meinem Arm einen Kreis in die Luft, *wir suchen die Mitte des Waldes.*

Der Arbeiter versteht mich nicht, *lieber gehen,* sagt er, *lieber gehen.*

Warum sollen wir gehen?

Lieber gehen, besser, er zeigt auf meine Kameratasche und bekräftig mit einem Satz, der wie einstudiert schnell und fehlerfrei über seine Lippen kommt, *die Stadt will keine Fremden im Wald.*

Warum, Susanne geht einige Schritte auf den Arbeiter zu, *wir wollen nichts zerstören, wir wollen nur wandern.*

Nein, betont der Arbeiter, seine Stimme wird aggressiver, *nein, die Stadt will das nicht.*

Ich bin wegen meinem Sohn hier, verdammt nochmal, sagt Susanne energisch, *ich will nur den Ort finden, wo er …*

Okay, versuche ich zu beruhigen, *wir gehen wieder.*

Wir gehen in die Richtung, die er uns gezeigt hat, auch wenn der Journalist in mir diesen Rückzug als Niederlage empfindet. Nach fünfzig Metern drehe ich mich um, sehe, dass der Mann seine Arbeit wieder aufgenommen hat, und rufe, *glauben Sie, der Wald ist sicher?*

Der Arbeiter sieht irritiert auf, auch Susanne schaut mich fragend an.

Glauben Sie, dass der Wald sicher ist, wiederhole ich meine Frage, und er hat mich verstanden, denn er antwortet überzeugt, *sicher nie.*

Sicher vor den Tieren? Oder ist es der Krieg, oder sind es die Selbstmorde?

Der Mann schaut uns herausfordernd an, dreht sich um und schlägt mit Wucht sein Werkzeug in die Büsche und bahnt sich den Weg Richtung Osten. Ich rufe ihm hinterher, aber ich höre nur noch das zischende Geräusch, wenn die Klinge durch das Buschwerk schneidet. Dieses Zischen bleibt in meinem Kopf hängen und begleitet mich die nächsten Minuten, ein bedrohlich klingendes Zischen.

Der Tag war nicht sehr erfolgreich, gebe ich zu, *aber oft ist es nur ein Schritt und man steht vor seinem Ziel, ich spreche aus Erfahrung, meine besten Fotos entstanden unerwartet, wie der Zufall es wollte.*

Vielleicht stolpern wir irgendwann, wie zufällig, über den Ort, Susanne geht langsamer, ihr Blick schweift über den Boden, *manchmal sind es nur Kleinigkeiten, die über Glück und Unglück entscheiden, über Kriege, die aus dem Nichts entstehen und an uns heranrücken.*

Die Dunkelheit macht ihr zu schaffen, denke ich, was ich nicht nachvollziehen kann, ich vermisse meine Dunkelkammer, dieses Gefühl, von der Außenwelt abgeschirmt zu sein.

Du hast recht, es ist der Zufall, der das Leben ändert, sagt Susanne in die Stille hinein, *mein Ehemann kam so unangekündigt in mein Leben, wie er wieder daraus verschwand, er* … Susanne bricht ihren Satz ab, wartet auf eine Frage von mir und sagt, *es war gut so, sieben Jahre waren genug.*

Meine Frau und ich haben viele Krisen und das verflixte siebte Jahr überstanden und sind mittlerweile zwanzig Jahre zusammen.

Wie habt ihr euch kennengelernt?

Es war einer meiner ersten Aufträge als Fotograf, ich sollte auf einer Modenschau Bilder machen, von den Reichen und Schönen, nicht nur die Kleider waren meinem Chef wichtig, viel wichtiger waren ihm die Damen und Herren, die in der ersten Reihe saßen, mich widerte diese Show, dieses Aufgesetzte und Gekünstelte an, Annabell stand abseits, das weiß ich noch, sie war anders, sie war modisch extrovertiert gekleidet, aber nicht so grell wie die Modepüppchen. Wo die Mädels sich anmutig ins Rampenlicht drängten, stellte sie sich bewusst in den Schatten, und doch war sie allen überlegen, das imponierte mir von der ersten Sekunde an.

Habt ihr Kinder, fragt Susanne.

Nein, wir haben uns früh dagegen entschieden.

Ja, hmm, klar, erwidert sie.

Wir gehen schweigend weiter und erreichen, schneller als erwartet, den Wanderweg, der uns nach Hause führt.

Heute sind wir von fremden Blicken verschont geblieben, stelle ich nach meinem Kontrollgang um Susannes Ferienhaus fest.

Ich werde jetzt schlafen gehen, jeder Muskel meines Körpers schmerzt, sie schaut besorgt zum Haus Nummer Zwei. Ich hätte mich auf ihr Sofa gelegt, damit sie ohne Angst schlafen kann, aber sie fragt nicht und ich verabschiede mich. Ich gehe am Haus Nummer Zwei vorbei, Herr Kurtz scheint noch im Wald zu sein, denn die Räume sind dunkel und die Vorhänge weit aufgezogen. Ich schaue in das Wohnzimmer, auf den ersten Blick sehe ich keinen Gegenstand, der auf einen Gast hinweist, bis auf zwei leere Flaschen neben dem Kamin. Ich öffne die Dose, die vor der Haustür steht, Herr Kurtz ist spendabel, dafür, dass er nur eine Nacht hierbleiben wollte, sind aus meiner Sicht sechs Scheine und reichlich Kleingeld zu viel.

Ich bin nicht müde, rede ich mir ein, und gehe an meiner Unterkunft vorbei.

Joe, ich weiß, es ist spät, aber ich bräuchte mal deine Hilfe.

Kein Problem, sagt Joe, *was kann ich für dich tun?*

Ich öffne meinen Rucksack und lege drei Filme auf den Tresen, *besteht die Möglichkeit, die irgendwo entwickeln zu lassen?*

Ja, gib her, Joe nimmt die drei Filme mit einer Hand, *ich schick sie in die Stadt, kann aber etwas dauern.*

Das macht nichts, sage ich und behalte sicherheitshalber den Film mit den Bildern vom ersten Tag.

Ich trinke mit Joe die erste Flasche Bier des Tages und beobachte einen Mann, der auf der anderen Straßenseite im Schatten der Häuser vorbeigeht.

Er ist der erste Einheimische, den ich seit Tagen sehe, sage ich zu Joe, *das Dorf wirkt auf mich wie eine Geisterstadt.*

Geisterstadt, Joe sieht mich an, als suche er nach einer Pointe, die es nicht gibt, *ich habe lange über diesen Typen nachgedacht, wie hieß er noch gleich, Herr Kurtz?*

War er wieder hier?

Nein, eben nicht, er war bisher jeden Tag bei mir im Laden, nur gestern nicht, Joe betrachtet seine Bierflasche und kratzt mit dem Fingernagel am Etikett, *und heute auch nicht. Ich bin mir nicht sicher, ob es richtig war, ihm das Gewehr zu verkaufen.*

Das ist dein Geschäft, davon lebst du.

Wir können keinen neuen Selbstmörder gebrauchen, Joe trinkt sein Bier aus und stellt die Flasche unter die Bank, *das würde nur Unruhe bringen.*

Wenn er sich umbringen wollte, hätte er sich dann nicht einen Revolver oder Tabletten gekauft, frage ich.

Warum, Joe öffnet die nächste Bierflasche, *es ist erst ein Jahr her,* Joe wartet, sein Blick wandert die rote Hausmauer vor uns nach oben, hinter den Fenstern hängen keine Gardinen, auf den Fensterbänken stehen nur trostlose Topfpflanzen, *vor einem Jahr war ein Bengel hier, Mitte zwanzig vielleicht, er kam in meinen Laden, fragte nach einem Gewehr und kaufte das Erstbeste,* Joe schluckt trocken, *zwei Tage später hat man ihn am See gefunden.*

War er groß und sportlich?

Der Junge war riesig, fast zwei Meter groß, du kennst ihn?

Nein, ich habe mich nur gut auf meinen Job vorbereitet, antworte ich, *dort, wo der Pavillon stand, soll man ihn gefunden haben?*

Ja, das haben die von der Stadt erzählt, Joe sieht mich prüfend an, *am Anfang hieß es, man ginge von einem Unfall aus, ein Basketballspieler, der beim Joggen gestürzt sei, oder irgend so ein Blödsinn.*

Und warum glaubst du, dass man ihn woanders gefunden hat?

Ich habe mir Vorwürfe gemacht, schließlich habe ich ihm die Munition verkauft, die er …, Scheiße, sagt Joe, *als die Nachricht kam, bin ich gleich zum Pavillonplatz gegangen, aber die Arbeiter von der Stadt haben alle Spuren beseitigt, die sind sehr sorgfältig und pflichtbewusst,* Joe verzieht das Gesicht, *die wurden alles machen, aber mich können die nicht für dumm verkaufen.*

Du hast also etwas gefunden?

Leere Patronenhülsen habe ich gefunden, die Hülsen, die er in meinem Laden gekauft hat.

Es ist nicht deine Schuld, er hätte auch ohne deine Munition einen Weg gefunden, sich das Leben zu nehmen.

Sicher, Joe nickt, *sicher, die Leute, die Ölraffinerien und Opiumfelder betreiben sind unschuldig, und die, die Panzer und Raketen zusammenschrauben, machen nur ihren Job, Schuld sind immer andere.*

Warum glaubst du, frage ich, *hat er sich ausgerechnet am See umgebracht?*

Ich habe die Hülsen nicht am See gefunden, Joe steht auf, *willst du noch ein Bier?*

Er geht in seinen Laden und kommt mit vier Flaschen zurück.

Wo hast du die Hülsen gefunden?

Warum willst du das wissen, er reicht mir eine Flasche, *damit deine Zeitung es drucken kann, damit noch mehr Spinner kommen, damit du mit deinen Fotos noch mehr Kohle machen kannst?*

Ich will die Information nicht für mich, wehre ich mich, *die Mutter von Jan ist hier und sucht den Platz, an dem ihr Sohn starb.*

Das ist ungeheuerlich, du schreckst vor nichts zurück.

Du kannst mir glauben, sie wohnt ebenfalls in einem der Ferienhäuser.

Joe schaut mir prüfend ins Gesicht.

Ich bitte dich, zeig uns den Platz, Susanne wird erst abreisen, wenn sie den Ort gefunden hat.

Joe trinkt und schweigt.

Ich verspreche dir, ich werde ihr nicht erzählen, dass du ihrem Sohn das Gewehr verkauft hast.

Morgen, zehn Uhr, treffen wir uns hier, zieht euch feste Schuhe an und nehmt Wasser mit, es wird ein langer Marsch.

Danke, ich klopfe Joe auf die Schulter, *obwohl, ich habe jeden Quadratmeter des Waldes abgesucht …*

Das glaubst du, unterbricht mich Joe, *das glaubst du nur, der Wald ist in allen Dimensionen größer.*

Ich wärme die Hände in meiner Jackentasche und fühle einen metallischen Gegenstand.

Ihr seid die Ersten und die Letzten, denen ich diesen Platz zeige, sonst kann ich bald wieder Postkarten und Souvenirs in meinem Laden verkaufen.

Kennst du die, ich zeige Joe den Gegenstand aus meiner Jackentasche, *diese Patronenhülse haben wir auf dem Grenzturm gefunden.*

Das sind die Billighülsen, die ich diesem Kurtz verkauft habe, Joe dreht sie mit den Fingern, *und die habt ihr auf einem Grenzturm gefunden, merkwürdig, aber ich weiß, die Jungs aus dem Dorf kaufen auch diese Munition, um im Suff auf alles zu schießen, was sich bewegt,* Joe lacht und wirft die Hülse auf den Boden.

Dann brauchen wir ja noch schusssichere Westen.

Die Jungs sind geübte Schützen, die schießen nur zwischen die Augen, Joe geht in seinen Laden und auf der Türschwelle dreht er sich um und meint, *Konrad, deine Frau hat sich bei mir gemeldet, ich soll dir ausrichten, es geht ihr gut.*

Sie hat hier angerufen?

Ja, war etwas hektisch und durcheinander.

Hat sie sonst noch etwas gesagt, wann fährt sie zurück?

Sie sagte, du sollst dir keine Sorgen machen, und es kann dauern, der Krieg ist überall, oder so ähnlich.

Ich folge Joe in den Laden, kaufe Wasser und Konservendosen und einige Flicken und Nähgarn, *zu viele Löcher,* sage ich und zeige auf meine Hose.

In meinem Ferienhaus lege ich mich sofort ins Bett. Im Liegen notiere ich meine Gedanken in das Notizbuch:

›Wann ist man schuldig?

Ich werfe mit Steinen und Bildern. Ich sitze im Glaskasten.

Morgen mache ich das zweitwichtigste Foto meiner Karriere!‹

Ich muss eingeschlafen sein, ich liege auf meinem Bett und trage noch meine Schuhe, zugedeckt mit meiner Jacke. Ich schaue aus dem Fenster, um abschätzen zu können, wie spät es ist. Der Himmel zeigt die Farben einer sternenlosen Nacht. Die beiden anderen Ferienhäuser sind dunkel, ist Herr Kurtz noch immer nicht zu Hause, frage ich mich, und in diesem Moment streift ein Lichtschein über den Wald. Ist Herr Kurtz auf dem Grenzturm, ist er es, der von den Grenztürmen leuchtet? Aber warum? Ich klettere aus dem Bett, ziehe meine Jacke an und verlasse noch einmal das Haus.

Der Lichtkegel meiner Taschenlampe ist so klein und schwach, dass er mir kaum den Weg leuchten kann, und obwohl mir die Strecke am Tage vertraut ist, stolpere ich über Baumstümpfe und bleibe ständig im dichten Buschwerk hängen und die Zweige hinterlassen Spuren in meinem Gesicht. Ich muss umkehren, alles andere wäre selbstmörderisch, aber jedes Mal, wenn ich mich umdrehe, um zurückzugehen, blitzt der Lichtschein über mir auf, als wolle er mir zuflüstern, deine Entscheidung war die richtige, du warst auf dem rechten Weg. Ich gehe weiter und hoffe, dass es der richtige Weg ist, denn die eingeschlagenen Pfade sehen nachts im Licht der Taschenlampe alle gleich aus und die Bäume haben ihre Farben verloren, die vielen Grüntöne der Blätter und Nadeln sind zu einem einheitlichen Schwarz geworden. Und zwischen diesen Schatten sehen meine müden Augen weitere Schatten, sie huschen zwischen den Baumstämmen umher, als folgten sie mir auf Schritt und Tritt. Ich muss an die Tarnkleidung der Waldarbeiter denken, bleibe stehen und schaue genauer hin, doch ich sehe nicht eine Bewegung, der Wald um mich herum steht still. Ich kämpfe mich weiter vorwärts und die Angst, die Orientierung zu verlieren, steigert sich mit jedem Schritt, ein Schulterblick zeigt nur Dunkelheit und mit jedem zurückgelegten Meter wird der Rückweg von der Nacht geschluckt.

Der Lichtstrahl fährt wie das Signal eines Leuchtturms gleichmäßig über die Bäume. Ich versuche, den Ausgangspunkt des Lichts zu orten und darauf zuzusteuern, aber die zahlreichen Hindernisse machen ein Geradeausgehen schwierig. Ich nehme das nächste Signal keine zwei Minuten später rechts von mir wahr – bin ich zu weit nach links abgedriftet? Die Befürchtung steigert sich, denn ich höre den Fluss, der auf meiner abgesteckten Landkarte die linke Grenze markiert. Ich höre das Wasser rauschen, und für meine Ohren bewegt sich dieses Rauschen nicht von mir weg, nördlich dem Strom zum Meer folgend, sondern paradoxerweise auf mich zu, in den Wald hinein. Ich steigere mein Tempo, um die verlorene Zeit gutzumachen, denn solange das Licht vom Grenzturm aufblitzt, habe ich eine Chance.

Ich erreiche den Grenzzaun und erkenne, woher das Licht kommt. Ich steuere auf den größten Turm zu und behalte nicht den Glaskasten im Blick, sondern die Leiter, dieses Mal entkommt mir der Typ mit dem Lichtstrahler nicht.

Ich steige mit zittrigen Beinen nach oben und muss mich nicht lange umschauen, um zu erkennen, dass die Person, die mich hierhergelockt hat, verschwunden ist. Die Tür zum Glaskasten ist einen Spaltbreit geöffnet. Ich leuchte mit der Taschenlampe in den Raum, der Boden ist wie bei meinem ersten Besuch verschmutzt.

Das Licht verdirbt die Augen.

Ich drehe mich erschrocken um und sehe eine Gestalt, das Gesicht ist im Dunkeln verborgen, aber die Körpersprache ist eindeutig, das Zucken mit dem Kopf und das Wackeln der Schultern und das ungeschickte Hantieren mit dem Gewehrlauf: Herr Kurtz steht vor mir.

Das Licht, er deutet auf meine Taschenlampe.

Was machen Sie hier, ich schalte die Lampe aus.

Das frage ich Sie! Wieso verfolgen Sie mich? Was wollen Sie von mir?

Ich bin dem Licht gefolgt.

Ich sage ja, Licht verdirbt die Augen, Herr Kurtz geht mit dem Gewehr in den Händen einen Schritt auf mich zu, *und Licht verdirbt die Gedanken.*

Und warum beleuchten Sie dann den ganzen Wald?

Wieso ich?

Nur noch wenige Zentimeter trennen mich von Herrn Kurtz, ich spüre seinen Atem in meinem Gesicht und die Gewehrmündung an meinem Bauch.

Aber das Licht kam doch von diesem Turm, ich weiche zwei Schritte zurück, bis mir die Glaswand den Weg versperrt.

Deswegen bin ich hier, Herr Kurtz geht auf mich zu, das Gewehr weiterhin auf mich gerichtet, *mein Gewissen hat mich auf den Turm getrieben.*

Wie, das verstehe ich nicht, was haben Sie …

Hören Sie auf, unterbricht er mich und schwenkt mit der Flinte vor mir herum, *wollen Sie mir erzählen, dass Sie kein schlechtes Gewissen haben? Sie lassen sich als Kriegsfotograf feiern, machen Millionen mit dem Leid der Menschen.*

Ein Beerdigungsunternehmer macht nichts anderes, denke ich, aber ich hüte mich, diesen Gedanken auszusprechen, und sage ruhig, *ich habe niemandem geschadet.*

Ich auch nicht, schreit Herr Kurtz und geht einen Schritt zur Seite, er schaut aus dem Glasfenster nach unten, als wolle er sich versichern, dass wir unbeobachtet sind. Sein Gewehr knackt einsatzbereit.

Ich habe das Licht gesehen, sagt Herr Kurtz, *und für mich sah es aus, als wäre es ein Hilferuf, SOS, vermutlich war es nur ein sinnloses Aufblitzen, aber ich dachte, wenn ich mich jetzt nicht auf den Weg mache,* er geht vor dem Fenster nervös auf und ab, *verstehen Sie, was wäre, wenn das Signal wirklich von einem Menschen in Not kam und ich morgen in der Zeitung lesen müsste, dass der Mensch nicht gerettet werden konnte, verstehen Sie, dann wäre das meine Schuld,* er wackelt wieder unnatürlich mit seinem Kopf und zuckt mit den Schultern, *kapieren Sie das,* seine Stimme wird leiser, *dieses schlechte Gewissen, das begleitet mich mein ganzes Leben, ich bin erfolgreich in meinem Job, weil ich versuche, jeden Fehler zu vermeiden, niemand soll sagen, ich bin schuld, dass der vermeintlich schönste Tag seines Lebens vermasselt wurde, oder dass der letzte Wille nicht gewahrt wurde, aber ich kann nicht jeden Fehler verhindern, nicht jeden.*

Wir machen alle Fehler, ich versuche, mich näher an die Treppe zu schieben.

Die meisten sehen nicht die Gefahr eines Fehlers und sind glücklich, aber ich sehe die Gefahren, überall, Herr Kurtz macht einen großen Schritt nach vorne und versperrt mir den Fluchtweg, *verstehen Sie mich, mein Gewissen frisst mich auf, und wissen Sie, was das Schlimmste ist, egal was in meinem Leben passiert, ob ich noch erfolgreicher werde, ob ich den größten Fisch an Land ziehe oder nicht, ich werde nicht glücklich.*

Ich weiche zurück, seine Stimme klingt wütend und verzweifelt zugleich, wie ich es von Soldaten aus den Krisengebieten kenne, und alle Soldaten hatten eines gemeinsam, sie waren unberechenbar.

Herr Kurtz steht direkt vor dem Ausgang. Ich kann nicht genau erkennen, wie er das Gewehr hält, hat er es geschultert? Oder befindet es sich vor seinem Auge, zum finalen Schuss bereit? Ich höre, wie er atmet, schnell und aufgeregt.

Plötzlich Stille.

Ich warte.

Ich schaltete die Taschenlampe ein.

Herr Kurtz ist verschwunden. Ich gehe nach draußen auf die Plattform, schaue von oben auf die unendliche Waldfläche und atme erleichtert durch.

Die Nacht war kurz, umso erstaunlicher ist es, dass ich rechtzeitig aufgewacht bin, ohne einen Wecker, meine innere Uhr funktioniert.

Ich hole Susanne ab und wir stehen pünktlich vor Joes Geschäft. Aber Joe ist nicht da.

Wir klopfen an die Tür und rufen nach Joe, aber die Ladentür bleibt verriegelt. Wir setzen uns auf die Bank und warten. Wir warten eine Stunde lang, sehen den Linienbus durch das Dorf fahren und ich stelle mir vor, wie es wäre, wenn ich einsteige, mich von Susanne verabschiede, alles liegen lasse und verschwinde. Könnte ich damit leben, wenn ich die Chance, den Ort zu finden, und die Möglichkeit, das zweitwichtigste Foto meiner Karriere zu machen, ungenutzt lasse? Könnte ich es mit meinem Gewissen vereinbaren, Susanne alleine zu lassen? Ein Mann bleibt gegenüber von uns auf der anderen Straßenseite stehen, er trägt einen zylinderähnlichen Hut und einen schwarzen Mantel, von dem ich nicht weiß, ob es ein Anorak oder ein festlicher Frack sein soll. Der Mann gestikuliert wild mit den Armen und ruft uns etwas zu, es könnte ›Haut endlich ab‹ oder ›Was wollt Ihr hier‹ oder ›Glotzt nicht so blöd‹ heißen.

Der Mann gestikuliert weiter mit seinen Armen und beginnt zu schreien, er schüttelt den Kopf und verschwindet zwischen zwei Häusern.

Was wollte der denn, Susanne steht auf und schaut zu den Häusern, *vielleicht liegt es am Krieg; das, was ich gestern im Radio gehört habe, hat mich sehr beunruhigt, das Schlachtfeld breitet sich immer weiter aus, der Radiosprecher sagte wirklich ›das Schlachtfeld‹, die ersten Truppen wurden vor der Grenze in Stellung gebracht.*

Ein ältere Dame kommt auf uns zu, sie kann sich nur mit einem Gehstock auf den Beinen halten, sie bleibt vor unser Bank stehen und keucht, *Joe kommt heute nicht mehr, Sie können gehen, bitte*

Nehmen Sie Platz, ich stehe auf, aber die Dame winkt ab.

Wir waren mit Joe verabredet, sage ich, *wo ist er denn?*

Er ist angeln.

Das kann doch nicht sein, wir laufen extra hierher und er geht angeln, meine Stimme ist zu laut.

Joe, mein Sohn, hat die Leiche heute früh gefunden, die Frau beugt sich zu uns, *mein Sohn hatte immer das Glück, nicht die erste Leiche, die er gefunden hat.*

Was für eine Leiche?

Fragen Sie mich nicht.

Und jetzt geht er einfach angeln, fragt Susanne.

Er braucht Ruhe, die Dame schaut die Dorfstraße hoch, *im Wald findet er Ruhe.*

Wo hat er die Leiche denn gefunden?

Leben Sie wohl, sie geht weiter, ohne sich umzudrehen.

Eine neue Leiche, Susanne sieht mich an, als erwarte sie eine Antwort von mir.

Wenn diese Information aus dem Dorf nach außen dringt, dann tummeln sich hier bald mehr von meiner Sorte.

Vielleicht geht diese Nachricht im Kriegstrubel unter.

Ja, da hast du recht, sage ich, aber ich kann es nicht vermeiden, die Frage, was passieren würde, wenn diese Information in die falschen Hände gerät, wirbelt in meinem Kopf, würden nicht alle darüber berichten, auch jetzt, oder würde man es in der Hinterhand behalten und es in ruhigeren Zeiten zu einer großen Story aufbauen, und würden dann nicht alle auf den Zug aufspringen, der Rundfunk, vielleicht das Fernsehen, die Aufmerksamkeit wäre riesig, aber ich habe es Joe versprochen, so verlockend es ist, ich werde weder Joe noch Susanne verkaufen.

Wir laufen einige Kilometer am Fluss entlang, bis wir Joe finden. Er steht mit seiner Wathose im Wasser und vollzieht elegante Bewegungen. Joe sieht uns und nimmt seine Sonnenbrille ab, *es tut mir leid, Konrad, ich …*

Wir haben es schon gehört.

Kurtz, der komische Vogel, ich habe es geahnt, Joe watet auf uns zu, *mir hat es keine Ruhe gelassen, ich bin heute früh losgegangen, ich musste nicht suchen, ich habe ihn sofort gefunden,*

Joe steigt aus dem Wasser und zieht an der Angelschnur, die Rute spannt sich bis zum Äußersten.

Ich weiß nicht, wann es passiert ist, ob er dort schon lange lag, Joe hängt seinen Köder, eine Eibenrotfliege, in einen Rutenring, *es war überall Blut, er hat sich eine Kugel durch den Kopf gejagt, mit meinem Gewehr.*

Wo hast du ihn gefunden?

An dem Ort, den ich euch heute zeigen wollte, Joe kniet sich hin und kramt in seinem Angelkoffer, *ich werde den Ort nicht noch einmal aufsuchen, nicht heute, und nicht morgen.* Joe nimmt eine neue Fliege aus seinem Kasten, tauscht sie gegen den bisherigen Köder und streicht mit dem Daumen über die Federn, *ich hoffe, es gibt keinen Wirbel,* er schaut mich bestimmend an, *es wird einen Artikel in der Zeitung geben, das lässt sich nicht vermeiden, man wird schreiben, dass die Leiche eines Unbekannten am Flussufer gefunden wurde, es wurde bereits ein Foto von der Leiche am Ufer gemacht.*

Aber die Angehörigen, Susanne hat Mühe, diese Worte auszusprechen, *aber die Angehörigen müssen informiert werden.*

Er hatte keine Papiere bei sich.

Aber im Hotel muss man doch seine Daten haben, Susannes Augen tränen und ihr blasses Gesicht bekommt rote Flecken.

Dort gibt es kein Gästebuch, behauptet Joe.

Er hatte mit Sicherheit eine Familie, Susanne lässt nicht locker, *wir kennen seinen Nachnamen, seinen Beruf, man wird seine Angehörigen ausfindig machen können.*

Unsere Polizei wird das regeln, Joe geht ins Wasser zurück und beginnt, die Schnur in der Luft zu halten. Die Fliege landet nach sieben Schwüngen flussabwärts vor einem Busch. Joe zupft gefühlvoll an der Schnur, den Oberkörper leicht nach vorne gebeugt, sein Blick fixiert den Köder und es scheint, als hätte seine Konzentration uns ausgeblendet. Wir schauen einige Minuten lang seinen Angelkünsten zu. Wir verkneifen uns einen Abschiedsgruß, um ihn nicht zu stören, und gehen.

Wir erreichen die Ferienhäuser und steuern gemeinsam auf das Haus Nummer Zwei zu.

Zumindest eine Nacht wird er hier geschlafen haben, Susanne schaut durch das Fenster, *ich kann nichts Verdächtiges erkennen,* sie geht zur Tür, schüttelt die Dose, und die Münzen klimpern, *seine Miete hat er bezahlt.*

Ich öffne die Haustür und betrete den Flur, und obwohl das Haus für jeden zur Verfügung steht und ich in meinem Leben viele fremde Räume betreten habe, überkommt mich das ungute Gefühl, etwas Verbotenes zu tun, eine Grenze zu überschreiten, die ich bisher, bei aller Erfolgsgier und Besessenheit, gewahrt habe.

Er hätte ja die Tür abschließen können, rede ich mich stark und gehe weiter in das Haus hinein. Es riecht modrig, nicht heimisch wie unsere Ferienhäuser, es ist ein Geruch, als stünde das Haus seit Jahrzehnten leer. Wir gehen ins Wohnzimmer, die Flaschen stehen noch immer neben dem Kamin, die Stühle sind an den Tisch geschoben. Susanne sucht im Bücherregal, ihre Augen wandern gründlich von einem Buch zum nächsten, aber es sind nicht die Buchrücken, die sie interessieren, sondern die Zwischenräume.

Wo würdest du einen Abschiedsbrief verstecken, fragt sie, *zwischen deinen Lieblingsbüchern oder als Lesezeichen in der Familienchronik? Ich habe Jans letzten Brief erst ein Jahr später gefunden, obwohl das Versteck einleuchtend war, er wollte, dass ich den Brief finde. Der Brief befand sich in dem Buch, das sein Vater ihm vor Jahren geschenkt hat, es war das letzte Geschenk von seinem Vater, bevor der sich endgültig aus dem Staub gemacht hat, ein Buch über die Geschichte der Olympischen Spiele, aber es war nicht das Buch, es war die Widmung, die meinen Sohn traf und tief berührte, Jans Abschiedsbrief lag auf diesen wenigen, handschriftlichen Worten ›In Liebe, dein Vater‹.*

Der Schlafbereich ist ebenfalls sauber und aufgeräumt, aber das bezogene Bett, das zusammengefaltete T-Shirt und ein zerknülltes Taschentuch im Papierkorb deuten auf einen Bewohner hin. Ich schaue aus dem Fenster, auch hier ein weitreichender Blick auf den Wald.

Wir kontrollieren den Schuppen. Auf dem Waschbecken befinden sich ordentlich nebeneinander ein Stück Seife, Zahncreme und ein Wasserglas, darin eine Zahnbürste.

Herr Kurtz hat das Luxusbad gemietet, mit Spiegel, ich schaue in das ungerahmte, schiefe Glasstück und stelle fest, ich sehe müde und ungepflegt aus.

Wir werden nichts finden, Susanne vermeidet den Blick in den Spiegel, *ich gehe zurück in mein Haus, mir reicht es für heute.*

Ich brauche noch einiges aus Joes Laden, mal sehen, ob er schon vom Fischen zurück ist.

Joe ist nicht in seinem Laden. Ich nehme auf seiner Bank Platz und wische mit der Hand über mein unrasiertes Kinn, als könnte ich damit mein Aussehen retten. Ich schließe meine Augen.

Ich war eingeschlafen, erst durch einen Ruck – hat jemand mit dem Fuß gegen die Bank getreten? – kehre ich in die Realität zurück.

Wartest du schon lange, Joe steht vor mir.

Wie spät ist es denn?

Mein Laden ist offiziell geschlossen, aber wenn du etwas brauchst …

Ja, einige Vorräte, ich reibe mir den Schlaf aus den Augen und erkenne langsam die Farben vor mir, *hat meine Frau sich gemeldet?*

Nein, aber ich war doch heute den ganzen Tag am Fluss.

Außerdem erwarte ich einen Anruf von meinem Chef.

Warum, Joes Stimme wird lauter, *warum, willst du ihm die Neuigkeiten verkaufen?*

Nein, nein, ich werde ihm sagen, dass die Arbeit erfolglos abgebrochen wird.

Joe sieht mich misstrauisch an, Fischschleim und getrocknetes Blut kleben an seinem karierten Hemd.

Ich wähle als Erstes die Nummer der israelischen Agentur. Ich lasse zehnmal klingeln und lege auf.

Die Vorzimmerdame von meinem Chef nimmt nach dem zweiten Klingeln ab und meldet sich mit der auswendig gelernten Begrüßung.

Hallo, hier ist Konrad Jagen, ich möchte den Redaktionsleiter sprechen, dringend.

Der ist zurzeit leider nicht zu sprechen.

Jagen, Konrad Jagen, wiederhole ich bedrohlich ruhig, *es ist dringend!*

Ich versuche es, sagt die Frau am anderen Ende, ebenfalls ruhig.

Es klickt mehrfach in der Leitung.

Hallo Herr Jagen, was gibt es Neues bei Ihnen?

Was ist das für eine blöde Frage, wüte ich, ich überziehe meinen Job tagelang, ohne mich zu melden, ich könnte in der Zwischenzeit das wichtigste Foto in der Geschichte der Zeitung gemacht haben, und er fragt, was gibt es Neues. Ich atme hörbar ein und aus, *nichts, es gibt nichts Neues.*

Und wie kann ich Ihnen jetzt weiterhelfen?

Ich nehme eine Woche Urlaub, stehe also für weitere Aufträge nicht zur Verfügung.

Ja, kein Problem, ich konnte ein hervorragendes Team für die Kriegsberichterstattung zusammenstellen.

Ja, gut, sage ich und überlege, wer dieses Team sein könnte.

Dieses Thema wird uns noch lange beschäftigen, ergänzt mein Chef, mit einer diebischen Freude, die ich hören kann, *und neben diesem Krieg wird es keine gleich starken Themen geben, auch nicht diesen bescheuerten Wald, waren Sie eigentlich die kompletten drei Tage dort?*

Nein, lüge ich, *bin nach dem zweiten Tag abgereist.*

Gut, die Reise war ohnehin nutzlos, behalten Sie die Fotos.

Wie bitte?

Die Reisekosten bekommen Sie und das Grundhonorar, das wir vereinbart haben.

Sie meinen, die zwei Tage waren umsonst?

Umsonst ist nichts im Leben, Sie hatten zwei Tage in der Natur an der frischen Luft, wer kann das schon in der heutigen Zeit behaupten, mein Chef lacht, ein widerliches Lachen.

Und wenn es einen neuen Selbstmörder gäbe, wäre dann nicht auf einmal …

Ach, unterbricht er mich, *wir können jede Woche von Selbstmördern aus dem Krieg berichten, wir überlegen in der nächsten Ausgabe eine detaillierte Statistik, grafisch untermalt, vielleicht sogar mit Ihrem Bild, über alle Selbstmordattentäter der letzten Jahre zu bringen, was meinen Sie?*

Ich knalle den Hörer auf die Gabel.

Mach das Telefon nicht kaputt, ruft Joe von draußen.

Ich habe meinem Chef gesagt, dass eine Berichterstattung aus dieser Gegend keinen Sinn macht.

Gut, Joe sitzt wie jeden Abend mit einer Bierflasche in der Hand auf seiner Bank.

Meinst du, es geht trotzdem wieder los?

Die Stadt schweigt, und die Polizei wird die Ermittlungen schnell einstellen.

Und die Angehörigen?

Welche Angehörigen? Im Mittelalter hat man Selbstmörder nackt auf dem Marktplatz zur Schau gestellt, Joe sieht mich mit einem Blick an, den ich nicht deuten kann.

Für die Stadt ist er ein Unbekannter, und er bleibt es, versucht Joe, einen deutlichen Schlussstrich unter diese Debatte zu setzen.

Auch wenn es mir schwerfällt, akzeptiere ich es und frage, *kennst du einen Reinhold Meier?*

Reinhold Meier, sagt mir nichts, wer soll das sein?

Ein Kollege von mir, der vor circa fünfzehn Jahren hier war.

Hier waren in den letzten zwanzig Jahren viele Journalisten, ich kann mir nicht alle Namen merken.

Schade, sage ich, *und der Name Stachmann?*

Stachmann, ja, vor einigen Jahren war hier jemand, der dumme Frage gestellt hat, ich glaube, der hieß Stachmann.

Ja, mein Kollege ist dafür bekannt, ich öffne eine Bierflasche, obwohl ich heute nüchtern bleiben wollte, *weißt du, wie lange Stachmann hier war?*

Er war bestimmt drei- oder viermal bei mir im Laden.

Also hat er so lange wie ich hier ausgehalten.

Wie du, Joe blickt mich an und grinst, *der Stachmann, der sprach, genau wie du, ›von diesem Ort‹, als wäre es eine Sehenswürdigkeit,* Joe wartet und starrt auf die Straße, *ich habe ihn einige Male im Wald gesehen, er war dem Ort sehr nahe,* Joe schaut auf die andere Straßenseite, in seinen Augen ein Ausdruck des Wiedererkennens. Ich folge seinem Blick, aber auf der anderen Seite ist niemand.

Ich glaube, Stachmann ist verrückt geworden.

Das glaube ich, Joe spielt mit dem Fuß im Sand, *Konrad, ich mag dich, pass auf, dass dir nicht das gleiche Schicksal zustößt.*

Warum glaubst du, dass ich verrückt werden könnte, ich war im Krieg, ich habe ganz andere Sachen gesehen.

Der Krieg, du glaubst, wenn du das Leid der anderen gesehen hast, kannst du auch dein eigenes Leid ertragen?

Was für ein Leid? Mir geht es gut!

Natürlich geht es dir gut, und warum bist du dann noch hier?

Ich werde bald heimfahren, spätestens wenn meine Frau zurück ist, spätestens.

Joe nickt, aber er glaubt mir kein Wort.

Wir verabschieden uns und wünschen uns eine angenehme Nacht. Aber ich gehe nicht zu meiner Unterkunft, sondern zum Hotel.

Der Empfangsraum ist dunkel, nur die Notfalllampe über der Tür spendet Licht und erhellt den schmalen Schlauch zur Rezeption. Ich schlage auf die Klingel, der Ton hallt durch den Raum, als wäre das Hotel nicht nur stockfinster, sondern auch leergeräumt. An der Wand hinter dem Tresen hängen die Zimmerschlüssel, ich erkenne auf den ersten Blick, kein Zimmer ist belegt. Ich rufe nach einer Bedienung, und um sicher zu sein, rufe ich ein zweites Mal, bevor ich hinter den Tresen gehe und mir zwei Schlüssel klaue.

Als Erstes betrete ich das ehemalige Hotelzimmer von Herrn Kurtz. Die Luft stinkt muffig und verbraucht. Ich öffne den Kleiderschrank und den Kühlschrank. Leere. Ich kann keinen privaten Gegenstand entdecken. Ich nehme die Tagesdecke vom Bett, schaue unter das Kissen und unter das Laken. Das Bettzeug riecht benutzt, es ist der Geruch einer fremden Person, der mich umgibt. Auch hier liegt eine Bibel im Nachttisch. Ich blättere und finde im Alten Testament einen gefalteten Zettel, und bevor ich das Stück Papier auseinanderfalte, begreife ich, was ich gefunden habe, denn wo sollte jemand, der von der Religion und ihren Feierlichkeiten lebt, sonst etwas für ihn so Relevantes aufbewahren, wenn nicht in einer Bibel, praktisch der Grundlage seiner Arbeit, und genau überlegt, die letzten Worte in einer der ältesten und dem Leben und dem Tod in einer beispiellosen Art zugewandten Schrift zu verstecken, erscheint mir vollkommen.

Aber ich habe mich geirrt.

Es ist die Landkarte, die ich im Speiseraum gesehen habe. Herr Kurtz hat die Karte weiterbearbeitet, mit Strichen, die sich kreuzen, an den Eckpunkten Wörter, und rundherum ein Kreis. Ich muss an ein Fadenkreuz denken und stecke meinen Fund ein.

Bevor ich aus dem Zimmer gehe, drehe ich mich noch einmal um, der Mond scheint auf das Bett und teilt es in

Licht und Schatten. Ich stelle mir vor, genau dort lag Herr Kurtz vor Tagen, sein Kopf konnte sich mit einer Bewegung von der Lichtseite in den Schatten drehen und wieder zurück, vielleicht lag er stundenlang wach auf dieser Grenze, seine Tat vor Augen. Diese Vorstellung verdichtet sich in meinem Kopf zu einem konkreten Motiv, das ich gerne mit meiner Kamera festhalten möchte, und obgleich dieses Foto nicht machbar ist, oder gerade deshalb, hält sich dieser Wunsch und wird erst aus meinem Kopf verdrängt, als ich mein altes Hotelzimmer betrete. Der Raum sieht aus, wie ich ihn verlassen habe, kahl und staubig, und auf der Fensterbank steht das umgedrehte Wasserglas. Ich stelle mich vor das Fenster und beuge mich nach unten zu dem toten Insekt. Neben dem Glas liegt eine Filmdose, sie ist so positioniert, dass man sie nicht übersehen kann, wer nach dem Glas und dem Insekt schaut, sieht sie. Ich kenne den Firmennamen, der auf der Dose steht, ich weiß, welche Kameras sie herstellen, unverschämt teure Geräte, die nur Profis benutzen. Und Herr Kurtz. Ich habe das Firmenlogo auch auf seiner Kameratasche gesehen. Ich stecke den Film ein, ohne ein schlechtes Gewissen. Unter der Filmdose liegt ein kleiner, gefalteter Zettel, darauf zittrig und verwischt, wie in Eile geschrieben, eine Nachricht:

›Vielleicht können Sie die Bilder nutzen. Ich brauche sie nicht mehr. Passen Sie auf sich auf. Jemand verfolgt Sie. Er war in Ihrem Hotelzimmer. Die Zimmerschlüssel sind alle gleich. Es gibt kein Entkommen. Und denken Sie daran, die Farben und das Licht, der Mond scheint so hell, ziehen Sie die Vorhänge zu, ich weiß nicht, was das Licht mit uns macht.

A. Kurtz‹

Ich stelle das Glas in den Schrank und schaue auf die Fensterbank, hat sich das Tier gerade bewegt? Ist es ein Stück nach links gekrabbelt? Ich schaue mir das Insekt genau an, seine Beine und die Fühler sind zart und feingliedrig, der leichteste Windhauch könnte es wie eine Marionette tanzen lassen. Aber das Insekt braucht keine Fäden und keinen Puppenspieler, es lebt und setzt zum Flug an. Die Glieder sind schwach, doch das Tier schafft es, kann sich von der Fensterbank lösen und schwirrt durch den Raum. Weit über eine Woche ohne Luft, rechne ich, kann kein Tier und kein Mensch überleben. Mit jeder Runde, die das Tier um die funzelige Deckenbeleuchtung dreht, gewinnt es an Lebenskraft. Ich öffne als Fluchtweg das Fenster. Ich höre die Mücke summen, aber ich sehe sie nicht – würde ich nicht, wenn ich so lange eingesperrt gewesen wäre, so schnell wie möglich die Freiheit suchen? Das Insekt könnte einfach wegfliegen, es würde nichts zurücklassen. Niemand verschwindet spurlos, und ich frage mich, was würde ich zurücklassen, wenn ich für immer verschwinde, würde ich einen Abschiedsbrief schreiben? Könnte ich das, was zu sagen wäre, in einem Brief zum Ausdruck bringen, könnte ich das, was ich versucht habe, mit meinen Fotos zu zeigen, in Worte fassen, oder würde es nur für eine kurze, aber alles sagende Widmung reichen? Und viel wichtiger: Wem würde ich schreiben? Ich sollte meinem Chef und allen, die glaubten von meinem Ruhm profitieren zu können, eine letzte Zeile mit auf den Weg geben. Aber würden diese Worte, da sie nicht ohne Verachtung geschrieben wären, nicht unter den Tisch fallen? Niemand würde sie sich zu Herzen nehmen. Natürlich würde ich meiner Frau schreiben, meiner Liebe, die in diesem Moment auf der Suche nach dem ultimativen Design ist oder kurz vor der Kriegsfront steht. Sie ist die einzige Person, die meinem Herzen nahe steht. Und was würde passieren, wenn meine Nachricht sie nicht erreicht? Oder wenn ihre Wut über mein Verschwinden die Trauer besiegt, und sie meine letzten Worte vernichtet? Was bleibt? Bleiben nur meine Bilder?

Die Mücke summt in mein Ohr. Ich schlage mit der Hand nach ihr, aber sie summt weiter. Ich kratze mich an meiner Schläfe, es juckt und zwickt, ich kratze weiter, bis meine Haut rot und wund ist. Der Blutsauger ist verschwunden. Nur das Summen ist noch in meinen Ohren.

Teil II

Die Königin überlebt ihr Volk

Die Tage werden immer kürzer und das Gefühl, der Gejagte zu sein, ist zurückgekehrt. Ich hatte gehofft, nach dem Tod von Herrn Kurtz wäre der Spuk vorbei, denn ab dem Tag, an dem wir von dem Selbstmord erfuhren, waren auch die Fußabdrücke verschwunden.

Aber heute früh waren sie wieder da. Es gibt keine Zweifel, sie stammen vom Wanderer, er stand letzte Nacht vor meinem Küchenfenster. Ich habe keine Ahnung, warum er uns in den letzten Wochen mit seinen Beobachtungsgängen verschont hat, Susanne befürchtet, er hätte etwas mit dem Tod von Herrn Kurtz zu tun und wäre untergetaucht und suche jetzt ein neues Opfer. Ich glaube das nicht, selbst die örtliche Zeitung schrieb von einem ›erneuten Freitod‹. Wobei die Vertreter der Stadt alles versucht haben, den Selbstmord von Kurtz zu verheimlichen, was ihnen auch geglückt ist, es blieb bei diesem einen Zeitungsartikel, es kamen keine Reporter und keine Schaulustigen. Und es kamen keine Angehörigen. *Ein Skandal*, regt Susanne sich jeden Tag darüber auf, *der Tod darf nicht vertuscht werden, wir müssen etwas tun*.

Aber wir können nichts tun, wir haben keine Informationen über seine Familie, wissen nicht, wo Herr Kurtz wohnte, wir kennen nicht einmal seinen Vornamen. Und das Gästebuch aus dem Hotel ist verschwunden. Wie der

Hotelbesitzer. Das Hotel steht leer, es gibt keine Versuche, dieses Haus zu retten, und ich vermute, Unkraut und Schimmel werden den Kampf um dieses Gebäude gewinnen. Das Einzige, was uns von Herrn Kurtz geblieben ist, sind ein Film und seine Landkarte. Die Karte hängt in meinem Ferienhaus neben dem Bücherregal, aber sie muss, wie meine eigene Karte, falsch und veraltet sein, denn die zahlreichen Zeichen und Striche helfen uns nicht weiter. Wir sind mit der Karte in der Hand aus allen Himmelsrichtungen in den Wald marschiert, aber wir haben das ›Feuerhaus‹, den Mittelpunkt der Karte, nie gefunden. Susanne und ich haben uns entschlossen, systematisch vorzugehen, wir laufen jeden Abschnitt ab und nähern uns so kreisend von außen nach innen dem Zentrum. Aber bis jetzt haben wir nicht einen Hinweis entdeckt, der uns zu dem sagenumwobenen Ort bringen kann. Der Kreis, der das Zentrum umschließt, wird immer enger. Wie in einem Trichter rutschen wir tiefer, es kann nur noch wenige Erkundungstage dauern. Doch jedes Mal, wenn wir glauben, des Rätsels Lösung am Rockzipfel packen zu können, dreht sie sich weg. Aber wir geben nicht auf, auch wenn es immer wieder Tage gibt, in denen Susanne ihr Ferienhaus nicht verlässt und deprimiert in ihrem Bett bleibt, aber ich weiß, sie wird erst abreisen, wenn sie den Ort gefunden hat. Meine Abreise hingegen ist ungewiss, ich wollte schon lange wieder zu Hause sein, ich habe wöchentlich versucht, Annabell und die Redaktion zu erreichen, doch selten ließ die schlechte Verbindung ein Gespräch zu. Die Zeitung lebt nur noch vom Krieg, als gäbe es nichts außerhalb dieser Berichterstattung. Selbst in der einmonatigen Waffenruhe überschlug sich die Zeitung mit Berichten aus dem Kriegsgebiet, untermalt mit

Bildern, die ich nicht mehr machen möchte. Somit gibt es für mich allein eine Konstante, die den Zeitpunkt meiner Abreise bestimmt: Annabell. Erst wenn Annabell wieder zu Hause ist, gehe ich heim. Annabell sagte vor einem Monat, sie bleibe, bis die Grenzen in Vorderasien wieder geöffnet sind und sie ihre Kleider und Stoffe hat, danach meinte sie, sie hätte so viel Arbeit, sie könne sich nicht aus dem Staub machen. *Wäre das okay für dich*, fragte sie, *du bist doch auch beschäftigt, oder?* Ich habe einige Tage mit dem Gedanken gespielt, nach Israel zu reisen. Aber ich muss Annabell vertrauen, *es geht mir gut, alles ist gut, ich passe auf*, sagte sie und warum sollte sie mich anlügen, wenngleich der Krieg bis an Europa herangerückt ist, das hören wir jeden Tag im Radio, die Grenzen sind nur bedingt passierbar und Flüchtlinge überall. Der Krieg scheint lediglich auf dieses Fleckchen Erde hier keinen Einfluss zu haben, der Wald sieht aus, wie ich ihn in den ersten Tagen entdeckt habe. Die Beweisfotos hängen chronologisch geordnet neben der Landkarte. Die Fotos vom ersten Tag fehlen, obwohl ich Joe auch den ersten Film anvertraut habe.

Ich habe die Filme gleich in die Stadt geschickt, beteuerte Joe, aber ich bin sicher, er hält die Bilder absichtlich zurück, als wüsste er um die Brisanz dieser Fotos, denn in seiner Obhut sind nicht nur die Ergebnisse von meinem ersten Tag im Wald, mit den Aufnahmen von dem Unbekannten auf dem Hügel, nein, Joe besitzt auch den Film, den Herr Kurtz für mich zurückgelassen hat. Und was könnten diese Fotos alles zeigen, denn eines ist gewiss, Kurtz hat den Ort gefunden.

Ich werde aus Kurtz' Landkarte nicht schlau, ich studiere sie jeden Tag, vergleiche meine Fotos mit den möglichen

Standorten auf der Karte, aber die Striche und Vermerke, die er auf das Papier geschmiert hat, ergeben für mich keinen Sinn. Ich versuche mich an die Karte zu erinnern, die ich im Hotel auf seinem Frühstückstisch gesehen habe, die Vermerke und einige Linien waren bereits eingezeichnet, aber sie wurden immer wieder weggewischt und durchgestrichen und neu auf das Papier geschmiert, die ursprüngliche Version ist nicht mehr zu erkennen. Ich habe eine Kopie gefertigt, sie ist schlichter und beschränkt sich auf die wichtigsten Grenzen und Markierungen. Ich habe jeden Abschnitt, den Susanne und ich mindestens einmal aufgesucht haben, gekennzeichnet, von Weitem sieht die Karte wie eine Dartscheibe aus, viele, immer enger werdende Kreise.

Ich werde mich alleine auf die Suche machen, und ich bin froh darüber, denn ich habe das Gefühl, dass ich heute fündig werde. Ich möchte den Ort alleine finden, nicht des Ruhmes wegen, sondern um Susanne auf diesen Ort vorzubereiten. Die Erinnerungen, die ich am Tagesende von meiner Suche habe, schreibe ich in das Notizbuch. Ich schlage die drittletzte Seite auf und lese den Eintrag, den ich gestern Nacht gemacht habe:

›Die Tage werden immer kürzer. Kaum sind wir im Wald, ist die Sonne tief und schwach. Der vorletzte nordwestliche Abschnitt brachte keine neuen Erkenntnisse. Susanne verzweifelt. Und ich kann ihr nicht helfen. Sie entfernt sich.‹

Ich schlage das Notizbuch zu und schiebe es ins Bücherregal. Ein Großteil der Literatur besteht aus philosophischen Werken, Abhandlungen über das Leben, über die Natur, über den Tod und über den Sinn und Verstand all dessen. Es sind fast ausschließlich lebensbejahende Texte, als wolle der Eigentümer des Hauses seinen Gästen noch einmal, bevor sie in den Wald gehen, alle Denkansätze und Möglichkeiten aufzeigen. Ehrenwert, der Vermieter, denke ich, ehrenwert und nicht geldgierig. Ich habe nach zwei Wochen ein schlechtes Gewissen bekommen und drei Geldscheine in die Dose gesteckt, und es dauerte weitere zwei Wochen, bis der Vermieter sich die Miete nahm, jedoch ließ er zwei Scheine in der Dose, und auch von Susannes Miete nahm er alle zwei oder drei Wochen jeweils einen geringen Anteil, als wolle er damit zeigen, wir dürfen bleiben, das Haus ist noch immer bezahlt. Und bis jetzt hat er es geschafft, unerkannt zu bleiben, er beobachtet uns und wartet, bis wir im Wald verschwunden sind.

Ich ziehe mich warm an, nehme meine Ausrüstung und mache mich auf den Weg. Ich muss mich beeilen, mir bleiben nur noch wenige helle Stunden, um in die Waldabschnitte vorzudringen, die wir bisher nicht kontrolliert haben. Denn auch wenn das Sonnenlicht nur selten durch das dichte Blätterdach scheint, möchte ich meine Suche nicht in kompletter Dunkelheit beginnen.

Ich halte Ausschau nach allem, was verdächtig sein könnte, umgeknickte Äste, abgeschabte Holzrinde oder Fußspuren. Und ich halte Ausschau nach schwarzen Schnürsenkeln. Susanne bekam damals von der Stadtpolizei Jans Kleidung, die er trug, als man ihn am See oder wo auch immer gefunden hatte, es waren Straßenklamotten, keine Kleidung, die für eine Wanderung durch den Wald geeignet gewesen wäre, statt einem dicken Parker trug er seine Trainingsjacke, statt Wanderstiefeln seine Sportschuhe. Aber die Schnürsenkel fehlten. Ich glaube nicht, dass sie an irgendeinem Baum hängen, die Waldarbeiter werden diesen Hinweis nicht übersehen haben, sie sind fleißig, und seit ich weiß, dass es sie gibt, sehe ich sie oft im Gebüsch arbeiten, sie hegen und pflegen die Bäume, sie vergiften vielleicht sogar das Wasser und beseitigen Mordspuren, sie sind scheu und meiden jeden Blickkontakt. Die Stadt hat nach dem Selbstmord von Herrn Kurtz die Anzahl der Arbeiter erhöht, die Spurenbeseitigung genießt offensichtlich höchste Priorität. Die Kontrolllichter von den Grenztürmen wurden allerdings nach dem Selbstmord deutlich weniger, nur in vier oder fünf Nächten fuhr der Lichtkegel seitdem über den Wald, für kurze Intervalle. Kaum hatte ich das Licht gesehen und mich auf den Weg gemacht, um endlich die Person mit dem Lichtstrahler zur Rede zu stellen, brach das Licht ab.

Etwas mehr Licht könnte mir jetzt bei meiner Suche helfen, die Sonne ist hinter den Bäumen verschwunden, und die Taschenlampe hat sehr wenig Leuchtkraft. Ich taste mich langsam vorwärts und müsste in den nächsten Minuten ein neues Gebiet betreten. Ein Eichhörnchen raschelt am Wegesrand. Ich kann beobachten, wie das Tier aus dem Busch krabbelt, mich beäugt, an mir vorbeiläuft und einen Baum nach oben huscht. So zurückhaltend die Menschen in diesem Wald sind, so zutraulich wurden die Tiere mit der Zeit, ich habe Feldhasen gesehen, die mir hundert Meter an meiner Seite gefolgt sind, ich stand Rehen und sogar Elchen gegenüber, minutenlang Auge in Auge, ich hatte gelegentlich das Gefühl, wir nickten uns ohne Furcht zu. Ich hätte diese Begegnungen gerne mit meiner Kamera festgehalten, aber ich muss sparsam sein, auf meinem letzten Film sind lediglich noch zwölf freie Bilder. Ich habe neue Filme bei Joe bestellt, aber auch diese Bestellung lässt auf sich warten.

Dabei habe ich keine Zeit, um auf Material zu warten. Wenn ich tatsächlich den Ort finde, werde ich mich nicht auf zwölf Bilder beschränken wollen. Ich möchte diesen Ort von allen Seiten und aus allen Winkeln ablichten. Aber ich habe das Gefühl, obwohl wir das Zentrum umrunden und die Schlinge immer enger ziehen, kommen wir dem Ziel nicht näher. Es ist, als wäre der Teil des Waldes, der von uns noch nicht erkundet wurde, nur auf dem Papier in kurzer Zeit passierbar, es ist, als wäre dieser Teil tatsächlich wie ein Trichter, an dessen Wänden wir kleben und nur mühsam, Zentimeter für Zentimeter, vorankommen. Der Wald wird mit jeder Umrundung dichter, wächst über unsere Köpfe, als gäbe es keine Himmelsrichtungen mehr. Ich muss mich zwingen, langsam zu gehen, die Gefahr, etwas Entscheidendes zu übersehen, ist groß. Wir haben uns für jede Tour ein abgestecktes Waldstück vorgenommen. Heute werde ich eine Grenze überschreiten und den nächsten Abschnitt betreten, ich kann es nicht vermeiden, ich gehe automatisch schneller. Ich habe das Gefühl, die Bäume und Äste über mir zu erkennen, meine Augen haben sich an die Farben des Waldes gewöhnt und diese Farben werden, je tiefer ich hinabrutsche, kräftiger. Ich schaue nach oben und stolpere. Mein Fuß ist an einem Baumstumpf hängen geblieben, ich konnte nicht schnell genug reagieren und bin mit dem Kopf aufgeschlagen. Ich taste meinen Hinterkopf ab, an meinen Fingerspitzen klebt Blut, aber ich spüre keine Schmerzen. Ich krieche auf dem Boden vorwärts, die Farben verschwimmen für einen Moment vor meinen Augen und beruhigen sich erst, als ich meinen Rücken gegen einen Baum lehne und durchatme. Ich blicke in die schwarzen Zwischenräume und erschrecke. Dieser Schrecken kommt so unerwartet, dass ich zu keiner Reaktion fähig bin, ich vergesse zu atmen und starre ich ein Augenpaar. In ein menschliches Augenpaar. Der Unbekannte hält den Blick auf mich gerichtet und geht einige Schritte zurück. Seine Augen sind weit aufgerissen, ich sehe in seinem Blick weder Furcht noch Erstaunen, ich sehe keine Wut und keine Angriffslust. Er blinzelt mir zu und verschwindet im Schatten der Bäume, sein Oberkörper ist nach vorne gebeugt, auf seinem Kopf trägt er einen Jägerhut und in seiner rechten Hand eine Plastiktüte. Ich springe auf und ein Schmerz jagt von meinem Knöchel hoch bis in die Hüfte, ich beiße auf meine Unterlippe und nehme die Verfolgung auf. Ich versuche, nicht an die Schmerzen zu denken, und bewege mich in die Richtung, in die der Fremde verschwand. Ich schaue auf die Spuren, die er in die Erde getreten hat, und erkenne die lang gezogene Acht.

Plötzlich sehe ich ihn, er steht ein paar Bäume weiter vor einem Busch. Und kaum habe ich das Gefühl, unsere Blicke kreuzen sich, verschwindet er aus meinem Sichtfeld. Ich gehe zügig weiter und keine hundert Meter später das gleiche Spiel, der Unbekannte wartet, schaut in meine Richtung und verschwindet. Er lotst mich durch den Wald, und ich bin überzeugt, er bringt mich ins Zentrum. Oder befinde ich mich schon im Zentrum? Wir laufen durch Teile des Waldes, die auf meiner Landkarte die Mitte, den roten Kreis der Zielscheibe, kratzen oder durchkreuzen. Der Fremde wird immer schneller und die Zeitabstände zwischen seinen Wartepausen werden größer, sein Vorsprung wächst. Ich habe das Gefühl, es ginge bergab, vom Sog der Schwerkraft erfasst, gleiten wir an den Wänden des Trichters tiefer in den Wald.

Ich habe ihn aus den Augen verloren. Ich bleibe stehen, schaue mich um, in der Hoffnung, der Fremde wartet auf mich, aber ich sehe nur Bäume. Es raschelt hinter mir. Ich drehe mich um und stehe vor einer Blätterwand.

Wo bist du, rufe ich, *komm raus, ich weiß, du bist hier.* Es knackt über mir, ich springe instinktiv einen Schritt zurück, aber dieses Mal stürzt kein Ast auf mich. Ein Vogel schießt aus einer Baumkrone und fliegt zwitschernd an mir vorbei.

Ich gehe weiter, orientierungslos, doch nach einigen Minuten erkenne ich vertrautes Terrain. Der Wanderer hat mich wie ein Zirkuspferd im Kreis herumgeführt, die Stelle, wo er stand und mich anstarrte, liegt vor mir. Ich knie mich hin und leuchte mit der Lampe den Boden ab, es gibt keine Zweifel, die Fußabdrücke, die ich im Waldboden finde, sind die Spuren des Wanderers. Neben den Abdrücken ist der Boden großflächig aufgewühlt, als hätte jemand mit einer Spitzhacke etwas gesucht.

Was tun da?

Ich drehe mich erschrocken um und sehe in das Gesicht eines Waldarbeiters. Er ist einen Kopf kleiner als ich, auf seinen Wangen sind erdige Streifen, der Dreck seiner Arbeit.

Was soll das, schreit er und zeigt mit einem Rechen auf den aufgewühlten Boden.

Das war ich nicht.

Er streicht mit der Sohle seiner Wanderstiefel über die Fläche, *sie nach Hause gehen,* der Arbeiter stampft mit seinem Werkzeug auf den Boden und schüttelt den Kopf, *gehen den Weg*, er zeigt mit dem ausgestreckten Arm in die Richtung, aus der ich kam.

Ich gehe schon, sage ich und sehe, wie er mir zunickt, seine Gesichtsmuskeln sind gespannt und seine Augen zwei schmale Schlitze, als wolle er mir verdeutlichen: Ich lasse dich nicht aus den Augen.

Ich gehe heute ein gutes Tempo, meine Kondition wird mit jedem Tag besser, wo mich in den ersten Wochen Muskelkater plagte, bin ich heute durchtrainiert, meinen Gürtel schnalle ich um zwei Löcher enger. Die Abschnitte, die ich jetzt durchquere, kommen mir unbekannt vor, und bevor ich mich verrenne und stundenlang umsonst in die entgegengesetzte Richtung laufe, gehe ich zurück. Ich muss einmal falsch abgebogen sein, dabei bin ich bemüht, mir die Wege einzuprägen, außerdem wandere ich, seitdem Susanne und ich das Gebiet systematisch absuchen, nur noch mit einem Kompass. Ich muss mich nach Norden bewegen, um auf den Bogen, den ich heute gegangen bin, zu kommen, und von dort kann ich auf dem Wanderweg die Ferienhäuser direkt ansteuern. Ich erreiche ein Waldstück, das mir bekannt vorkommt, ich habe es heute gründlich nach Hinweisen abgesucht. Ich bewege mich mit Hilfe des Kompasses Richtung Norden, aber keine hundert Meter weiter ist mir, als betrete ich Neuland. Ich gehe weiter nordwestlich, aber mit jedem Schritt wird die Angst größer, dass ich mich von meinem Ziel entferne, dass ich mich nicht aus dem Wald hinausbewege, sondern immer tiefer hineinrutsche. Ich drehe um, aber je weiter ich mich vortaste, desto größer wird meine Verunsicherung. Der Wanderweg müsste, wenn ich meiner selbst gezeichneten Karte glauben kann, zweihundert Meter nordwestlich liegen. Aber auch dreihundert Meter nordwestlich sehen die Abschnitte so dicht bewachsen aus und zeigen so extreme Farben, wie ich sie heute zum ersten Mal zu sehen glaube. Die Ferienhäuser liegen südwestlich, ich richte mich nun strikt nach meinem Kompass und schlage mich durch den Wald. Nach einer viertel Stunde treffe ich auf einen Platz, den ich sofort wiedererkenne, aber dieses Mal bin ich achtsam und stolpere nicht.

Ich bin eine Stunde lang im Kreis gelaufen, *zu blöd, um geradeaus zu gehen*, fluche ich vor mich hin und trete mit Wucht gegen einen Baumstamm, es kracht und ein Teil der Rinde löst sich. Diese Dummheit wird mit einem stechenden Schmerz in meinem Zeh bestraft.

Und mit einem Lachen.

Ein leises Kichern, es kam von dort, wo der Wanderer gestanden hat. Aber ich sehe niemanden.

Komm raus!

Der Wald liegt totenstill um mich herum.

Vielleicht war es ein Tier, sage ich mir und schleiche nach vorne. Der Boden ist wieder hergerichtet, der Waldarbeiter hat die aufgewühlte Erde sorgfältig verteilt und Grasbüschel darüber gelegt, selbst unsere Fußspuren sind nicht mehr zu erkennen. Ich fahre mit der Hand über die bearbeitete Fläche, was ist an diesem Boden so interessant, ich erkenne große Steinpilze und schneide mit einem Taschenmesser einige ab, schaue dabei immer wieder über meine Schulter, aber ich kann nur hoffen, nicht beobachtet zu werden. Ich verstaue sie in meinem Rucksack für Susanne und mich und starte einen zweiten Versuch, den richtigen Weg zu finden. Ich halte mich an Kompass und Karte, und als ich merke, ich verrenne mich erneut, stopfe ich alle Hilfsmittel in meinen Rucksack und orientiere mich aus dem Bauch heraus. Ich gehe so schnell ich kann und erreiche den Wanderweg und steuere von dort die Ferienhäuser an.

Die Flamme einer einzelnen, schlanken Kerze flackert hinter Susannes Schlafzimmerfenster. Es war Susannes Idee, Kerzen anzuzünden, als Zeichen, dass wir da sind, und dass es uns gut geht. Wenn ich alleine unterwegs bin und wieder in mein Ferienhaus komme, ist meine erste Tat, eine Kerze anzuzünden, und selbst wenn es drei Uhr nachts ist. Susanne besteht darauf, sie schläft nicht länger als zwei oder drei Stunden, behauptet sie, und wenn sie aufwacht, schaut sie zu meinem Fenster und ist beruhigt, wenn das Licht zu ihr rüberscheint.

Ich bin hundemüde und verzichte auf meinen Kontrollgang um das Haus, ich verzichte auch darauf, unter die Dusche zu springen, ich verzichte darauf, meine dreckigen Klamotten zu waschen und ich verzichte darauf, die Steinpilze vom Schmutz zu befreien, ich werfe sie in die Spüle, nur einige Stunden Schlaf, dann kümmere ich mich um alles. Ich nehme das Notizbuch aus dem Regal, gehe die Treppe zu meinem Schlafplatz hoch und zünde die Kerze auf dem Fensterbrett an. Neben der Kerze steht ein Bindestock, eine Vorrichtung, in die man einen Angelhaken klemmt, um ihn mit Garn und Federn in eine Fliege zu verwandeln. Zwanzig mühevoll gebundene Fliegen. Ich bin ungeübt und ungeschickt, die Köder sind zwar auffallend schwarz und rot, aber eine Eibenrotfliege kann ich in ihnen noch nicht erkennen. Ich schiebe die Kerze dicht an das Fensterglas. Ich kann die Konturen von Susannes Haus nicht erkennen, es besteht nur aus dem Kerzenlicht, das flackert, als würde der Wind durch das geöffnete Fenster in ihr Haus wehen. Ich ziehe meine Klamotten aus, lege mich in Unterwäsche auf das Bett und schalte das Radio ein. Ich habe mittlerweile die richtige Einstellung und die optimale Ausrichtung der Antenne gefunden, es rauscht immer noch, aber ein deutscher Sender ist gut zu verstehen:

›*Wir machen weiter mit einem bekannten Klavierstück der Wiener Klassik.*‹

Während die Musik leise das Dachgeschoß füllt, schließe ich die Augen und versuche, die Erkenntnisse vom heutigen Tag zusammenzufassen: Der Wanderer ist klein und bucklig und kennt diese Region auswendig. Doch die wichtigste Erkenntnis: Die Arbeiter und der Wanderer wissen, ich bin dem Ziel sehr nah, möglicherweise war ich heute nur wenige Schritte vom Zentrum entfernt; wenn sie nicht wollen, dass Susanne und ich den Ort finden, müssen sie reagieren.

Der Wind pfeift und sucht unter dem Dachvorsprung nach Lücken. Das Pfeifen verbindet sich mit den Klassikklängen aus dem Radio zu einer Melodie, die in dieses Gebiet passt, sie ist natürlich und elegant, ich stelle mir vor, wie sich die Klänge durch den Wald schlängeln, in die Höhe getragen werden, um in den Baumkronen hell und verzückt wie Vogelgezwitscher zu erklingen, um dann auf den Wanderwegen und Wasserstraßen fortzuplätschern, die Tonfolge wird melodischer und tiefer, sie rückt in den Wald vor, und man muss ihr gefügig folgen. Ich folge dem Lied und meinem Verlangen nach Schlaf. Die letzten Töne, die ich höre, hallen in meinem Kopf dunkel nach, ich vermute, sie haben den Kern erreicht.

›*Die Friedensverhandlungen wurden erneut abgebrochen. In der Nacht von gestern auf heute bombardierte die Luftwaffe der Vereinigten Staaten die iranische Hauptstadt. Das Krankenhaus und andere zivile Einrichtungen wurden bis auf die*

Grundmauern zerstört. Die Zahl der Opfer ist noch nicht bekannt. Eine Einigung der Kriegsparteien ist in weite Ferne gerückt.‹

Die Stimme des Nachrichtensprechers wird lauter, bis ich mit der Hand auf das Radio schlage. Ich greife im Halbschlaf nach dem Notizbuch und notiere unter dem gestrigen Datum:

›Die Zeit drängt! Ich werde nicht ohne Ergebnis nach Hause kommen! Lange nichts von Annabell gehört. Hoffentlich geht es ihr gut.‹

Ich gehe nach unten und versuche, die Abschnitte, die ich gestern abgesucht habe, auf der Landkarte zu markieren, das Gebiet, das auf meinem Tagesplan stand, finde ich sofort, aber wie weit bin ich von dort vorgedrungen? Ich bin etliche Kilometer im Kreis gelaufen und die freie Fläche auf der Karte ist nicht mehr besonders groß, ich kann unmöglich alles gesehen haben, es muss noch etwas anderes geben; wäre es denkbar, dass die freie Fläche auf der Karte klein und draußen das gleiche Gebiet riesig und unüberschaubar ist?

Guten Morgen, Susanne tritt in mein Wohnzimmer und so wie ich bei mir das Gefühl habe, mit jedem Tag sichtbar an Muskelkraft und Kondition zu gewinnen, glaube ich bei Susanne zu sehen, wie ihre Energie täglich schwindet.

Komisch, Susanne geht auf und ab, ihr Blick ist auf das Bücherregal und die Karte gerichtet, *es kann nicht mehr lange dauern, nicht mehr lange dann …*

Ein Waldarbeiter hat mich gestern angemault, was ich da treibe, sage ich, *wir sollten vorsichtig sein, sie wissen, dass wir nah dran sind.*

Ich hatte gestern Abend große Angst, Susanne zupft an einem Faden, der am Ärmel ihres Wollpullovers hängt. Ihr Pullover sieht schäbig aus, wir haben zwar aus Joes Laden Waschpulver und Gallseife gekauft, auch einige Wechselshirts und Arbeiterhosen, aber Joes Auswahl ist begrenzt, und so hat sich Schweiß und der Schmutz aus dem Wald in der Kleidung festgesetzt und zerfasert langsam die Wolle.

Ich hatte Angst, du würdest nicht wiederkommen, sagt Susanne, *ich habe gestern nicht geschlafen, ich habe es immer wieder versucht, ich habe aber höchstens eine Stunde gedöst,* sie schaut zu meiner Schlafkoje hoch, *ich habe geguckt, ob Licht bei dir brennt, es war zwölf, dann ein, dann zwei Uhr, ich war drauf und dran, loszugehen, um dich zu suchen.*

Du hättest mich nicht gefunden, ich habe selbst erst nach Stunden den Weg aus dem Wald entdeckt.

Susanne sieht mich an, *ich weiß nicht, was ich gemacht hätte, wenn du nicht zurückgekommen wärst, ich weiß nicht, ob ich dann noch die Kraft hätte, aber ich bin es meinem Sohn schuldig.*

Du solltest an dich denken.

Jan hat auch immer schlecht geschlafen, Susanne nimmt ein Buch aus dem Regal, *schon als Kind hatte er Probleme durchzuschlafen, gerade vor großen Spielen,* Susanne blättert im Buch, *das steht bei mir auch im Regal, ich glaube, in allen drei Ferienhäusern steht die gleiche Bücherauswahl,* sie zeigt mir das Cover, eine halbnackte, griechische Götterstatue.

Wie viel Zeit haben wir noch, Susanne stellt diese Frage in einem Ton, so leise und beiläufig, als wäre sie nicht für mich bestimmt.

Unendlich, ist die erste Lüge, die mir einfällt, *wir haben unendlich viel Zeit, solange man uns lässt.*

Ich werde mich nicht von einem Waldarbeiter aufhalten lassen, Susanne ballt ihre rechte Hand und verzieht wütend das Gesicht, aber ich sehe in ihren Augen, wie schwer ihr diese Worte fallen. Sie schiebt das Buch ins Regal und nimmt die Chronik heraus.

Dieses Buch ist Schund, sage ich mit einem Kopfschütteln, *ich habe es dreimal durchgeblättert und mein Foto des Jahres nicht gefunden.*

Doch, das Foto ist abgebildet, Susanne blättert eilig, *auf Seite achtunddreißig oder neununddreißig,* sie blättert wieder zurück, *das Buch steht auch in meinem Regal, also bei mir ist das Bild drin, da, schau,* sie hält das aufgeschlagene Buch in meine Richtung, *die Seite mit deinem Foto ist herausgerissen.*

Das gibt es doch gar nicht, ich fahre mit dem Finger über die spitzen Papierrückstände.

Der Wanderer, überlegt Susanne, *aber woher hat er einen Schlüssel, oder sind der Wanderer und der Vermieter doch ein und dieselbe Person?*

Ich habe Joe vor Wochen gefragt, ob er weiß, wer die Häuser vermietet, aber er hat nur herumgedruckst, es sei irgendein Kauz aus dem Nachbarort, ich suche nach weiteren Rückständen im Buch, *ich glaube, Joe kennt den Vermieter,* ich blättere das Buch ein zweites Mal durch, *es fehlt nur mein Bild.*

Vielleicht wurde die Seite nicht wegen dem Foto geklaut, Susanne geht in die Küche und füllt Wasser in ein Glas, *unter dem Bild war ein ausführlicher Text,* Susanne trinkt einen Schluck aus dem Glas und schüttet den Rest über die Pilze in den Ausguss, ihre Augen verfolgen den Strudel, gebannt, als zähle sie die Umdrehungen, *dein vollständiger Name wurde erwähnt, in dem Künstlerportrait stand sogar dein Geburtstag und der Geburtsort und …*

Ich hoffe, der Autor hat gewissenhaft recherchiert, sage ich mit einem Grinsen und beginne, die Pilze zu putzen, ich kratze den Schmutz, der fest zwischen den Lamellen sitzt, heraus, *hat er den Kriegsort richtig zitiert?*

Susanne spricht diesen Ortsnamen flüssig, wie zehnmal geübt, aus und mit ihrer weichen Stimme und dem deutschen Akzent hört er sich bezaubernd, aber falsch an. Ich wiederhole stumm die Wörter, und das Foto und die Umgebung tauchen in meinen Gedanken auf – wie würde die bildhübsche Frau den Namen aussprechen? Ich kann mich an ihre Stimme erinnern, ich höre sie, wenn ich die Augen schließe, ich bin mir nicht sicher, ob sie wirklich so gesprochen hat, oder ob ihre Stimme nur in meiner Erinnerung schön und auf eine mir nicht erklärliche Weise vertraut ist.

Wo hast du denn diese herrlichen Pilze gefunden, Susanne nimmt einen Steinpilz, um ihn zu säubern.

Tief im Wald, neben den Fußspuren vom Wanderer.

Dann suchen wir nicht nur einen Hoteleinbrecher, sondern auch einen Ferienhausvermieter und einen Pilzsammler.

Es ist die Frage, wer wen sucht, ich verteile die Pilze auf zwei Haufen und lege sie auf Zeitungspapier, *ich denke, das reicht,* ich nehme die kleinere Portion und lege sie auf die Terrasse.

Susanne und ich beschließen, unsere Sachen für die nächste Wanderung zu packen. Es dauert nicht lange, bis wir mit unserem Wandergepäck wieder vor meinem Ferienhaus stehen, aber bevor wir in den Wald ziehen, suchen wir Joes Laden auf.

Wir betreten das Geschäft und suchen aus den spärlich gefüllten Obstkisten die schimmelfreien Äpfel und Birnen heraus.

Morgen, Joe kommt mit einem Wassereimer aus dem Nebenzimmer, seine Haare sehen ungepflegt aus und die Flecken auf seiner Hose kann ich nicht mehr zählen.

Sind meine Fotos fertig, frage ich und werfe einen verfaulten Apfel in eine der leeren Kisten.

Du weißt doch, ich habe die Filme in die Stadt geschickt, mehr kann ich nicht machen, Joe schaut genervt in meine Richtung und meidet den Blickkontakt zu Susanne.

Das ist aber schon über einen Monat her, ich brauche die Bilder.

Wofür, du hast doch genug Bilder, Joe geht an uns vorbei nach draußen, Wasser schwappt über den Eimerrand.

Du weißt, wie wichtig die Bilder für mich sind, das ist meine Arbeit.

Ich dachte, du hast deine Arbeit erledigt, oder macht dein Chef jetzt Druck?

Nein, ich werde die Fotos nicht veröffentlichen, das habe ich dir versprochen, ich will das für mich persönlich abschließen.

Und dafür brauchst du die Bilder?

Ich nicke und erkenne im Wassereimer Fische, die aussehen wie Kaulquappen.

Wenn man nicht mit Eibenrotfliegen angelt, sagt Joe, *sind Lebendköder die beste Alternative.*

Du hängst lebende Fische an deinen Angelhaken, Susanne betrachtet die Fische, die panisch im Kreis schwimmen.

Ich lege die Äpfel auf den Tresen, *deine Ware ist sehr ausgesucht.*

In der Stadt sieht es nicht anders aus, durch den Krieg wird es immer schwerer, an neue Lebensmittel zu kommen, Joe nennt mir den Preis für die Äpfel, eine gefühlte Preissteigerung von hundert Prozent.

Zum Glück lässt unser Vermieter immer genug Geld in der Dose, ich lege die Münzen auf den Tresen, *wir haben ihn noch nicht einmal zu Gesicht bekommen, kennst du ihn?*

Hab ich dir doch gesagt, irgend so ein Spinner aus dem Nachbardorf.

Wo finden wir ihn?

Noch einmal, ich kenne ihn nicht.

Sind häufig Gäste in den Ferienhäusern, will Susanne wissen und merkt nicht, wie sie Joe damit reizt, aber sie fragt weiter, *weißt du, wer vor uns die Häuser gemietet hat?*

Die Ferienhäuser sind, glaube ich, seit einem Jahr nicht mehr vermietet worden, das letzte Mal …, Joe sieht mich an, als suche sein Blick einen Ausweg.

Es ist merkwürdig, in allen drei Häusern ist die gleiche Einrichtung, die gleiche Auswahl an Büchern, alles ist exakt gleich, nur bei mir wurde aus einem Buch eine bestimmte Seite herausgerissen.

Bestimmt wollte jemand damit den Kamin anzünden, Joe wartet, als wäge er im Kopf ab, was er preisgeben kann, *letztes Jahr war es schon im August bitterkalt,* Joe sieht mich an, prüft, ob ich ihn verstehe, er weicht Susannes Blick aus, aber ich befürchte, auch sie hat den Hinweis verstanden.

Es ist kein gutes Angelwetter, vermute ich, dunkle Wolken schirmen die Sonne ab und kaum haben wir die Straße mit den schützenden Häusern verlassen, peitscht der Wind aus dem Wald über die Felder in unser Gesicht. Wir bewegen uns nördlich auf den Wanderwegen und erreichen den Abschnitt, der gestern auf meinem Tagesplan stand. Meine Augen versuchen, alles zu erfassen, als hätte der Sturm das Laub wie eine Gardine beiseitegeschoben, um das perfekte Motiv und den entscheidenden Hinweis zu präsentieren.

Ich glaube, hier bin ich gestern abgebogen, ich schlängle mich zwischen zwei Büschen durch und achte auf die Stolperstelle, aber ich entdecke weder den Baumstumpf noch den Platz, wo der Wanderer stand.

Wir befinden uns hier, Susanne zeigt auf unsere Karte, *keine hundert Meter und wir müssten genau in der Mitte sein,* Susanne tippt auf den Kompass, aber die Nadel bewegt sich nicht.

Ein Regentropfen fällt auf mein Gesicht und ich sehe durch die Ritzen im Blätterdach, wie sich schwarze, regenschwere Wolken über dem Wald sammeln.

Wir sollten uns beeilen, sage ich und entdecke plötzlich ein vertrautes Fleckchen, *hier stand der Wanderer.*

Wir sind aber noch nicht im Zentrum, Susanne dreht die Karte und ein weiterer Regentropfen kämpft sich durch die Blätter hindurch und landet auf dem Papier.

Der nächste Abschnitt auf unserer Karte müsste dort sein, Susanne zeigt an mir vorbei in die Richtung, in die ich gestern dem Wanderer gefolgt bin. Ich folge Susanne, und mir kommt es vor, als schlüge sie, wie an einer Schnur gezogen, den gleichen Weg ein wie der Wanderer. Ich erkenne die Plätze wieder, an denen der Bucklige auf mich gewartet hat, aber ich passiere auch Plätze, die mir fremd erscheinen, wir sollten langsamer gehen, denke ich, doch Susanne eilt vor mir durch den Wald.

Der Regen nimmt zu und nach einigen Minuten ahne ich, wo uns der eingeschlagene Weg hinführt.

Mist, wir sind im Kreis gelaufen, Susanne bleibt stehen, *ich dachte, der Weg würde uns von Westen in die Mitte führen, wir müssen die Strecke noch einmal abgehen und uns nicht an die eingetretenen Pfade halten,* Susanne atmet schwer, *wir müssen uns vom Kompass lenken lassen.*

Der Regen wird stärker, als hätte jemand das Blätterdach geöffnet, das Wasser prasselt auf uns und durchweicht innerhalb kürzester Zeit unsere Kleidung.

Wir sollten auf einem der Grenztürme Unterschlupf suchen, bis das Unwetter vorbei ist, brülle ich, der Regen stürzt ohne Deckung auf uns ein, als wolle uns jemand mit der flachen Hand niederschlagen. Wir erreichen den größten Grenzturm, klettern mit letzter Kraft die Leiter hinauf und lassen uns erschöpft auf den Boden fallen. Ich schließe die Augen, um meinen Puls zu beruhigen, der Regen trommelt sein dröhnendes Lied auf das Glasdach.

Ich öffne meine Augen und mein Blick fällt auf zwei Vögel, die nicht größer sind als Wellensittiche, sie picken im Dreck und beachten uns nicht, unfassbar, wie zutraulich sie sind, keine zwei Meter trennen sie von zwei Menschen, die im Licht der Taschenlampen um ihr Leben keuchen.

Dort stand Herr Kurtz an seinem letzten Tag und hat mich mit seinem Gewehr bedroht, erzähle ich, *›ich sehe die Gefahren, überall‹, sagte er, es werden seine letzten Worte gewesen sein.*

Stimmt, stimmt, hier war das, Susanne starrt in den Regen und sieht mich fragend an, als hätte ich ihr etwas völlig Neues erzählt, dabei weiß ich, dass ich ihr meine nächtliche Begegnung mit Herrn Kurtz nicht verschwiegen habe.

Wir sitzen und schweigen und hören, wie der Wald atmet, es raschelt und knistert, als würde der auftreffende Regen sofort verdampfen und in Energie umgewandelt werden.

Glaubst du Herr Kurtz hat hier Schutz gesucht, genau wie wir, fragt Susanne, ohne ihren Blick vom Wald abzuwenden.

Sein Gewehr hatte er zumindest im Anschlag, sage ich und wundere mich weiter über die Vögel, die sich selbst von unseren Stimmen nicht einschüchtern lassen.

Ich war nie zelten, Susanne schaut kurz zu mir rüber, *nie, nicht in meiner Kindheit und nicht später, aber so stelle ich es mir vor, weit draußen und doch geschützt, man hört die Tiere, den Regen, die Nacht.*

Ich sehe Susanne besorgt an, ihre Stimme wird mit jedem Wort leiser und ihre Beine zittern.

Ich finde, von Weitem sehen die Grenzhäuschen aus wie Baumhäuser, Susanne streift mit den Händen über ihre Oberschenkel, für einen kurzen Moment hört das Zittern ihrer Muskeln auf.

Im Wald gibt es ein Baumhaus, verrate ich, *ich habe es in der ersten Woche fotografiert.*

Das hast du mir nicht erzählt, erwidert Susanne, und bei dem Versuch, wütend zu klingen, überschlägt sich ihre Stimme, *das hättest du mir erzählen müssen, Jan liebte Baumhäuser, in unserem Garten …,* sie bricht ab, ihr Blick wandert hektisch über den Wald, *wo ist das Baumhaus?*

Da war nichts, ein einfacher Bretterverschlag.

Einfach, wiederholt Susanne, als stecke in diesem Wort eine Beleidigung.

Meine Taschenlampe gibt auf. Der Mond leuchtet zwischen den schwarzen Wolken schwach auf, er wirft Schatten auf den gegenüberliegenden Turm, und es sieht aus, als hätte einer dieser Schatten die Gestalt eines Menschen.

Ich habe Angst, dass du verschwindest, bevor ich den Ort gefunden habe, sagt Susanne in die Stille hinein.

Ich höre, wie ernst ihr diese Sorge ist, und antworte, *es ist schon lange nicht mehr das Projekt, das mein Chef mir gegeben hat, sondern mein Projekt, unser Projekt, ich will diesen Ort finden, unbedingt.*

Deine Frau wird bald zurück sein.

Ich habe diese Woche nichts von ihr gehört, sage ich und halte den Blick weiter auf den Turm, der Schatten ist verschwunden.

Glaubst du, sie kommt nicht wieder?

Sie kommt wieder, ihre Arbeit …, ich stocke und überlege, welche Antwort der Wahrheit am nächsten kommt, welche Ausrede ich selber glauben kann, *sie wird Israel erst verlassen, wenn sie ihr Projekt abgeschlossen hat.*

Wie wir, Susanne lächelt müde.

Die zweite Taschenlampe erlischt.

Der Schatten auf dem anderen Turm taucht wieder auf und neben ihm ein heller Lichtpunkt.

Jemand ist auf dem Turm, schreit Susanne und springt auf, *der Strahl ging bis hierher, er hat uns gesehen.*

Ich dachte schon, die Gören aus dem Dorf wären in den letzten Wochen erwachsen geworden.

Das sind keine Kinder, Susanne tritt nervös vor der Glasscheibe auf der Stelle.

Beruhige dich, vielleicht sind es die Waldarbeiter, die Schutz vor dem Unwetter gesucht haben.

Und warum bewegen die sich vom Turm weg?

Ich richte meinen Blick wieder nach draußen und sehe, wie das Licht nun einige Meter weiter unten vor dem Turm leuchtet.

Es bewegt sich auf uns zu, Susanne deutet an, ich solle aufstehen, *los komm, wir müssen hier weg.*

Warum, wir haben nichts verbrochen.

Du hast selbst gesagt, die Waldarbeiter wissen, dass wir kurz davor sind, den Ort zu finden, vielleicht wollen die …, Susanne wagt einen Schritt nach draußen auf die Plattform und in diesem Moment fällt der Schein einer Taschenlampe direkt in den Glasraum. Susanne hockt sich auf den Boden und flüstert, *sie stehen schon unten.*

Ich stehe auf und sage absichtlich laut, *warum sollten wir vor denen Angst haben, das ist lächerlich, wir …*

Ein Schuss schlägt unter uns ein.

Wir hören unseren eigenen, aufgeregten Atem, werfen uns auf den Boden und sehen durch die geöffnete Tür das Licht einer Taschenlampe, sie scheint von schräg unten in den Glaskasten.

Die sind direkt unter uns, Susanne kauert an meiner Seite, das Zittern ihrer Beine hat sich auf den ganzen Körper ausgedehnt.

Der Lichtkegel wird größer.

Die kommen die Leiter rauf, flüstert Susanne.

Bleib ruhig, ich lege meine Hand auf Susannes Schulter, *uns wird nichts passieren,* sage ich, obwohl mir nichts Gescheites einfällt, was diese Hoffnung nährt, ich habe zu viele Verrückte gesehen, zu viele, die mit einer Waffe in der Hand nicht mehr Herr ihrer Sinne waren, die blindlings jeden Befehl befolgten und töteten und die Frage nach dem Warum zu einem abstrakten Nichts degradierten.

Ein zweiter Schuss zischt am Glaskasten vorbei. Ich krieche ein Stück nach vorne, um einen Blick aus der Tür zu wagen. Ich sehe niemanden, nur das Licht, das weiter unten auf dem Feld hin und her schwenkt. Das Regenprasseln hat aufgehört, es ist still und ich habe das Gefühl, ich könnte hören, wie sich die Herzen überschlagen, mein Herz, Susannes Herz und das Herz der Fremden, die in Lauerstellung auf uns warten.

Die kommen nicht hoch, die wollten uns nur warnen, behaupte ich.

Die hätten uns fast getötet, Susannes Stimme hat den letzten Halt verloren.

Der Lichtkegel ist verschwunden. Ich suche das Feld bis an den Wald heran ab, wer auch immer das war, er hat aufgegeben.

Sie sind weg, sage ich und stehe langsam auf.

Bist du sicher?

Ich kann sie nicht mehr sehen.

Vielleicht wollen die uns nach draußen locken.

Unten ist keiner mehr, ich versuche, überzeugt zu klingen, und trete auf die Plattform. Ich steige die Leiter nach unten, und die Befürchtung, dass doch jemand mit einer Schrotflinte auf uns wartet, zuckt durch meine Beine, und gleichzeitig habe ich den Eindruck, die Landschaft liegt so ruhig und beschaulich vor mir, dass mir die Grausamkeit des Sterbens hier wie ein Fremdkörper erscheint.

Wir verlieren keine Zeit und eilen am Grenzzaun entlang zu unseren Unterkünften.

Bevor ich in mein Haus gehe, wasche ich mir im Schuppen meinen durchgeschwitzten Oberkörper. Ich betrachte mein Gesicht im Spiegel, den ich mir vor Wochen aus dem Schuppen des unbewohnten Ferienhauses geklaut habe. Das gerissene Glas offenbart meine Müdigkeit, es zeigt, wie sehr ich mich vernachlässigt habe. Ich rasiere mich jede Woche, aber das Rasiermesser aus Joes Laden ist so stumpf, dass ich mich oft schneide, die roten Wunden überdauern viele Tage, und neben den Mückenstichen, die nicht weichen wollen, hält sich ein besonders großer Einstich an meiner linken Schläfe.

Ich versuche in meiner Schlafkoje einige Seiten zu lesen, aber ich kann mich nicht konzentrieren, wie weit würden die Waldarbeiter gehen, wären sie bereit, gezielt auf uns zu schießen oder wollten sie uns warnen, aber wovor?

Joe wird noch wach sein und Bier trinken, vermute ich und zünde die Kerze auf der Fensterbank an und verlasse das Haus.

Joe sitzt in seinem Laden, neben ihm stehen ein Angelkoffer und mehrere Bierflaschen.

So spät noch unterwegs, er schaut kurz auf und richtet seine Augen wieder auf seine Finger, die versuchen, Angelschnur und Haken zu verbinden.

Wir wurden heute im Wald beschossen.

Beschossen, von wem, fragt Joe gelassen, ohne den Blick von seinen Fingerspitzen zu wenden.

Keine Ahnung, wir haben auf einem Grenzturm Schutz vor dem Unwetter gesucht und dann wurde auf uns geschossen, ich glaube, es waren die Waldarbeiter.

Das denke ich auch, Joe befeuchtet mit der Zunge den Knoten und zieht an der Schur, *aber die wollten euch nicht erschießen,* er reißt ein zweites Mal an der Schnur, energischer, aber sie hält seiner Reißprobe stand, *die Waldarbeiter wollten euch ein wenig Angst einjagen, die können nichts dafür, die machen auch nur ihre Arbeit, ein Relikt aus alten Zeiten. Die Stadt bezahlt sie dafür, dass sie den Wald in Ordnung halten und aufpassen, dass nichts passiert.*

Die sollen die Bäume pflegen und nicht sinnlos rumballern.

Bäume pflegen, Joe grinst, *ja, die Bäume, ich glaube, der Stadt sind die Bäume relativ egal.*

Aber vielleicht waren es auch keine Waldarbeiter, ich nehme mir eine der fertigen Fliegen aus Joes Angelkasten, *ich werde, seitdem ich hier bin, beobachtet und verfolgt.*

Ich habe schon von vielen Fremden gehört, dass sie glaubten, verfolgt zu werden.

Ich habe mir das nicht ausgedacht, erwidere ich und drücke auf den Angelköder in meiner Hand, die roten Federn zerfransen unter meinem Daumen, *ich habe nicht nur seine Fußspuren in meinem Hotelzimmer und vor dem Ferienhaus gesehen, ich habe sogar den Wanderer selbst gesehen, plötzlich stand er mitten im Wald vor mir.*

Ich beschreibe Joe die Gestalt und sehe in seinem Gesicht, dass ihm die Beschreibung bekannt vorkommt, sehr bekannt, *du kennst die Person,* frage ich, aber Joe schweigt und bindet weiter an seinen Kunstfliegen.

Joe, jemand hat auf Susanne und mich geschossen, und derjenige wollte uns nicht nur erschrecken, die Kugeln schlugen direkt neben uns ein.

Joe schließt seinen Angelkoffer, geht zur Ladentür, schaut die Straße hinunter, als suche er etwas, und nuschelt, *ich habe euch immer gesagt, lasst diese Scheiß-Suche.*

Wir wollen damit nicht an die Öffentlichkeit, beteuere ich, *Susanne will den Ort finden, wo sich ihr Sohn umgebracht hat, wenn wir diesen Platz gefunden haben, verschwinden wir, und niemand wird etwas davon erfahren.*

Joe nickt und schaut mir lange ins Gesicht, *und wenn ihr es doch an die Presse verkauft, wenn plötzlich das große Geld lockt?*

Ich habe Geld genug.

Du verstehst es nicht, oder, Joe nimmt die Fliege aus meiner Hand und streift die Federn glatt, *ihr werdet euer Versprechen vergessen, wenn ihr heimkommt,* Joe hält die Eibenrotfliege zwischen uns beiden hoch, *die meisten, die diesen Ort gesucht haben, sind nicht wiedergekommen, aber die Leute, die den Weg zurückgefunden haben, haben versucht, daraus Geld zu machen, alle,* Joe steckt die Fliege in ein schwarzes Etui und schaut auf, als wolle er einen Satz beginnen und schüttelt schweigend den Kopf.

Glaubst du, es ist jemand aus der Stadt?

Nein, der Bucklige kommt nicht aus der Stadt.

Was will er von uns, schreie ich.

Was der will, weiß keiner, es kennt ihn ja auch kaum jemand.

Sag mir wenigstens, wo er wohnt, wenn du uns schon nicht …

Joe geht durch seinen Laden und ich höre, wie er den Zeitungsständer verschiebt und mit Papier raschelt. Ich betrachte die wenigen Lichter in den Häuser auf der anderen Straßenseite und frage mich, wo Joes Kunden leben, die meisten Fenster sind finster, die Bäckerei, drei Häuser weiter, ist seit Wochen menschenleer und das Schild am Ende der Straße, das auf einen Friseur hinweisen soll, ist mit Moos bewachsen.

Hinter dem Hotel, Joe reicht mir eine Landkarte, *du bleibst auf der Landstraße, zwei oder drei Kilometer hinter dem Hotel geht rechts ein kleiner Feldweg ab, diesem Weg folgst du, irgendwann stößt du auf einen alten Bauernhof und von dort ist es nicht mehr weit.*

Wie heißt der Mann, frage ich und versuche, mich auf der Karte zurechtzufinden, sie hat einen wesentlich größeren Maßstab als meine Unterlagen, ich sehe viel Grün und keine Siedlungen.

Ich kenne seinen Namen nicht, obwohl ich ihn häufig im Wald sehe, aber er ist nicht sehr gesprächig.

Was treibt er im Wald?

Ich glaube, er sammelt Pilze, aber heute ist es eh zu spät, du brauchst bestimmt zwei Stunden, und im Dunkeln, Konrad, wenn du unseren Sammler unbedingt aufsuchen willst, geh bei Tageslicht, Joe klopft mir auf die Schulter, *ich habe noch etwas für dich,* er gibt mir einen Umschlag, *die sind heute aus der Stadt gekommen.*

Die Fotos, sage ich sofort und drehe den Umschlag in meiner Hand, der Klebestreifen löst sich, *sind die Bilder etwas geworden?*

Keine Ahnung, ich habe mir die Fotos nicht angesehen.

Klar, ich drücke auf die Lasche, aber der Klebestreifen hält nicht mehr auf dem Umschlag.

Ich mache mich auf den Heimweg und reiße, als ich aus Joes Sichtfeld verschwunden bin, den Umschlag auf. Ich sehe den Grenzzaun, die Badestelle, die Wegweiser, die Bilder sind nicht sortiert, aber eines erkenne ich auf den ersten Blick, es sind nur meine Fotos, die Bilder von Herrn Kurtz fehlen. Ich suche die Fotos, die ich am ersten Tag auf dem Hügel gemacht habe. Die Bilder sind in der Hektik der Aufnahme verwischt und dunkel. Ich schiebe die Fotos zurück in den Umschlag und beschließe, ich werde erst im Ferienhaus unter der Nachttischlampe alles gründlich sichten.

Die Neugierde treibt mich an und ich erreiche zügig meine Unterkunft. Ich setze mich auf das Bett, lege die entscheidenden Aufnahmen unter die Nachttischlampe und erkenne den Fremden. Der Fremde, der mir auf dem Hügel aufgelauert hat, ist auf meinen Bildern nur ein Schatten. Ein

Schatten mit menschlichen Konturen. Ich bin mir sicher, es ist der Wanderer, und je länger ich das Bild betrachte, umso mehr Hinweise glauben meine müden Augen zu erkennen – ist der winzige Lichtpunkt ein Messer in seiner Hand, der Strich oben rechts könnte nicht ein Ast, sondern auch der Lauf einer geschulterten Schrotflinte sein und dort, wo das rechte Bein sein müsste, ist ein unförmiges Gebilde, eine in der Faust zerknüllte Plastiktüte?

Ich sehe kein Messer, keine Schrotflinte und keine Plastiktüte. Ausgeschlafen und mit reichlich Tageslicht sehen die Fotos unspektakulär aus, einzig ein schlanker Schatten neben der Eibe lädt zum Fantasieren ein. Ich betrachte lange meine Arbeit, die Farben der Fotos sind schwach, als hätte die Sonne sie nach Jahren ausgebleicht. Die Lichtverhältnisse waren an jenem Abend nicht optimal, der Wald ist dunkel und meine Augen haben sich erst in den letzten Wochen an diese Dunkelheit gewöhnt, das ist mir klar, aber ich hätte meine Kamera besser einstellen müssen, ich bin Profi genug, ärgere ich mich, Bilder in dieser Qualität hätten mir nicht passieren dürfen. Ich kann mich nicht erinnern, wann ich zuletzt ein so schlechtes Bild gemacht habe, es hat nichts von dem, was mich auszeichnet, im entscheidenden Moment hoch konzentriert das bestmögliche Foto zu schießen. Ich habe immer Bilder in höchster Qualität abgeliefert. Jedoch, die Bilder aus dem Krieg, die ich für die Öffentlichkeit ausgewählt habe, waren teilweise ebenfalls dunkel, aber sind nicht alle Farben im Krieg schwach, überlege ich, oder waren unter meinen Arbeitsergebnissen auch Fotos, die nicht das Niveau haben, das ich von mir verlange, und das man verlangen muss, wenn man das Foto des Jahres schießen will? Sind vielleicht nur wenige Fotos von den zahlreichen, die ich jedes Jahr schieße, akzeptabel, hat lediglich eins von hundert das Ziel erreicht, ganz zu schweigen von den Tausenden von Abzügen, die ich sofort aussortiere und die niemand zu Gesicht bekommt. Mein Pressefoto des Jahres ist perfekt, da dulde ich keinen Zweifel an mir, die Fachjury und alle anderen Kritiker, die mit auf das Boot gesprungen sind, können sich nicht irren. Aber sind meine anderen Fotos aus diesem Krieg auch gelungen oder wurden sie einfach nur abgedruckt, egal ob sie gut waren oder nicht? Oder wurden sie erst überarbeitet in Hochglanzmagazinen zu dem, was mich als Fotograf auszeichnen soll – nicht der unverhohlene Blick, nicht das Gefühl für den richtigen Zeitpunkt, nicht das Gespür für das, was man nur mit dem Auge der Kamera sehen kann, ist der Reiz meiner Fotos nur der künstliche Glanz auf buntem Papier?

Ich steige die Treppe nach unten und ordne die Bilder an der Wohnzimmerwand an. Ich vergleiche die neuen Fotos mit den alten und erkenne keinen wesentlichen Qualitätsunterschied, die Farben sind gleichbleibend gut oder schlecht, aber entsteht die Qualität nicht erst mit der Zeit?

Ich gehe vor die Terrassentür und höre ein leises Summen. Ich kann das Geräusch nicht orten, es kommt nicht aus dem Gestrüpp und nicht aus dem Müllsack, der am Schuppen hängt, aber das Summen ist da, ich bilde es mir nicht ein, und es wird lauter.

Es dauert einige Minuten, bis ich die Ursache finde, ich habe die Tiere selbst angelockt, gestern Morgen, als ich die übrig gebliebenen Pilze auf Zeitungspapier neben den

Schuppen gelegt habe. Ein Schwarm Insekten schwirrt um die Beute, sie krabbeln auf den Stielen und kriechen zwischen die Lamellen, es sind Eibenrotfliegen und Insekten, die denen sehr ähneln. Ich hocke mich vorsichtig hin und beobachte das Treiben, sie nehmen mich nicht wahr, als wären sie in einem Fressrausch und die Pilze das lang erhoffte Festmahl, wobei, sie wirbeln und summen so wild, als wollten sie nicht fressen, sondern einzig die Pilzkulturen oder den nicht mehr vorhandenen Nährboden zerstören. Eine Eibenrotfliege landet auf meinem Oberschenkel. Ich halte den Atem an und sehe, wie sie sich mit kleinsten Bewegungen vortastet, als prüfe sie den Untergrund, den Stoff meiner Hose, ihr Hinterteil samt Stachel zuckt und ich hole aus. Meine flache Hand zischt über meinen Oberschenkel und verjagt nicht nur die eine Fliege, sondern auch die anderen Insekten. Ich höre das Summen, tausend helle Töne, tief in die Gehörgänge hinein. Ich schaue auf die Pilze, sie sind fast unbeschadet und sicherlich noch genießbar. Ich lese auf der Zeitung, die ich als Unterlage verwendet habe, eine Schlagzeile, die ich nicht verstehe, weil sie nicht in meiner Sprache geschrieben ist, aber für mich ergibt der Begriff ›Atom‹ mit dem Foto darunter sofort einen Sinn. Die Abbildung zeigt einen Soldaten vor einer Fliegerrakete – übrigens hervorragend ausgeleuchtet, dass man meinen könnte, die amerikanische Sonne scheine auf den Rücken des Soldaten, man glaubt, es zu sehen, das strahlende Gelb auf einem Schwarz-Weiß-Foto. Der Soldat lächelt in die Kamera, als wüsste er nicht, was die Rakete hinter ihm, die mit Sicherheit keine Atomrakete ist, dennoch anrichten kann, er lächelt, als hätte er die Drogen bereits bekommen, die all die Bilder, die er noch vor sich hat, löschen sollen.

Meine Droge ist die Dunkelkammer, in der ich, von der Welt ausgeschlossen, zwar nicht die schrecklichen Bilder des Krieges vergessen kann, aber ich kann neue Fotos erschaffen, Fotos, die vielleicht sogar den Krieg in seiner Grausamkeit unterstreichen, die aber auch etwas anderes zeigen können, die Menschlichkeit, die darunter leidet, eine Menschlichkeit, die nicht verschwindet, die stets vorhanden ist, in den Gesichtern der Opfer und in denen der Täter, in den hässlichen und in den wunderschönen Dingen, die zurückbleiben, in der Natur, die von all dem Schrecken nichts wissen will.

Ich will etwas von diesem Schrecken wissen, sonst hätte ich mich nicht seit Wochen in dieser erbärmlichen Gegend herumgetrieben, nicht jeden Tag mit einer Frau verbracht, die zunehmend verzweifelter und angespannter wird, und die ihr Gefühlsleben über Teelichter beschreibt. Heute sehe ich überhaupt kein Licht und klopfe an ihrer Tür.

Susanne reagiert nicht. Ich gehe ins Wohnzimmer und wage einen Blick die Treppe hinauf, aber Susanne liegt nicht in ihrem Bett. Vielleicht ist sie unter der eiskalten Morgendusche, denke ich und nehme auf ihrem Sofa Platz. Ein Wanderführer liegt aufgeschlagen auf dem Tisch. Ich sehe bunte Bilder von Orchideen und Zypressen und neben den Abbildungen die Handschrift von Susanne. Es sind einzelne Wörter, die die Farben der Blumen beschreiben, ›violett‹, ›sonnenblumengelb‹, ›himmelblau‹. Aber die Farben stimmen nicht mit den Fotos überein, dort wo ich ein Gelb sehe, sieht Susanne eher ein ›Orange‹, dort wo ich ein helles Blau erkenne, beschreibt Susanne es als ›nachtblau‹. Ich frage mich, welche Farben sie meinen Fotos aus dem Wald zuschreiben würde, ›grau‹ oder ›einfach trist‹ oder sieht sie die Farben, die ich auf meinen letzten Fotos vermisse? Oder sind ›sonnenblumengelb‹ und ›himmelblau‹ die Farben, die Susanne vermisst, benötigt sie die Randnotizen, um die Schönheit der Blumen nicht zu vergessen?

Ich sehe auf der Fensterbank eine dicke Staubschicht und auf dem Fußboden leere Wasserflaschen und verfaulte Äpfel. Meine Wohnung ist ebenfalls unordentlich, wozu sollte ich Ordnung halten hier in der Wildnis, ich muss für die letzten Tage nicht mehr mit dem Hausputz beginnen, aber bei Susanne mache ich mir Sorgen, denn ich habe die Befürchtung, die Vernachlässigung der Wohnung und auch die ihrer Person – ihre Klamotten sind löchrig und dreckig, und ihr Gesicht von der Kälte und der Trauer gezeichnet –, liegt nicht wie bei mir an Faulheit oder Bequemlichkeit sondern, schlimmer, an einer Gleichgültigkeit, einem Schwermut, der zu allem fähig ist.

Ich behalte den Schuppen im Auge und warte, dass die Tür endlich aufgeht, aber Susanne lässt sich Zeit, nach einer halben Stunde stehe ich auf und gehe in die Küche. Ich möchte mir einen Tee machen und entdecke auf dem Wasserhahn klebend einen Zettel.

›Bin Kerzen kaufen.‹

Ich bezweifele, dass Susanne frühmorgens alleine ins Dorf gegangen ist, in den letzten Wochen war sie nie alleine unterwegs, außerdem ist Joes Kerzenvorrat seit Tagen ausverkauft.

Ich gehe nach oben, das Bettzeug ist zerwühlt, ihre Wechselklamotten hat sie über eine Stuhllehne geworfen und auf dem Fußboden stapelt sich die Hausbibliothek. Ich entdecke unter dem Bett ihren Wanderrucksack, vielleicht ist sie doch ins Dorf und nicht auf eigene Faust in den Wald gegangen, beruhige ich mich und mache mich auf den Weg.

Es ist kalt, die Sonne versteckt sich hinter dunklen Wolken und der Bus, der mir auf der Straße zum Dorf entgegenkommt, sieht aus, als flüchte er vor einem Unwetter. Die Scheibenwischer jagen wild von einer Seite zur anderen, aber es regnet nicht. Der Busfahrer hat freie Sicht und fährt an mir vorbei, in seinem Gesicht erkenne ich, dass er mich sehr wohl registriert hat, ich glaube sogar, ein fieses Grinsen gesehen zu haben.

Den Mann, der mir hinter dem Ortsschild entgegentorkelt, kenne ich, nicht namentlich, aber ich vermute, es ist der Bürgermeister, seinen Frack hat er heute gegen eine Trachtenjacke eingetauscht, sein Jagdgewehr ist geschultert und in der rechten Hand trägt er eine Weinflasche. Ich nicke ihm zu, gehe weiter und frage mich, auf welchem Schützenfest er heute früh aufgewacht ist.

Joe ist noch gar nicht aufgewacht, zumindest stehe ich vor der verschlossenen Ladentür. Es gibt keine offiziellen Öffnungszeiten, Joes Laden ist immer geöffnet, und wenn er krank oder lustlos ist oder die Fische besonders gut beißen, gönnt er sich einen Ruhetag. Die Anzahl der Ruhetage ist in den letzten Wochen rapide angestiegen, aber es gibt auch kaum noch Ware, die er anbieten kann, Obst und Gemüse kommen nur einmal in der Woche und selten schimmelfrei aus der Stadt, Wasser, Bier und Öl werden in Sparrationen geliefert, von denen Joe und seine Freunde einen Großteil für sich zurückhalten, lediglich der Jagd- und Anglerbedarf ist für die nächsten Jahre gedeckt. Mein morgendlicher Hunger ist nicht gestillt, aber ich marschiere weiter, was bleibt mir anderes übrig, ich will den Wanderer finden – aber müsste ich nicht Susanne suchen, hadere ich mit mir, doch im riesigen Waldgebiet werde ich sie nicht finden, außerdem würde sie nicht alleine in den Wald ziehen, rede ich mir ein.

Joes Wegbeschreibung war untertrieben, ich gehe am Hotel vorbei und erkenne den Trampelpfad, der rechts vom Hauptweg abgeht, und eine halbe Stunde später sehe ich den Bauernhof. Von hier kann es nicht mehr weit sein, wenn ich Joe glauben darf. Ich gehe zunächst auf den Bauernhof zu, der aus drei Ställen, einer großen Scheune und einem Wohnhaus besteht. Jedes Gebäude ist auf seine Weise heruntergekommen, die Ställe sind in sich zusammengefallen, das Dach der Scheune ist nur noch zur Hälfte gedeckt und der rechte Flügel des Bauernhauses ist niedergebrannt. Vom Dachboden der Scheune müsste ich einen guten Überblick über das Gelände haben, vermute ich und gehe durch das Scheunentor in einen Raum, der mich auf den ersten Blick glauben lässt, der Hof wäre noch in Betrieb, ich sehe Heuballen, Futtertröge und mehrere Landmaschinen, aber ich sehe auch den Verfall, die Gerätschaften sind mit Roststellen übersät, was kein Wunder ist, Regen kann ungehindert in die Scheune prasseln.

Ich steige eine morsche Holzleiter nach oben auf den Heuboden, auf dem es nach Stroh riecht, aber ich sehe keine Heuballen, sondern Getränkekisten, leere Bierflaschen und anderen Müll, den man nach einer Party zurücklässt. Ich stelle mich auf eine umgedrehte Kiste, von der ich durch ein Loch im Dach schauen kann. Ich sehe die Grenztürme und mir kommt es vor, als wäre ich dem Wald erschreckend nah, als wäre er der Vorgarten von diesem Bauernhof. Aber warum ist der Wald so nah, ich habe mich auf dem Weg hierher doch vom Wald wegbewegt, ich habe über Felder geschaut und weit hinten die ersten Baumreihen gesehen, oder habe ich mich getäuscht, steuert in Wirklichkeit jeder Pfad auf den Wald zu?

Ich durchstöbere die Kisten und habe Glück, die Partygesellschaft hat eine Bierflasche übersehen. Ich schlage an der Kante einer Kiste den Kronkorken ab und genehmige mir einen großen Schluck. Ich steige noch einmal auf die Kiste, um mein eigentliches Ziel zu suchen. Meine Augen wandern an der Waldgrenze entlang und ich muss lange hinschauen, um das kleine Haus zu entdecken, es steht zwischen den Bäumen und passt sich mit seinem moosbedeckten Dach und den grünen Holzwänden der Umgebung an. Ich versuche mir den Standort genau einzuprägen, denn es führen keine Wanderwege in die Nähe des Hauses, ich werde mich über Felder und durch einen Teil des Waldes kämpfen müssen, um diese Hütte zu erreichen. Doch in diesem Moment, als wollte der Wanderer mir eine Hilfe geben, dringt Qualm aus dem Schornstein. Ich eile die Leiter hinunter, laufe um die Scheune herum und suche den Rauch am Himmel. Ich sehe Wolken aber keinen Rauch. Ich vertraue auf meinen Orientierungssinn und versuche, die Felder im Auge zu behalten, aber ich drifte immer wieder von den Trampelpfaden seitlich in den Wald ab.

Ich bin mitten im Wald und habe plötzlich das Gefühl, in einem Garten zu stehen, denn zwischen den Bäumen und Büschen tauchen quadratische Erdfelder auf, ordentlich geharkte Gemüsebeete, zwischen denen mich ein kleiner Weg direkt zum Quartier des Wanderers führt. Ich hätte die Hütte beinahe verfehlt, die Fensterläden sind zugeklappt und bilden mit den Holzwänden eine farbliche Einheit. Eine gut versteckte Jagdhütte. Ich sehe keinen Rauch aufsteigen und wage mich heran. Die Bretterbude ist zugewachsen, wie Schlingpflanzen umhüllen die Büsche und das Moos die Wände, und nur an einer Stelle wurde das Gestrüpp für den Eingang weggeschlagen. Ich klopfe an die Haustür und warte, ich klopfe ein zweites Mal, komm raus du Feigling, du läufst mir hinterher, was willst du von mir, brülle ich innerlich, komm raus! Ich gehe um das Haus, es gibt keinen Fensterladen, der nicht geschlossen ist, nicht eine Öffnung, durch die ich einen Blick ins Innere werfen könnte. Ich sehe einige Fußspuren, die mir sofort die Bestätigung geben, ich stehe vor dem Haus des Mannes, der mich verfolgt und beobachtet. Hier wohnt er also, denke ich, in dieser armseligen Hütte, vom Dorfleben ausgeschlossen.

Ich stoße hinter dem Gebäude auf einen Schuppen, der nicht verriegelt ist. Ich gehe hinein und stelle erstaunt fest, er ähnelt dem provisorischen Bad in den Ferienhäusern, eine Kloschüssel, ein Waschbecken und ein an der Decke montierter Gartenschlauch, sogar die Farbe des Schlauches ist identisch, einzig der Spiegel besteht nicht aus einer zerbrochenen Fensterscheibe sondern aus richtigem Spiegelglas. Ich betrachte mein Spiegelbild mit einem peinlichen Gefühl von Scham. Ich dachte, ich hätte es vor langer Zeit abgelegt, dieses Gefühl, wenn ich Fotos oder Filme von mir selbst sehen muss. Diese Empfindlichkeit wich mit dem Erfolg, bis ich mich selbstbewusst, beinahe stolz, auf Bildern ansehen konnte. Doch diese Verletzlichkeit ist noch da, lebt unter der Arroganz, lebensnotwendig, wie eine Blutbahn, die nicht aufhört unter der Haut zu zirkulieren. Für mein Gesicht wären Wasser und Schlaf lebensnotwendig, Salben und Hausfrauentipps werden nicht mehr helfen, die Müdigkeitsfalten sind tief und werden auf ewig Spuren hinterlassen, sowie diese Insektenstiche nicht restlos verschwinden werden, ich werde sie mit nach Hause nehmen und es wird Wochen dauern, bis mein Gesicht wieder fotogen ist, befürchte ich und drehe den Wasserhahn auf. Das Wasser ist noch kälter als in unseren Ferienhäusern, es brennt auf meinen Wangen und auf meinen Lippen, aber es schmeckt mir, als hätte ich seit Tagen nichts getrunken. Ich drehe den Wasserhahn schnell wieder zu, um keinen unnötigen Lärm zu erzeugen, aber in diesem Moment donnert von draußen ein Schlachtruf, der alles übertönt. Ein Lied, lautstark aus einer männlichen Kehle gesungen, in dieser mir fremden Landessprache. Ich öffne die Tür einen Spalt und riskiere einen Blick nach draußen. Ich sehe den Wanderer, der um seinen Buckel einen Leinensack geschnürt hat und in seiner rechten Hand eine Plastiktüte trägt. Er singt, und sein Gepäck wackelt im Takt, dass ich das Gefühl habe, er freut sich auf das, was er vorhat. Ich verkrieche mich in den Schuppen und warte, bis der Gesang von den Bäumen geschluckt wird.

Ich trete nach draußen, rüttle an der Haustür und an den Fensterläden, aber der Eingang bleibt versperrt, diese Bretterbude ist so gut verriegelt, als fürchte sich der Besitzer in dieser Gegend vor Dieben, als hätte er etwas ungeheuerlich Wertvolles in seinen vier Wänden, aber was sollte das sein, was kann man von jemandem klauen, der mit einer Plastiktüte im Wald spazieren geht?

Ich mache mich auf den Rückweg und sehe schon am Ortseingang, dass Joes Ladentür weit geöffnet ist.

Ich finde Joe im Nebenraum, er sitzt zwischen den Jagdwaffen und poliert eine Eisenfalle.

Die Lieferungen aus der Stadt lassen auf sich warten, und die Vorräte werden weniger, irgendwann werden wir um die letzten Schnapsflaschen kämpfen, Joe verdreht die Augen.

Glaubst du, es kommt überhaupt keine Ware mehr?

Ich weiß es nicht, der Krieg rückt näher, die Raketen landen in Ländern, von denen man nicht dachte, dass sie jemals mit in diese Scheiße hineingezogen werden.

Ich habe nichts im Radio gehört, gebe ich zu und denke an Annabell, hoffentlich geht es ihr gut, ist die israelische Hauptstadt sicher, wie kann sie in diesen Zeiten sicher sein?

Die Stadt wird nervös und trommelt ihre Armee zusammen, Joe lacht, *Armee, witzlos, alle Männer unter sechzig, die schon einmal eine Waffe oder eine Harke in der Hand hatten, werden eingezogen.*

Musst du auch in den Krieg ziehen?

Ich habe genug Leichen gesehen, mich holen die nicht, und wenn die mich holen wollen, werde ich mich wehren, Joe hängt die Falle an die Wand, das schwarze Gusseisen glänzt.

War Susanne heute bei dir?

Nein, ich habe den Laden auch erst vor einer Stunde aufgemacht, ich war heute nicht in der Stimmung, ich …, er nimmt eine Angelrute aus der Halterung, hält sie schräg in die Luft und schaut mit einem Auge durch die Ringe, *warum sollte ich den Laden öffnen, was sollen die Leute kaufen, es ist ja nichts hier, und Waffen und Fallen haben wir im Dorf alle genug.*

Ich habe heute euren besoffenen Bürgermeister gesehen.

Bürgermeister, Joe lacht, *in unserem Dorf gibt es keinen Bürgermeister, wir sind alle Indianer, Häuptlinge werden von der Stadtverwaltung nicht geduldet.*

Der Typ sah mit seiner Trachtenjacke wie ein Offizieller aus, war heute ein Schützenfest oder eine Treibjagd?

Nein, nicht dass ich wüsste, Joe zieht an der Angelschnur, *aber das hat nichts zu sagen, vielleicht wollte er in die Stadt und sich für die Armee melden,* Joe zieht stärker und die Rutenspitze biegt sich in seine Richtung.

Mut hat er sich auf jeden Fall angetrunken.

Zum Trinken brauchen wir keinen Krieg, Joe zieht ruckweise an der Rute, *dafür finden wir immer einen Grund,* die Angel federt Joes Bewegung ab, er zieht immer stärker, aber die Rute hält dem Druck stand, *und, hast du das Bauernhaus und dahinter die Hütte gefunden?*

Ja, habe ich, aber der Wanderer wollte nicht mit mir sprechen, er ist vor mir in den Wald geflüchtet.

Die Hütte ist im Wald, nuschelt Joe, *mitten im Wald.*

Wir könnten die Mieten neu verhandeln, denn ich gehe davon aus, dass dem Wanderer die Ferienhäuser gehören.

Dem geht es nicht ums Geld, Joe nimmt aus einer Kiste einen Metallfisch und bindet ihn an die Angelschnur, er drückt mit dem Daumen auf die Schuppen und betrachtet sein vorbereitetes Angelgeschirr, *ich glaube, damit fange ich meinen nächsten Hecht, und dieses Mal wird es ein Kapitaler,* er holt aus dem Kühlschrank eine durchsichtige, etikettlose Flasche, *möchtest du auch*, er nimmt zwei Gläser und schenkt ein.

Ich probiere das Getränk, das aussieht wie Wasser und sofort auf meiner Zunge und in meinem Hals brennt.

In diesen Zeiten muss man erfinderisch sein, Joe genießt sichtbar seinen Drink, *ein altes Familienrezept.*

Hat meine Frau sich gemeldet, frage ich und nehme einen gewagten Schluck.

Nein, aber die Telefonverbindung wird täglich schlechter, es gibt Tage da ist die Leitung komplett tot.

Ich hoffe, es geht ihr gut, ich gönne mir den nächsten Schluck, *an das Gesöff kann man sich gewöhnen.*

Das Tageslicht ist verschwunden, als ich angetrunken vor die Ladentür schwanke. Ich mache mich auf den Heimweg.

Ich sehe kein Licht in Susannes Schlafzimmerfenster, entweder sie hat keine Kerzen organisieren können oder, schlimmer, sie irrt noch immer umher.

Ihr Zettel liegt neben der Spüle, so wie ich ihn zurückgelassen habe. Ich mache mir einen Kaffee, um nüchtern zu werden, und setze mich auf das Sofa. Ich muss Susanne suchen, aber wo soll ich beginnen, wollte sie den nächsten Abschnitt durchsuchen, nicht auszumalen, was das bedeuten könnte. Ich raffe mich auf, greife nach meiner Jacke und der Alkohol rast durch meinen Kopf. Ich muss mich wieder hinsetzen, um nicht das Gleichgewicht zu verlieren. In dieser Verfassung, gestehe ich mir ein, werde ich keine Hilfe sein, mir bleibt nichts anderes übrig, als zu warten; wenn ich meinen Kopf ruhig halte, kann ich auch den Alkohol ruhig halten. Ich blättere in der Chronik, die unter einem Sofakissen liegt, und finde auf Anhieb den Artikel über das Foto des Jahres. Der Autor hat sich Mühe gegeben, finde ich, wenn ich die Wörter richtig deute, man glaubt ihm, er weist auf meine Erfolge hin und verschweigt nicht, von wo ich herkommen, dass ich mir alles selbst erarbeitet und nichts dem Zufall überlassen habe. Aber, so wie ich es übersetze und ableite, kann auch er es nicht lassen und berichtet von der Hochzeitsbraut, und hätte er nicht zu Beginn des Artikels diese Lobeshymne niedergeschrieben, ich hätte ihn verflucht, aber mit diesem Bericht kann ich leben, mit allen Fotos aber nicht. Das Schwarz-Weiß-Bild neben dem Foto des Jahres, ein Portrait von mir, ist laienhaft von irgendeinem Hobbyfotografen geknipst worden. Licht spiegelt sich auf meinen Haaren und auf meiner Stirn, ich lächle viel zu nett und meine Gestik und meine Körperhaltung wirken gestellt, als posiere ich für ein Klatschblatt. Vermutlich habe ich damals tatsächlich für eine primitive Provinzzeitung posiert, wie sollte sonst dieses Bild zustande gekommen sein, überlege ich und suche nach Angaben über den Erstabdruck. Wie alt bin ich auf dem Bild, dreißig oder fünfunddreißig, heutzutage lasse ich mir Bilder vorlegen, bevor sie in Druck gehen. Ich vergleiche in Gedanken mein Gesicht auf dem Foto mit anderen Portraits von mir, wie sehe ich auf Bildern aus, die ich bewusst freigegeben habe, und von denen ich sagen kann, sie gefallen mir sogar, Bilder, auf denen ich selbstsicher und souverän in die Kamera schaue — schaue ich auf diesen Bildern glücklich aus, sind das wirklich die Bilder, die ich von mir sehen will? Und dürfte ich wählen, ich würde auf ein ganz anderes Bild von mir setzen, ein Abbild, das zeigt, wozu ich bereit bin, dass ich alles für das perfekte Foto mache, Stress, Müdigkeit und Unterernährung zum Trotz, selbst pfenniggroße Mückenstiche halten mich nicht auf. Ich hätte heute mein Spiegelbild fotografieren sollen, nicht für die Presse, sondern für mich.

Ich trinke den restlichen Kaffee und entdecke in der Chronik einen Bleistiftvermerk, den Susanne neben mein Portrait geschrieben hat: ›Konrad lächelt nicht.‹

Ich stehe auf, ich muss mich zusammenreißen und Susanne finden, aber während ich meinen Oberkörper strecke, merke ich, es geht nicht, alles dreht sich und ich bin kurz davor mich zu übergeben. Ich lege mich hin, schließe meine Augen, nur wenige Minuten Schlaf, dann bin ich wieder einsatzbereit, nur wenige Minuten.

Susanne, Susanne, schreit es aus meiner Kehle, ich laufe auf sie zu, sie steht mit ausgestreckten Armen am Eingang des Waldes. Ich werde schneller, stolpere beinahe über meine eigenen Beine, aber Susanne weicht zurück, ohne den Blick von mir zu lassen. Ich erreiche sie nicht und mit jedem Schritt, den ich auf sie zulaufe, verändert sich ihr Aussehen, bis ich begreife, es ist nicht Susanne.

Ich wache auf. Ich benötige einige Sekunden, um zu begreifen, wo ich mich befinde. Ich schaue durch das Terrassenfenster nach draußen, mein Blick fällt auf den Schuppen, es ist paradox, denke ich, ich träume selten und jetzt übernachte ich zum zweiten Mal auf diesem Sofa und zum zweiten Mal träume ich von der bildhübschen Frau. Ich stelle mir vor, der Schuppen würde sich in diesem Moment öffnen und die bildhübsche Frau erscheinen. Aber die Nacht ist so still, dass ich glaube, der einzige Mensch auf diesem Fleckchen Erde zu sein. Dieser Gedanke geistert durch meinen Kopf und lockt mich zurück in den Schlaf.

Ich nehme den Geruch von frischem Kaffee und das Surren eines sterbenden Insekts wahr. Der Kaffeebecher steht auf dem Tisch und daneben ein umgedrehtes Wasserglas, hinter der Glaswand schwirrt eine Eibenrotfliege um ihr Leben.

Hast du gut geschlafen, Susanne sitzt neben dem Kamin auf einer Holzkiste, ihre Hände umklammern einen Becher und ihr Rücken ist entspannt zurückgelehnt.

Ich habe mir Sorgen gemacht, die ersten Worte fallen mir schwer, denn Joes selbst gepanschter Schnaps rumort in meinem Kopf, *wo warst du die ganze Nacht?*

Wieso, Susanne starrt mich an und ich sehe im Weiß um ihre Iris ein feines Geflecht aus roten Äderchen, *wieso, habe ich dir doch geschrieben, hast du meinen Zettel nicht gesehen?*

Den habe ich gesehen, aber wo willst du hier Kerzen kaufen, ich streiche mit der Hand über mein Gesicht, an meiner Haut klebt der Schweiß der vergangenen Nacht.

Kerzen, fragt Susanne, als würden wir aneinander vorbeireden, *Kerzen, ja, die brauche ich auch, aber schau,* sie zeigt mit dem Finger auf das Glas, *ich habe dir eine Eibenrotfliege gefangen, sie kann dir für deine Angelköder Modell stehen.*

Meinetwegen muss kein Insekt sterben, sage ich und denke an die Fliege in meinem Hotelzimmer.

Wir lassen sie wieder frei, wenn du fertig bist, solange hält sie durch, wir können sie ja füttern, Susannes Augen blicken durch den Raum, als überlege sie ernsthaft, womit wir eine Fliege füttern könnten.

Die Fliege beendet ihren Flug und krabbelt an der Glaswand langsam nach oben.

Ich habe im zweiten Ferienhaus Kerzen gefunden, Susanne deutet aus dem Fenster, aber ihr Blick geht nicht zum

Nachbarhaus, *ich habe mich festgelesen, auch wenn ich nur jeden dritten Satz verstehe.*

Aber warum hast du im Nachbarhaus gelesen, wir haben doch alle die gleichen Bücher.

Ja, das ist wirklich so, lächelt Susanne, *die Chronik und diese Bildbände, die man nicht braucht, weil alles vor der Haustür liegt, man braucht nur aus dem Fenster zu schauen,* Susanne zieht ihre Augenlider nach oben, übertrieben, dass ich befürchte, auch die letzten Äderchen könnten platzen.

Überall die gleichen Bücher, die gleichen Bilder, die gleichen Geschichten, Susannes Lachen lässt Tränen in ihre Augen schießen und verwischt das Rot. Sie steht auf, geht an ihr Bücherregal und zieht zwischen zwei Büchern einen Zettel hervor, *ich wusste, dass Herr Kurtz nicht geht, ohne eine Nachricht zu hinterlassen, er hat doch Familie,* sie legt den Zettel vor mir auf den Tisch, *der Brief ist namentlich an seine Frau und seine Tochter gerichtet, der Erste, der von uns wieder in Deutschland ist, muss diesen Brief übergeben.*

Ich nicke und beginne zu lesen. Susanne zieht sich wieder auf ihre Holzkiste zurück und beobachtet mich. Der Brief ist nicht, wie so viele Abschiedsbriefe, die ich gelesen habe, in Eile und mit zittriger Schrift geschrieben, nein, dieser Brief ist auf weißem Papier mit der Schreibmaschine fehlerfrei abgetippt. Es ist keine Nachricht, die aus dem Affekt heraus entstanden und von der letzten, zerstörerischen Stimmung getragen ist, es sind Sätze, die wohlüberlegt sind, einige Absätze lesen sich wie theoretische Abhandlungen seiner Probleme, ›eine innewohnende Veranlagung, zwischen Gut und Böse unterscheiden zu müssen, wird zur moralischen wie seelischen Belastung‹, die Sätze sind so bedacht und korrekt, als wolle er jede

Gegenfrage im Keim ersticken, als glaube er, ein Selbstmord wäre lückenlos zu erklären; andere Zeilen in seinem Brief sind wiederum emotional, ›geplagt von Gewissensbissen, gehe ich mit Schuld und aber auch mit der denkbar größten Liebe, eure Tränen werde ich immer sehen und im Herzen tragen‹.

Susanne kniet vor dem Tisch und hebt das Glas an, nur wenige Zentimeter trennen ihr Gesicht von der Fliege, die keine Anzeichen macht, zu fliehen. Susanne tastet sich mit dem Zeigefinger an das Tier heran, *die Fliegen sind nicht ängstlich, es ist erstaunlich, schau,* Susanne tippt immer dichter an das Tier heran.

Dabei haben sie einen Stachel, der einiges anrichten kann, ich drehe meinen Kopf und zeige Susanne den Stich an der Schläfe.

Sie sieht nicht auf und beachtet nur das Tier, das sich zur Tischkante bewegt, *ich finde, die Fliegen sehen so zutraulich aus, ich kann mir nicht vorstellen, dass sie zustechen.*

Es juckt ständig, ich deute noch einmal auf die Stelle, *hast du das Tier hier im Haus gefangen?*

Ja, Susanne überlegt, *ich glaube, das Tier kommt aus dem Wald.*

Ich habe die Hütte gefunden, in der unser Vermieter haust, aber er ist vor mir geflüchtet.

Dabei ist er es, der uns hinterherläuft, Susanne grinst, als hätte sie ihre Angst vor dem Wanderer ersetzt durch eine Gleichgültigkeit, wie ich sie von den Soldaten kenne, die mit Drogen ruhiggestellt wurden.

Sie steht auf, geht in die Küche und kommt mit einer Plastiktüte wieder, *der Wanderer hat für uns Pilze gesammelt,* sie zeigt mir mit zittrigen Fingern den Inhalt.

Susanne schaut aus dem Fenster, ihr Blick ist verklärt, als suche sie weit hinter den Bäumen nach Worten, die etwas Undenkbares beschreiben sollen, *ich weiß nicht, ob der Wanderer besorgt um uns ist oder ob er uns töten will.*

Er lässt uns zumindest immer genug Geld zum Leben in der Dose.

Er weiß mehr über uns, als wir denken, Susannes Stimme wird leiser, ihre gespielte Fröhlichkeit ist verschwunden, *dass die Seite mit deinem Bild aus der Chronik gerissen wurde, war kein Zufall,* ihre Finger verkrallen sich in der Tüte, als wolle sie mit Gewalt Luftlöcher hineindrücken, *ich bin mir sicher, weil es nicht die Pilze waren, die er uns als Zeichen an die Haustür gehängt hat.*

Susanne holt aus ihrer Hosentasche eine Schnur, *damit war die Tüte zusammengebunden*, sie hält die Schnur, als wären ihre Finger ein Tablett, und ich sehe, wie sie krampfhaft versucht, nicht zu zittern.

Es ist ein schwarzer Schnürsenkel.

Bist du sicher, dass es …

Ja, der ist von Jans Basketballschuhen, Susanne steckt den Schnürsenkel wieder in ihre Hosentasche, *ich muss zu der Hütte.*

Wir packen das Nötigste ein, Karte und Kompass, Wasser, das restliche Brot und ein Küchenmesser.

Kalter Nieselregen weht in unser Gesicht und schluckt die ersten, zaghaften Sonnenstrahlen. Wir beschließen nicht am Hotel vorbeizugehen, sondern uns auf dem Wanderweg von hinten an die Hütte heranzuschleichen.

Es muss in der vergangenen Nacht geregnet haben, denn der Boden ist nass und matschig, und obwohl ich durchtrainiert bin und mein Kopf Joes Fusel verarbeitet hat, suche ich mir heute ausnahmsweise einen großen, robusten Ast als Wanderstock.

Wir erreichen den Wanderweg und nähern uns von dort, am Grenzzaun entlang, von der nordöstlichen Seite aus der Hütte. Ich komme mir vor wie ein Soldat, der sich an sein Opfer heranschleicht. Ich sehe in Susannes Gesicht neben der Verzweiflung auch Wut und Hass. Wozu wäre sie bereit, überlege ich, wozu bin ich bereit? Ich hätte meine besten Fotos nicht gemacht, wäre ich nicht unverhofft im entscheidenden Moment mit meiner Kamera in der Hand dort aufgetaucht, wo kein Fotograf erwünscht ist, dort, wo die Moral jeden fremden Blick verbietet, dort, wo Absperrungen und warnende Polizisten einen Unfallort abriegeln, dort, wo Veranstalter mich hinausgeprügelt hätten, wenn ich nicht unerkannt geblieben wäre. Mein Erfolg in den ersten Jahren als Pressefotograf ergab sich aus diesem waghalsigen und arroganten Übermut, aus dem Glauben, kein Weg sei mir versperrt, keine Tür für mich verschlossen, und selbst Jahre später, im Berufsleben gefestigt, nahm ich meine Aufträge zwar deutlich routinierter und gelassener wahr, doch mein Foto des Jahres habe ich geschossen, weil ich mich vom Reporterteam abgesetzt habe, weil ich in einen Ort vorgedrungen bin, der nicht gesichert war, in den Westeuropäer niemals alleine gehen sollten; wäre ich dort nicht dem Läuten der Glocken gefolgt, als hätte ich das Unheil vorhergesehen, ich hätte die bildhübsche Frau nie getroffen. Als ich sie sah, wusste ich, bevor das Unglück geschah, das nächste Foto wird all die Risiken rechtfertigen. Und meine Erwartungen wurden übertroffen, im positiven und im negativen Sinne.

Was kann ich von dieser Aktion heute erwartet, ich möchte ein noch besseres Foto schießen und Susanne will Licht in ihre Geschichte bringen, oder wollen wir mehr, in Susannes Rucksack ein Küchenmesser und in meiner Hand ein Knüppel, zwei Dinge, die man nicht ohne Grund wählt, wenn man in eine Schlacht zieht.

Wo ist die Hütte, fragt Susanne, *wo versteckt sich das Schwein?*

Ich bin mir nicht sicher, muss ich zugeben und zweifle, ob es die richtige Entscheidung war, Susanne zum Wanderer zu führen.

In dieser Richtung müsste das Hotel liegen, also wird die Hütte geradeaus vor uns sein, sage ich und sehe nur Dickicht, das uns umgibt, als wären wir im Zentrum und nicht am Rand des Waldes. Wir kämpfen uns weiter, es geht leicht bergauf und oben angelangt, reicht unser Blick fast hundert Meter weit. Meine Augen wandern über das Gelände, aber ich kann keine Hütte erkennen.

Bist du sicher, dass wir weitersuchen sollen, frage ich, weil meine Zweifel mit jeder Sekunde größer werden.

Selbstverständlich, Susanne zieht die Schnüre von ihrem Rucksack fest an ihren Oberkörper.

Ich komme mir vor, als wären wir auf Großwildjagd, liegend im hohen Gras, das Plastikmesser zwischen den Zähnen und das Holzgewehr in der Hand. Ich jage seit jeher nach dem perfekten Foto, nach einer guten Story und nach Ruhm und Geld, aber was ist von meinem Geld geblieben, meine Konten sind gefüllt und sie bleiben es, denn die gut bezahlten Aufträge werden nicht aufhören, aber am Schluss ist es nur eine Ziffer, die sich erhöht, die einen neuen Status symbolisiert. Ich muss an Herrn Kurtz denken, der angeblich keine leeren Kassen und doch kein Glücksgefühl in seinem Leben hatte, und mir fällt der Pianist ein, der für die Gagen, die ich bekomme, mit Sicherheit nicht auftreten würde, ein Meister seines Fachs, mit Lob und Reichtümern überschüttet, ein Künstler, der mit dem Gefühl in seinen Fingerspitzen einen Saal zum Jubeln oder vor Rührung zum Weinen bringen kann, aber das Gefühl für sein Leben hat er verloren. Diese Frage fordert eine Lösung, aber wo soll ich sie suchen, in den philosophischen Büchern, die für mich unnütz sind, weil unverstanden, oder in meinen Bildern? Oder liegt der Schlüssel woanders vergraben, in einem Kriegsgebiet, in dem das Elend so schonungslos gezeigt wird, oder finde ich die Antwort in den Vierteln, in denen die Reichen und Schönen uns ein Leben im Glück vorgaukeln, oder sind all dies Irrwege, führt der Weg zum Ziel viel tiefer, zu einem Ort, der begrenzt ist auf einen Kosmos, der so klein ist, dass er zwischen Herz und Gewissen pendelt?

Da ist die Hütte, reißt mich Susanne aus meinen Gedanken, *da.*

Wir sehen Rauchschwaden, die vom Westwind über die Bäume gedrückt werden und sich langsam auflösen.

Da unten muss es sein, Susanne zeigt mit dem Finger auf eine Baumgruppe, zwischen der ich schemenhaft einen Schornstein erkennen kann, und je länger ich auf diesen Schornstein starre, desto deutlicher erkenne ich die Umrisse der Hütte.

Auf was warten wir, Susanne steuert auf die Hütte zu.

Wir schlagen uns durch das Gehölz und bleiben hundert Meter vor der Hütte stehen. Der Schornstein hat aufgehört zu qualmen. Wir wagen uns an die Haustür und klopfen.

Komm raus, du Schwein, brüllt Susanne in einem Ton, den ich ihr nicht zugetraut hätte.

Er öffnet die Tür nicht. Susanne versucht, erst die Tür und dann die Fensterläden mit ihren Fingern auszuhebeln, was aufgrund der massiven Holzplatten aussichtslos ist.

Wir warten so lange, bis er aus seinem Versteck kriecht, sie schaut angriffslustig zu den Büschen.

In dieser Bretterbude werden wir nichts finden, sage ich, wobei ich vermute, Susanne und ich suchen nach unterschiedlichen Antworten, *wir behalten die Hütte im Auge,* verspreche ich, *nicht weit von hier ist ein Bauernhaus, von dort haben wir einen guten Überblick.*

Unser Aussichtsposten ist besetzt. Wir erkennen zwei Männer, die auf dem abgedeckten Teil der Scheune stehen und zu uns herunterschauen. Der größere von beiden gestikuliert aufgeregt in unsere Richtung.

Die sehen nicht aus wie Waldarbeiter, meint Susanne, obwohl wir das aus dieser Entfernung unmöglich erkennen können, *das sind Leute aus dem Dorf,* Susanne geht ohne Furcht auf den Eingang der Scheune zu.

Der untere Teil der Scheune ist dunkel, nur zwei Fackeln leuchten links und rechts neben dem Aufgang. Wir folgen den Stimmen, gehen die Treppe hinauf und die Unterhaltung bricht ab. Zwanzig, vielleicht fünfundzwanzig Männer starren uns an, einige tragen Jägertrachten, andere Arbeitskleidung. Die Männer sitzen auf klapprigen Holzstühlen, auf Ölfässern und auf umgedrehten Getränkekisten, formiert zu einem Sitzkreis, der den halben Dachboden umschließt.

Wir wollten ihre Versammlung nicht stören, stammelt Susanne, *wir …*

Ein korpulenter Mann hebt die Hand in unsere Richtung, schüttelt den Kopf und murmelt etwas in seinen Bart, aber statt uns fortzujagen, deutet er auf zwei freie Sitzplätze. Wir nehmen Platz und die Männer setzten ihre Gespräche fort, als wäre nichts passiert, eine Unterhaltung, die so laut und hektisch geführt wird, wie ich es von Redaktionssitzungen kenne, in denen der Redaktionsleiter vor großen Ereignissen die Nerven verliert. Aber welches Ereignis, wenn nicht der Krieg selbst, kann in diesem Nest für Aufregung sorgen? Es geht um die Kriegsbeteiligung, wie ich heraushören kann, obwohl in der Landessprache diskutiert wird, aber einige Wörter sind in jeder Sprache zu Hause. Ich erahne die Bedeutung der Begriffe, aber nicht die Verwendung, diskutieren die Dorfbewohner wirklich eine Verteidigung der Landesgrenzen? Viele von ihnen sehen mit ihren faltigen, fahlen Gesichtszügen und den knochigen Handgelenken aus, als wären sie in einem Alter, in dem ein Einzug in einen Krieg sinnlos wäre. Aber der Ältestenrat lässt sich nicht beirren und der Ton wird bissiger, ein Mann, noch einer der Jüngsten in dieser Runde, positioniert sich in der Mitte des Kreises. Der Mann übernimmt brüllend und mit übertriebenen Armbewegungen die Gesprächsführung. Aber ich habe Zweifel, dass er ebenfalls vom Krieg spricht, denn er zeigt mit dem ausgestreckten Arm auf uns.

Wir wollten Sie nicht stören, ich stehe auf, *wir gehen.*

Der Mann geht zwei Schritte auf uns zu und gibt mir zu verstehen, dass ich mich wieder hinsetzen soll.

In dem Moment, in dem ich wieder Platz nehme, steht ein anderer Mann auf. Ich habe ihn vorher nicht gesehen, weil er versteckt auf dem hintersten Stuhl saß. Es ist Joe, der nun mit dem Finger auf uns zeigt. Er spricht ruhig, aber bestimmend. Seine Dorfkollegen scheinen seine Meinung nicht zu teilen, viele stehen ebenfalls auf, einige schreien und strecken dabei die Fäuste hoch, als wollten sie mit wehenden Fahnen in den Kampf ziehen.

Los komm, Susanne zieht mich am Ärmel hoch, *los, lass uns weg hier.*

Joe kommt auf uns zu, *ich habe ihnen gesagt, dass euch niemand aus der Stadt geschickt hat, und ich habe versichert, dass ihr nicht für die Presse arbeitet,* er sieht uns an, als wolle er ein Dankeschön, *aber sie glauben mir nicht, geht lieber.*

Wir haben nichts Verbotenes gemacht, sage ich und erkenne den Mann aus dem Dorf, der wie ein Bürgermeister aussieht, er trägt wieder seinen merkwürdigen Frack und sitzt drei Stühle neben Joe, mit einer Schnapsflasche in der Hand.

Wer von diesen Primaten hat auf uns geschossen, frage ich an Joe vorbei in die Runde.

Der Bürgermeister grinst und zwinkert mir zu, aber so betrunken, wie er auf mich wirkt, bezweifle ich, dass er mich verstanden hat.

Die haben Angst vor den Leuten aus der Stadt, erklärt Joe, *wenn wir den Wald nicht sauber halten, wird die Stadt mit Sanktionen reagieren, wir sind dafür verantwortlich, dass die Gegend nicht als Selbstmordregion in den Zeitungen steht, und die Aufforderung, alle Dörfer sollen sich kriegsbereit machen, ist vielleicht nur der Anfang,* er dreht sich zu seinen Kollegen um, sagt etwas, vermutlich der letzte Versuch, eine Eskalation zu verhindern.

Wir sind hier doch weit entfernt vom Kriegsgeschehen, glaube ich, *wenn wir irgendwo sicher sind, dann hier.*

Joe sieht mich verständnislos an, *es kommen so gut wie keine Lieferungen mehr aus der Stadt, und die Stadt selber hat auch kaum noch Lebensmittel.*

Ein Mann steht auf, er hat Mühe, auf seinen wackligen Beinen nicht das Gleichgewicht zu verlieren, er zeigt auf meine Kameratasche und brüllt in unsere Richtung.

Geht endlich, sagt Joe zu uns, *angetrunken und wütend sind meine Nachbarn unberechenbar.*

Wir verlassen die Scheune und noch mehrere Meter hinter dem Hof hören wir die Männer, die ihren Unmut herausbrüllen.

Wir gehen nicht nach Hause. Susanne bewegt sich so schnell über die Felder und durch den Wald, dass man meinen könnte, sie hätte den Weg auswendig gelernt.

Der Wanderer ist in der Hütte. Licht leuchtet aus den Ritzen der Fensterläden.

Komm raus, das kann doch nicht sein, schreit Susanne und tritt mit dem Fuß gegen die Tür, *komm endlich raus!*

Der Wanderer kommt nicht raus, er löscht das Licht und wartet. Ich beginne ebenfalls gegen die Tür zu treten. Aber der Wanderer lässt sich nicht einschüchtern.

Ich gebe Susanne ein Zeichen, sie folgt mir hinter eine Baumgruppe, und von dort beobachten wir aus zwanzig Metern Sicherheitsabstand die Tür.

Es dauert eine Stunde, in der ich schon zweimal kurz davor bin, unsere Stellung aufzugeben, bis endlich die Tür aufgeht und der Wanderer nach draußen tritt. Er schaut sich um und sein Blick bleibt für einige Sekunden in unserer Richtung hängen. Er trägt keinen Hut, seine Jacke ist geöffnet und seine rechte Hand hält erneut eine Plastiktüte fest, als wolle er nur den Müll entsorgen. Er schließt seine Haustür ab und verschwindet im Wald. Da dieser Teil des Waldes besonders dicht bewachsen ist, können wir dem Wanderer keinen Vorsprung gestatten und nehmen sofort die Verfolgung auf. Er bewegt sich geschickt zwischen den Bäumen hindurch, er schaut nicht einmal zurück, ein mulmiges Gefühl in meinem Magen wird stärker, denn ich befürchte, er weiß um seine Verfolger; immer wenn wir glauben, ihn aus den Augen verloren zu haben, taucht sein Schatten weit vorne zwischen den Bäumen wieder auf, so als hätte er absichtlich sein Tempo unserem angepasst. Ist es Angst oder die Vorfreude, endlich am Ziel zu sein, die meinen Magen und meinen Pulsschlag gegeneinander rebellieren lässt, denn der Verdacht, dass der Wanderer uns ins Zentrum lotst, wird mit jedem Schritt stärker, obwohl er ständig die Richtung wechselt, dass ich nicht weiß, ob wir in den Wald hineinlaufen oder seitlich hinaus. Wir durchqueren Abschnitte, von denen ich glaube, sie nie zuvor gesehen zu haben.

Der Wanderer bleibt unerwartet neben einem Wacholderstrauch stehen. Er schaut zur Seite, demonstrativ lange, als wolle er uns ein Zeichen geben. Dann kämpft er sich weiter durch den dichten Wald. Wir folgen ihm, und auf Höhe des Wacholderstrauches schaue ich ebenfalls zur Seite. Ich sehe Bäume, nichts weiter als Bäume, dicht nebeneinander gewachsen, ich bleibe für einen kurzen Moment stehen und lausche, ich höre Wasser, das leise irgendwo hinter den Bäumen vor sich hin plätschert. Susanne schaut auch zur Seite, wir nicken uns zu und laufen weiter. Ich versuche mir den Weg zum Strauch einzuprägen, der Wanderer wollte uns einen Hinweis geben, vermutlich ist er nur aus diesem

Grund in den Wald gelaufen, nie zu schnell, damit wir ihm folgen konnten, denn nachdem er den Strauch hinter sich gelassen hat, beschleunigte er sein Schritttempo und keine zwei Minuten später müssen Susanne und ich uns eingestehen, dass er uns abgehängt hat.

Wo ist der Mistkerl, schimpft Susanne und dreht sich nach allen Seiten um, *hast du eine Ahnung, wo wir sind?*

Nein, der Grenzzaun kann aber nicht weit sein, glaube ich.

Wir sollten zurückgehen, Susanne schaut auf ihren Kompass, *wir müssen da lang.*

Wir gehen weiter und Susanne blickt noch einmal zurück, *glaubst du, der Wanderer wollte uns etwas zeigen?*

Ich nicke und ihr Blick wandert, als suche sie nach Anhaltspunkten, um sich den Weg einzuprägen.

Wir erreichen die Ferienhäuser. Ich wasche mich und bereite aus den wenigen Lebensmitteln, die ich habe, ein notdürftiges Abendessen vor. Ich gehe die Treppe nach oben und schaue aus dem Fenster. Susanne hat eine Kerze angezündet, die Flamme ist unruhig und deutlich zu erkennen, als stünde sie hinter einem Vergrößerungsglas. Ich vermute, es ist ein Wasserglas, das vor der Kerze steht und das Licht in tausend Lichtpunkte zerstreut. Ich nehme mein Notizbuch und mache es mir auf meinem Bett bequem. Ich schalte das Radio ein, aber der Empfang ist heute schlecht, ich drehe so lange, bis ich zumindest zwischen dem Rauschen eine Stimme hören kann. Der Moderator kündigt den nächsten Titel an, *›Gute Nacht‹, der Beginn des wohl schönstes und bekanntesten Liederzyklus.*

Ich erkenne Schuberts ›Winterreise‹ und schreibe folgende Notizen:

›Der Wanderer ist der Schlüssel.

Hinter dem Wacholderstrauch suchen!‹

Ich schließe die Augen und lausche der Musik und versuche, die Klänge zu deuten. Ich schaue auf meine Uhr, gleich müssten die Nachrichten kommen, denke ich, aber der Moderator verkündet nicht den neuesten Kriegsstand, sondern die nächsten Lieder des Zyklus, ›Erstarrung‹ und ›Der Lindenbaum‹.

Der Krieg rückt immer näher und die spielen Schubert, ärgere ich mich, vielleicht schürt die Stadt unnötig Panik, mit Sicherheit wird der Krieg nicht bis in diese Provinz vordringen, wahrscheinlich haben sich die Gefechte im Krisengebiet bereits beruhigt. Ich folge weiter den Klängen und falle immer wieder in einen Dämmerzustand. Die Zeit vergeht und der Radiosprecher kündigt mit seiner monotonen Stimme ›Die Nebensonnen‹ und ›Der Leiermann‹ an und irgendwann erneut die ›Gute Nacht‹, und ich begreife, heute wird es keine Nachrichten geben, keine Nachrichten von gescheiterten Verhandlungen, keine Nachrichten von zerstörten Kleinstädten, keine Nachrichten über die Ausbreitungen der Truppen, heute gibt es die ›Winterreise‹ auf Tonband, in einer Dauerschleife. Aber diese Dauerschleife ist trügerisch, sagt eine Stimme in mir, die weiß, diese ›Winterreise‹ könnte der Beginn sein, der Beginn einer Reise, die uns ins Innere führt, hinter den Wacholderstrauch.

Es ist hell draussen und die Winterreise noch nicht beendet. Ich schlage mit der Hand auf das Radio und bemühe mich, meine Augen aufzuhalten. Es ist unglaublich, wie stark Susannes Kerze leuchtet, denke ich im Halbschlaf, das Glas vor der Flamme verteilt das Licht in einem weiten Bogen um das Haus. Meine Augen sehen die Lichtpunkte im Fenster, aber erst als ich mich aufraffe und direkt nach draußen schaue, erkenne ich die Ursache.

Feuer!

Susannes Schuppen brennt. Ich springe auf, schnappe meine Schuhe und eile die Treppe nach unten.

Susanne steht vor dem Schuppen und versucht mit dem Gartenschlauch, das Feuer zu bekämpfen.

Wir müssen es aufhalten, schreit sie und hält den Schlauch dicht an die Flammen, die sich an der Außenseite des Schuppens nach oben ausweiten, *der Wasserstrahl ist zu schwach.*

Ich renne ins Haus und greife mir die Decke, die auf dem Sofa liegt. Ich schlage mit der Decke nach oben auf die Flammen, die sich, einen Meter vom Hauptdach entfernt, durch das Holz fressen. Ich schlage so schnell ich kann, aber es ist aussichtslos, wir schaffen es zwar gemeinsam, das Feuer von Haupthaus fernzuhalten, müssen aber mitansehen, wie der Schuppen unter dem Feuer zusammenbricht.

Das war Brandstiftung, brüllt Susanne völlig außer Atem, *ich habe schon geschlafen, als ich plötzlich einen Knall gehört habe, ich bin runtergelaufen und habe das Feuer gesehen.*

Es war knapp, gebe ich zu, *hätten die Flammen das Haus erreicht und dich im Schlaf überrascht, dann …*

Die wollten uns umbringen, das waren die aus dem Dorf, du hast doch auch gesehen, wie die uns gestern angeschrien haben.

Ich schlage mit der Decke von allen Seiten auf die Flammen, die zwischen der Glut immer wieder auflodern.

Mich vertreiben die nicht.

Ich weiß nicht, ob es eine gute Entscheidung ist, hierzubleiben, sage ich, *heute ist es noch einmal gut gegangen, aber beim nächsten Mal kann es zu spät sein.*

Was habe ich zu verlieren, ich habe doch schon alles verloren.

Aber in deinem Haus bleibst du nicht, du bekommst mein Zimmer, bestimme ich, *geh nach oben und pack deine Sachen.*

Auf dem Wohnzimmertisch liegen Kerzen, eine leere Streichholzschachtel und ein aufgeschlagenes Buch, Kierkegaards ›The Lilies of the Field and the Birds of the Air‹.

Wir müssen die Polizei alarmieren, Susanne kommt mit einer vollen Reisetasche wieder nach unten. *Das war ein Mordanschlag, ich habe den Knall gehört,* beteuert Susanne, *die haben etwas in den Schuppen geworfen.*

Wenn der Schuppen aufgehört hat zu glühen, schauen wir, ob wir was finden.

Wir sollten keine Zeit verlieren, meint Susanne, *ich schlage vor, wir schmeißen meine Sachen in dein Haus und gehen in die Stadt.*

Es beginnt zu regnen, als wir uns auf den Weg zur Landstraße machen. Die Bushaltestelle bietet keinen Schutz, sie besteht nur aus einem Baum als Fahrplanhalter.

Es dauert nicht lange und ein Bus steuert die Haltestelle an. Der Busfahrer sieht uns und fährt vorbei.

Dieser Blödmann, das hat er schon mal gemacht, schimpfe ich, denn ich bin mir sicher, dass er uns gesehen hat. Der Busfahrer lächelte nicht, sein Gesicht zeigte keine Reaktion, aber er sah uns und fuhr weiter, als wäre es sein Job, Fahrgäste im Nieselregen stehen zu lassen.

Was haben die alle gegen uns, meckert Susanne, *wir gehen ins Dorf, vielleicht kann uns Joe helfen, mir scheint, er ist der einzige Vernünftige hier.*

Joe sitzt vor seinem Laden und liest Zeitung.

Gibt es wieder aktuelle Flugblätter aus der Stadt, frage ich und schnipse mit dem Finger gegen die Zeitung.

Ach, ihr seid es, Joe schreckt hoch, er sieht aus, als hätten wir ihn aus einem Traum gerissen.

Hast du deinen versoffenen Dorfkollegen erzählt, wo wir wohnen, brüllt Susanne ihn an.

Nein, habe ich nicht, das brauche ich auch nicht, hier weiß eh jeder alles.

Dann weißt du ja sicher auch, was heute Nacht passiert ist, Susanne steht dicht vor ihm, *jetzt haben die endgültig die Grenze überschritten.*

Welche Grenze?

Susannes Unterkunft wurde angezündet, sage ich.

Scheiße, Joe sieht mich entsetzt an, *dann haben die doch Ernst gemacht, ich hätte nicht gedacht, dass die so weit gehen, wir waren alle angetrunken.*

Das ist nicht dein Ernst, sie waren angetrunken, was ist das für eine Ausrede, ich hätte tot sein können, schreit Susanne.

Ist euch etwas passiert, Joe sieht Susanne fragend an, und ich habe das Gefühl, es ist heute das erste Mal, dass er ihr bewusst in die Augen schaut.

Nein, beruhige ich ihn, *wir sind noch einmal heil davongekommen,* ich schaue auf die Zeitung, die schon einen Monat alt ist, die Bilder und Schlagzeilen kennen nur ein Thema: den Krieg.

Kann ich etwas für euch tun, Joe steht auf, er wartet nicht auf unsere Antwort und geht in seinen Laden, um Getränke und Brot zu holen.

Hast du wieder Ware bekommen, ich nehme Joe eine Wasserflasche und einige Bierdosen ab.

Nein, das Brot hat eine Nachbarin gebacken und die Getränke sind noch aus meinem Restbestand, viel habe ich nicht mehr.

Wir brechen uns ein Stück vom Brot ab und reichen die Wasserflasche rum.

Wo schlaft ihr jetzt, will Joe wissen, *oder reist ihr heute ab?*

Das hättest du wohl gern, denkt Susanne, sie sagt es nicht, aber ich sehe es in ihrem Gesicht.

Wir reisen morgen ab, antworte ich und zwinkere Susanne zu, sie versteht und nickt, *ja, eine Nacht noch, dann sind wir weg, wie kommen wir am besten in die Stadt?*

Nehmt doch den Bus.

Die Busfahrer ignorieren uns, erkläre ich, *darf ich dein Telefon benutzen, vielleicht kann ich einen Fahrer organisieren.*

Klar, aber die Leitungen sind nicht besser geworden.

Ich kann Joe und Susanne durch die Fensterscheibe beobachten, wie sie schweigend nebeneinanderstehen und abwechselnd aus der Wasserflasche trinken. Ich wähle meine Privatnummer, es rauscht und knistert, dann höre ich ein Freizeichen. Ich lasse klingeln, und nach jedem Tuten denke ich, jetzt hebt Annabell ab, sie wird im Badezimmer gewesen sein, vielleicht unter der Dusche, oder sie hat sich auf der Terrasse in der Herbstsonne ausgeruht und das Klingeln erst spät gehört, sie wird durch unser Haus laufen, weil sie ahnt, dass ich es bin, gleich höre ich ihre Stimme, freue ich mich; erst nach dem zwanzigsten Klingeln wird mir klar, Annabell ist noch immer nicht zurück. Das kann doch nicht sein, ist sie wirklich noch in Israel, die Lieferung der Stoffe wird sich niemals so lange verzögert haben, und dass der Krieg sie an der Ausreise hindert …, ich sehe, wie Susanne auf Joe einredet, ich kann sie nicht hören, aber ich sehe an ihrer Gestik, wie wichtig ihr die Sätze sind, die sie Joe ins Gesicht brüllt. Joe weicht zurück und öffnet eine Bierdose. Ich wähle die Nummer der israelischen Agentur. Ich höre das Klacken der Wählscheibe und dann lange ein Rauschen in der Leitung, bis endlich eine Stimme ertönt. Die englische Bandansage erklärt mir, dass die Agentur vorübergehend geschlossen ist und dass man von weiteren Nachfragen absehen soll. Ich wähle die Nummer von Annabells Agentur in Deutschland, aber die Dame, die für den Telefondienst abkommandiert wird, wenn die Belegschaft auf Geschäftsreise ist, geht gar nicht erst ans Telefon. Ich starre aus dem Fenster und suche in meinem Kopf nach Telefonnummern – die Nummern von Annabells Verwandtschaft und von ihren Freundinnen kenne ich nicht auswendig, auch die Nummern unserer wenigen gemeinsamen Freunde wollen mir nicht einfallen.

Susanne redet noch immer. Joe hat sich von ihr weggedreht und schaut in sein eigenes Schaufenster, er fährt mit der Hand über sein Gesicht und durch seine schmierigen Haare.

Ich wähle die Nummer von der Vorzimmerdame meines Chefs, aber dort vertröstet mich eine Bandansage. Ich kenne dieses Tonband, das mein Chef einschaltet, wenn er von niemandem, nicht einmal von seiner Frau gestört werden möchte, mit Vorliebe dann, wenn sich die Redakteure eine seiner Wutreden anhören dürfen. Ich genoss als wichtiger, freiberuflicher Mitarbeiter eine besondere Stellung in der Firma, mich amüsierten diese Krisensitzungen, weil ich nichts zu befürchten hatte. Ich sah in den Gesichtern meiner Kollegen die Angst um ihren Arbeitsplatz, diesen lächerlichen Job für eine Zeitung, die sicherlich zu den besten im Lande zählt, aber im Endeffekt ist es doch nur ein Abarbeiten für die anderen, in erster Linie für diesen cholerischen Chef. Diese Jobängste kenne ich nicht, ich hatte nie Geldsorgen oder die Befürchtung, meinen Job zu verlieren – und wenn schon, ich habe in meinem Leben immer alles erreicht. Ich muss mir allerdings eingestehen, mich interessiert, was mein Chef – oder sollte ich sagen mein Ex-Chef? – heute auszuteilen hat, ist er mit der Berichterstattung nicht zufrieden, ist der Krieg nicht genug ausgeschlachtet worden, sind die Bilder nicht rot genug? Aber umso mehr eingestehen sollte ich mir, dass mir diese Form von Leistungsdruck fehlt, vielleicht hätte es mir gutgetan, die andere Seite der Medaille kennenzulernen, denn lernt man nicht das Glück erst dann zu schätzen, wenn man das Unglück am eigenen Leib gespürt hat – ich habe das Unglück gesehen, oft genug, aber habe ich es je gespürt? Die Bandansage wiederholt sich zum dritten Mal und ich lege den Hörer auf. Susanne öffnet sich ebenfalls eine Bierdose und starrt zwischen den Häusern hindurch zum Wald. Ich schaue mich um, hinter mir befindet sich eine Tür, die mir schon früher aufgefallen ist, sie führt mit Sicherheit zu Joes Büro oder in sein Lager, denke ich, oder in seine Wohnung. Ich versichere mich, dass Joe noch auf der Bank sitzt, und schleiche mich in seinen Privatbereich. Ich steige eine Treppe nach oben und befinde mich in einem dunklen Flur, von dem zwei Türen abgehen, an den Wänden sehe ich Anglertrophäen und ein Jagdgewehr. Der erste Raum ist heller, denn er hat ein Fenster zum Garten, durch das die Herbstsonne scheint. Der Garten ist eher ein Hinterhof, finde ich, es gibt nur eine kleine Rasenfläche, auf der ein kniehoher Zaun vermutlich ein Kaninchengehege eingrenzt, rundherum liegen Steinplatten zwischen festgetretenen Erdflächen. Ich sehe Kaninchen- und Hühnerställe, daneben überfüllte Mülltonnen und rostige Fahrräder, aber obwohl der Hof dreckig und heruntergekommen aussieht, hat er etwas Gemütliches, in der Mitte befindet sich eine Feuerstelle, darum Holzstühle und auf den Sitzflächen blau-gelb gemusterte Sitzkissen.

Ich schaue mich in Joes Zimmer um, es ist Büro, Schlafraum und Wohnbereich in einem, ich sehe ein Bett, einen mit Papier zugemüllten Schreibtisch, ein altes Sofa und einen Glastisch, auf dem die getrockneten Abdrücke von Flaschen und Gläsern ineinander übergehen. Ich wage einen Blick auf Joes Schreibtisch, die ersten Blätter sehen aus wie Rechnungen und Mahnungen, ich nehme einige Schreiben hoch und finde darunter weitere Rechnungen, eine Einladung zu einem Wettangeln und eine zwei Jahre alte Werbung für ein russisches Bier, angeblich das beste Bier der Welt, ›aus der Brauerei im Hotel Mojduch‹. Ich bezweifle, dass Joe für seine Kunden ernsthaft nach exklusiver Importware sucht. Nach was suche ich, frage ich mich und wühle weiter, sind es wirklich nur die Fotos von Herrn Kurtz, die ich in dieser Unordnung finden will?

Der Schreibtisch hat eine große Schublade, die bis zum Rand mit Papiermüll vollgestopft ist. Die einzigen Fotos, die ich entdecke, kleben an der Wand, das eine Bild zeigt Joe in Siegerpose mit einem Wildlachs in den Armen, auf einem anderen Bild sehe ich ihn zusammen mit einer Frau, sie stehen Arm in Arm auf einem Berg, hinter ihnen ein Postkartenpanorama einer weitflächigen Seenlandschaft. Joe ist auf diesem Bild deutlich jünger, er sieht glücklich aus und lächelt zufrieden in die Kamera; auf dem Beweisfoto seiner Anglerkünste lächelt er ebenfalls, aber ich habe nicht den Eindruck, dass er auf diesem Bild glücklich ist, es ist, als würde er nur lächeln, weil es dazugehört. Eine dritte Aufnahme liegt auf dem Nachttisch, es ist nicht viel darauf zu erkennen, der Wald, eine dicht bewachsene Stelle, im Grunde sehe ich auf den ersten Blick nicht mehr, als eine grüne Fläche, und dazwischen einige Farbpunkte in Rot und Violett. Je länger ich das Foto aber betrachte, desto vertrauter wird es mir, zugleich verschwimmen die Farben vor meinen Augen zu einem neuen Bild, das keine Bäume und Äste zu kennen, sondern nur von den Farben bestimmt zu sein scheint. Ich bin mir sicher, ich war gestern dort, stand wie angewurzelt und unwissend davor, als wäre es das Tor zu einer Welt, die mir vor Jahren vor der Nase zugeschlagen wurde, denke ich, das Tor zu einer eigenen Welt. Joe scheint zumindest so fasziniert von ihr zu sein, dass er sich davon nicht trennen kann, denn das Foto ist an den Ecken geknickt und die Ränder sind blau gefärbt, als trage der Besitzer es ständig in seiner Hosentasche bei sich. Ich würde es zu gerne an mich nehmen, aber ich lasse es liegen und gehe durch den Flur ins zweite Zimmer. Es ist die Küche, wie man unschwer an den gestapelten Tellern und Bechern sehen kann, aber auch ein Blinder würde es sofort erkennen, denn es riecht nach Gewürzen, nach frischem Kerbel und Majoran. Es hängen über dem Herd und der Spüle kleine Blumentöpfe, in denen Kräuter bis über den Rand wuchern. Auf dem Küchentisch liegen Zeitungen und ein Katalog für Angler und Sportschützen. Die Abbildungen der neuesten Gewehre sind nachbearbeitet, das sehe ich auf den ersten Blick, die Farben glänzen künstlich und die Größenverhältnisse sind überzogen, neben einer Repetierbüchse mit Zielfernrohr befindet sich ein mit der Hand hingekritzeltes Kreuz.

Ich komme gleich wieder, ruft Joe und ich höre, wie jemand die Treppe nach oben steigt.

Von der Küche geht eine Nische ab, die die Speisekammer und gleichzeitig Joes Garderobe ist. Ich verstecke mich hinter den Mänteln und Schürzen. Mein Puls überschlägt sich, denn ich komme mir vor wie in einer miserablen Slapstick-Komödie, in der jeder Zuschauer weiß, wie hilflos dumm der arme Dieb ist, der sich in Sicherheit glaubt, obgleich man seine Schuhe von Weitem sehen kann.

Ich höre Joes Schritte, die näher kommen, und ich sehe seinen Schatten.

Hier ist er nicht, Joe steht vor der Speisekammer und müsste meine Füße sehen können, aber er ruft ein zweites Mal, *nein, hier ist er nicht, der muss unten sein.*

Ich höre, wie Joe Geschirr verschiebt und dabei vor sich hin brabbelt, *die soll endlich verschwinden, endlich abhauen, verschwinden, was will die, sieht sie es denn nicht,* Joe blättert in einer Zeitung, *ich kann nichts dafür, nichts, es soll endlich aufhören, die soll verschwinden, ich will, dass es aufhört.*

Joe wirft etwas mit Wucht auf den Fußboden und ruft noch einmal, *hier ist er nicht.*

Dann ist es still. Ich höre meinen eigenen Atem.

Ist Joe noch in der Küche? Wartet er auf mich, weiß er um mein lächerliches Versteck und lässt mich jetzt mit Absicht in meinem Angstschweiß schmoren? Wollte er, dass ich sein Gebrabbel höre, wollte er, dass ich begreife, dass seine Geduld am Ende ist – warum sollte er sonst auf Deutsch vor sich hin murmeln?

Es knackt über mir in einer der Stromleitungen. Ich halte den Atem an und lausche, aber es bleibt still. Joes Vorräte sind tatsächlich aufgebraucht, in den Regalen befinden sich drei Konservendosen und eine angebrochene Zuckertüte, in den Kisten, die am Boden stehen, sind einige Einweckgläser und Flaschen, aber über den Winter wird er damit nicht kommen.

Es knackt, aber dieses Mal ist es nicht die Leitung, sondern die Holztreppe. Joe war noch in der Wohnung, warum hat er gewartet, überlege ich und verharre noch eine Minute hinter dem Mantel und wage mich dann in die Küche.

Die Zeitungen und der Waffenkatalog liegen ordentlich gestapelt auf dem Fußboden und das Geschirr steht zum Abwasch bereit in der Spüle. Bevor ich die Treppe nach unten gehe, schaue ich noch einmal in sein Wohnzimmer, das Foto auf dem Nachttisch ist verschwunden.

Wo warst du, Susanne sieht mich besorgt an, *wir haben dich gesucht, ich dachte, du wolltest telefonieren.*

Das habe ich auch, antworte ich, *und dann habe ich mir Joes Angelruten angesehen, vielleicht sollte ich mir doch endlich mal eine Angel zulegen.*

Ich kann dir ein gutes Angebot machen, Joe sieht mich lange an, als warte er auf eine Reaktion, die meinen Einbruch entschuldigen soll, eine Geste, die zeigt, dass ich mich schäme und dass es mir leidtut. Ich weiche seinem Blick nicht aus und denke an die Repetierbüchse und an das Foto auf dem Nachttisch, ich habe oft genug für ein gutes Foto Grenzen überschritten.

Angeln, Susanne verzieht das Gesicht, *angeln*, sie sieht mich an und fragt, *hast du was erreicht?*

Nein, ich habe niemanden erreicht, nur Tonbandansagen, es ist, als hätte der Krieg die Arbeitswelt in Deutschland lahmgelegt.

Nicht nur in Deutschland, Joe nimmt Susanne die leere Wasserflasche ab.

Ich habe gestern nichts Neues vom Krieg gehört, sage ich, *mein Radio hat nur Musik gespielt.*

Es gibt nichts Neues, weiß Joe, *die Leute schlagen sich die Köpfe ein, wie seit Wochen, und wie seit Wochen breitet sich das Kriegsgebiet aus.*

Können wir überhaupt zurück, fragt Susanne, und ich kann in ihrem Gesicht nicht ablesen, ob diese Frage ernst gemeint war, ob sie überhaupt erwägt, zurückzukehren.

Ich nicke in Joes Richtung, *wir werden unsere Sachen packen und verschwinden und das Projekt für beendet erklären.*

Sag deinen kranken Dorfkumpanen, dass sie ihr Ziel erreicht haben, Susanne schaut die Straße hinunter, *fährt der Bus nicht mehr durch das Dorf?*

Nur noch einmal am Tag, erklärt Joe, *und bald nur noch einmal die Woche und irgendwann …*, Joe grient, *aber das braucht euch ja nicht mehr zu interessieren.*

Wir verabschieden uns, so distanziert, wie unter Fremden und nicht wie von einem Menschen, der für uns die einzige Verbindung in dieses Dorf war, und darüber hinaus die einzige Möglichkeit, um an Verpflegung zu kommen, der einzige Kontakt zur Stadt, zu einer Außenwelt, die wir fast vergessen haben, zwischen Radiorauschen und der Stille der Natur.

Susanne und ich gehen, und beinahe hätte ich gesagt, Joe, bis bald.

Wo warst du, Susanne sieht mich fragend und vorwurfsvoll an.

Ich war in Joes Wohnung, ich hatte gehofft, dass ich die Fotos, die Kurtz gemacht hat, finde, aber ich habe keine Bilder gefunden, sage ich und weiß nicht, ob es eine Lüge ist, *ich glaube, Joe hat gemerkt, dass ich in seiner Wohnung war, er will wirklich, dass wir verschwinden.*

Nur noch ein paar Tage, verspricht Susanne und ich muss lachen, ein paar Tage, wir sind schon eine Ewigkeit in diesem Nest und ich spiele immer wieder mit dem Gedanken, endlich abzureisen, aber ich bleibe und ich werde bleiben, so lange, bis Susanne sagt, sie habe mit der Suche abgeschlossen.

Wir erreichen Susannes Ferienhaus und sehen, wie der Schuppen noch immer vor sich hin glüht. Ich stochere mit einem Besenstiel in den Holzresten herum und entdecke die Scherben von mehreren Glasflaschen.

Das hast du gehört, ich zeige Susanne die Scherben, *die haben Flaschen, wahrscheinlich mit Benzin gefüllt, in deinen Schuppen geworfen.*

Und Joe sagt, die wollten uns nicht schaden, ich hole meine restlichen Sachen, sagt Susanne und geht ins Haus.

Ein paar Lebensmittel habe ich noch, Susanne kommt nach einigen Minuten mit einer Plastiktüte in der rechten Hand wieder, unter dem linken Arm trägt sie einen Stapel Bücher, *das Haus ist leer, ich habe alle meine Sachen.*

Wir gehen in mein Ferienhaus und sortieren die Lebensmittel in die Küchenschränke ein.

Ich glaube, die werde ich nicht mehr lesen, Susanne legt die Bücher neben den Wohnzimmertisch, *aber ich wollte sie auch nicht alleine im Haus lassen,* sie zieht ein Buch aus dem Stapel, schaut auf das Cover, überlegt und entscheidet sich für ein anderes, *ich lege mich ein paar Minuten auf das Bett, mir geht es nicht besonders, ich muss meine Gedanken sammeln.*

Ich bereite in der Zwischenzeit etwas zu essen vor, sage ich und suche in der Küche aus den Pilzen die wenigen, die nicht verdorben sind, heraus und versuche mit Gewürzen und Tomatenmark etwas Genießbares daraus zu zaubern. Ich rühre die Zutaten zusammen und höre, wie Susanne es sich auf dem Bett bequem macht und in ihrem Buch blättert — warum ist sie so gelassen, wir dürften eigentlich keine Zeit verlieren, wer weiß, was sich die Dorfbewohner als Nächstes einfallen lassen, um uns loszuwerden. Ich schneide eine Zwiebel in kleine Würfel und denke an Joes Foto, dieser Platz, der hinter dem Wacholderstrauch liegen muss, wird der sagenumwobene Ort oder zumindest der Eingang dorthin sein, wir haben lange danach gesucht und jetzt stehe ich hier und schneide in aller Ruhe Gemüse. Ich weiß, Susanne hat den Hinweis vom Wanderer ebenfalls registriert, ruht sie sich für die letzte Erkundung aus, sammelt sie ihre Gedanken für die finale Tour? Will sie mich in dem Glauben lassen, dass es ihr nicht gut geht, weil sie diesen Ort alleine finden will? Die Tomatensoße hat aufgehört zu blubbern, ich rühre weiter und würze großzügig nach und gestehe mir ein, ich möchte diesen Ort auch alleine finden, aber nur aus einem Grund, um Susanne warnen zu können, um ihr einen Anblick zu ersparen, den sie nicht verkraften können wird — ist das wirklich so, für einen Moment zweifle ich an meiner eigenen Rechtfertigung, sehe ich nicht auch meinen eigenen Nutzen darin, ich habe beschlossen, kein einziges Foto zu verkaufen, aber der Maßstab an meine Fotos ist für mich dadurch nicht gesunken, im Gegenteil, die Bilder, die ich nur für mich schieße, sollen perfekt sein, und könnte ich diesen Ort – was auch immer ihn sehenswert und bezeichnend macht – aus allen Winkeln fotografieren, wenn Susanne ihn zu ihrem Traueraltar macht?

Ich lasse das Essen auf dem Herd köcheln und decke den Tisch. Ich öffne eine Wasserflasche und stelle zwei Gläser und eine angebrochene Weinflasche dazu. Susanne atmet ruhig und gleichmäßig über mir. Ich mache es mir ebenfalls bequem und schreibe in mein Notizbuch, und da ich die letzte Seite erreicht habe und diese schnell gefüllt ist, gebe ich die chronologische Ordnung auf und blättere zurück und schreibe das, was ich nicht vergessen möchte, in die Zwischenräume:

›In Joes Wohnung eingebrochen und einen Hinweis gefunden.

Wir sind dem Ziel nah und trotzen der Dorfgemeinschaft.

Soll ich alleine in den Wald ziehen, dafür spricht …, dagegen spricht …

Die Farben auf Joes Foto gehen mir nicht mehr aus dem Kopf!‹

Ich lege das Notizbuch beiseite und schaue mir die Bücher an, die Susanne aus ihrem Ferienhaus mitgebracht hat, philosophische Klassiker und Zitatensammlungen, fast alle sind in der Landessprache verfasst, dazwischen wenige englische Ausgaben, obenauf ›The Lilies of the Field and the Birds of the Air‹, das Lesezeichen steckt im letzten Drittel. Ich schlage das Buch auf und lese dort weiter, wo Susanne aufgehört hat.

Eine Stimme holt mich aus dem Halbschlaf.

Susanne steht vor mir und sagt, *ich bin vom Zwiebelgeruch aufgewacht,* sie geht in die Küche und nimmt die Pfanne vom Herd.

Na, ich denke, die schwarzen Rußstellen werden uns nicht schaden, sie verteilt das Essen und dekoriert den Tisch mit Teelichtern.

Geht es dir besser, ich setze mich gegenüber von Susanne an den Tisch und teste die Pilze.

Ich fühle mich schlapp, der Schlaf hat nicht viel gebracht, sie stochert mit der Gabel in ihrem Essen und piekst ein einzelnes Zwiebelstück auf, *du liest Kierkegaard?*

Ich verstehe aber nur jeden zehnten Satz.

Das reicht, Susanne grinst und verteilt den Wein, wobei sie den größeren Anteil für sich beansprucht.

Was hast du eigentlich vorhin mit Joe beredet?

Ich habe ihn gefragt, ob er den Selbstmörder aus dem letzten Jahr auch gefunden hat, Susanne antwortet so betont gelassen und sachlich, dass ich für eine Sekunde vergesse, wie tief diese Frage in ihr sitzt und nach einer Antwort schreit.

Er hat ihn nicht gefunden, ich habe ihn gefragt, ob denn ein fast zwei Meter großer Junge bei ihm eingekauft hat, aber Joe hat sich rausgeredet, Susanne wütet innerlich, da bin ich mir sicher, aber ihre Stimme ist leise und langatmig, als wäre sie noch in einer Traumwelt

Joe hat behauptet, er könne sich nicht an alle seine Kunden erinnern, sagt Susanne, *dieser Lügner, ein Riese, der kaum durch seine mickrige Ladentür gepasst hat, wird ihm wohl aufgefallen sein.*

Wir schweigen, zehn Minuten, zwanzig Minuten, eine halbe Stunde lang sitzen wir uns stumm gegenüber. Ich folge Susannes Blick, der durch den Raum wandert, als suche sie nach etwas Konkretem, ich befürchte, sie ahnt, dieses Haus war Jans letzte Unterkunft.

Ich werde heute nicht in den Wald gehen, Susanne steht auf, *mir fehlt die Energie, ich kann nicht,* sie nimmt ein Buch vom Stapel und setzt sich vor dem Kamin auf den Fußboden.

Wir haben Zeit, mache ich ihr Mut und räume den Tisch ab, ich glaube, sie zu verstehen, zu verstehen, dass sie abwarten wird, um alleine auf die Suche zu gehen. Ich setze mich auf das Sofa und lese ebenfalls einige Seiten. Kierkegaards Sätze sind mühsam, nach wenigen Seiten fallen mir die Augen zu.

Es ist dunkel und kalt, als ich aufwache, alle Kerzen sind erloschen.

Ich schaue vorsichtig die Treppe nach oben. Susanne liegt im Bett und schläft, stelle ich beruhigt fest und setze mich wieder auf das Sofa. Der Wind pfeift durch den Kamin, wirbelt die Asche auf, und ich schaue den Partikelchen zu, wie sie durch den kleinen Raum fliegen, als wären sie ein Schwarm Insekten. Sie schwirren noch in meinen Kopf umher, als der Schlaf erneut die Oberhand gewinnt. Ich registriere einen Lichtkegel, der Grenzturm, denke ich, diese Gören.

Es ist hell erleuchtet und warm, als ich zum zweiten Mal in dieser Nacht erwache. Susanne hat den Kamin angezündet, er leuchtet und strahlt eine außerordentliche Wärme ab, und erst, als ich mir den Schlaf aus den Augen gerieben habe, sehe ich die Glasscherben auf dem Fußboden.

Es brennt, brülle ich, *Susanne.*

Feuer sticht aus der Kaminöffnung.

Jemand hat eine brennende Flasche in unseren Kamin geworfen.

Susanne eilt die Treppe herunter und ich reiche ihr meine Jacke, denn sie ist nur mit einer kurzen Hose und einem Unterhemd bekleidet. Ich bewundere kurz ihre weiße und für ihr Alter erstaunlich makellose Haut und erkenne auf ihrer linken Schulter einen wund gekratzten Mückenstich.

Ich bleibe, sie beißt auf die Zähne, die Haut um ihre Wangenknochen spannt sich und die Spannung zieht bis in ihre Schulterblätter.

Ich gehe, sage ich, und bevor ich Susanne vor die Wahl stellen kann, ob sie alleine zurückbleibt oder nicht, knallt es und vor unseren Augen fliegt ein Dachziegel auf die Terrasse.

Die schießen auf uns, Susanne springt zurück, *da hinten auf dem Feld, siehst du, da sind sie.*

Im Gras, einige Meter vor dem Wald, leuchten Taschenlampen auf.

Das Licht rückt näher.

Los, komm, ich beginne, alles in meine Reisetasche zu stopfen.

Susanne rennt nach oben, wühlt hektisch in ihren Sachen und schreit, *oh mein Gott, das ist eine ganze Armee.*

Ich werfe meine Reisetasche vor die Eingangstür, sprinte nach oben und sehe sie. Wir haben aus dem Dachfenster einen guten Blick auf das Aufmarschgebiet, es ist zwar keine Armee, wie ich sie als Kriegsfotograf oft genug gesehen habe, aber ich erkenne auf Anhieb zwanzig Männer, die an unser Haus heranrücken, bewaffnet mit Schrotflinten, Beilen und Schaufeln.

Wir rennen aus dem Haus, ohne Absicherung oder Deckung, was in einem richtigen Kriegsgebiet den Tod bedeuten würde; ob wir Glück haben oder die Angreifer uns nicht erwischen wollen, kann ich nicht sagen, aber wir erreichen unverletzt die Landstraße. Wir laufen weiter, nicht auf der Straße, sondern über die Felder am Dorf vorbei.

Völlig verausgabt erreichen wir das Hotel.

Ich weiß nicht, ob man uns hier sucht, aber …, ich ringe nach Luft, das verlassene Hotel hat in den letzten Wochen weiter eingebüßt, die Fenster sind so dreckig, dass man kaum mehr hindurchschauen kann, und vor der Eingangstür wuchert das Unkraut.

Ich entscheide mich für mein altes Zimmer. Ich biete Susanne an, dass ich auf dem Fußboden schlafe und sie in meinem Bett übernachten kann, aber sie lehnt ab, *keine Umstände, alles ist gut,* meint sie und bezieht das Nebenzimmer. Ich erzähle ihr nicht, wer dort als Letzter genächtigt hat.

Ich bin müde, lege mich aber nicht ins Bett, ich setze mich auf den Fußboden, den Rücken an die Wand gelehnt, und lausche. Jetzt, wo die Angriffe immer gefährlicher werden und wir gleich morgen die Heimreise antreten müssten, wird Susanne keine Zeit verlieren, sie wird noch heute Nacht in den Wald ziehen, glaube ich und öffne meine Zimmertür einen Spaltbreit. Ich schiele nach draußen auf den leeren, dunklen Flur und wäge ab, was ich machen soll, wenn Susanne das Haus verlässt. Ich muss sie aufhalten, entscheide ich, die Zeiten sind vorbei, in denen ich ihr hinterhergeschlichen wäre, um sie im entscheidenden Moment abzulichten, die Presse würde eine beachtliche

Summe für die Fotos zahlen, aber ich werde sie definitiv nicht fotografieren. Was würden die Zeitungen aus dem Bild machen, überlege ich, sie würden ihre Trauer in Einzelteile zerlegen und durchleuchten, die Schuldfrage würde aufgerollt werden, ohne Moral- und Rechtsverständnis; wenn Susanne noch nicht gebrochen ist, wird das Ende der Suche sie brechen, und würde sie auch dies überstehen, die Medien würden es schaffen, weiß ich und schäme mich für dieses Wissen. Ich schließe die Augen und kann es nicht verhindern, auf der Innenseite meiner Lider rasen mögliche Cover vorbei, und alle zeigen Susanne als das, was sie ist: eine bildhübsche Frau.

Ich bin wieder zu Hause. Ich liege eingerollt in meiner Daunenbettdecke, höre das Ticken der Wohnzimmeruhr und freue mich auf ein Frühstück mit meiner Annabell.

Aber es riecht nicht wie in unserer Vorstadtvilla. Es riecht nach Staub und Seniorenheim. Ich öffne die Augen und blicke auf meine geöffnete Reisetasche, unter dem Berg zerwühlter, schmutziger Wäsche ragt der linke Ärmel meines maßgeschneiderten Anzuges heraus, der Ärmel ist voller Falten, aber sauber. Ich greife nach den goldenen Knöpfen und ziehe den Anzug aus der Tasche. Ich nehme mir aus der Innentasche das Einstecktuch, das ich nie benutze, aber stets mit mir trage. Ich falte das rote Tuch auseinander und putze damit meine Nase. Ich knäule den Anzug zusammen und werfe ihn in die Ecke, den werde ich vorerst nicht mehr brauchen, denke ich, warum sollte ich einen Anzug anziehen, ich muss niemandem etwas vorspielen. Ich stehe auf, schaue aus dem Fenster und mir wird bewusst, wie dicht ich in den ersten Tagen am Wald gewohnt habe, die Wegweiser sind in Sichtweite und nahe am Hotel stehen Eiben und Tannen, dass man glauben könnte, das Hotel wäre mittendrin.

Ich gehe in den Frühstücksraum. Der Chef hat in der Küche und in den Vorratsräumen alles stehen und liegen gelassen, in einigen Töpfen sind noch die Reste seines letzten Menüs, unter dem Schimmelpelz erahne ich ein selbst gefangenes Kaninchen. In der Vorratskammer habe ich Glück und finde eine Dose Frühstücksfleisch und einige Gläser Marmelade und sogar ein Pfund schimmelfreien Kaffee und in der Tiefkühltruhe einige Brotlaibe. Ich nehme die genießbaren Lebensmittel und decke im Speisesaal einen Tisch, jenen Tisch, an dem ich an den ersten Tagen saß. Ich gehe zurück in die Küche, um Teller und Besteck zu holen. Als ich wieder den Speisesaal betrete, sitzt Susanne bereits auf meinem Platz und begutachtet meine Ausbeute.

Morgen, hast du gut geschlafen?

Nein, habe ich nicht, Susanne nimmt mir einen Teller ab und legt sich eine große Portion Fleisch darauf, *nein, die Nacht war viel zu kurz, ich musste immer wieder an diese Wahnsinnigen denken.*

Wir können nicht mehr lange bleiben.

Einen Tag noch, versprochen, Susanne beißt in ihr Essen, als hätte sie eine Woche lang gehungert, *einen Tag noch,* wiederholt sie, *einen letzten Tag,* sie wirft ihr Essen nach drei Bissen enttäuscht auf ihren Teller.

Warst du gestern Nacht draußen?

Nein, war ich nicht, antwortet sie, aber ihr Gesichtsausdruck zeigt das Gegenteil, er zeigt: Natürlich saß ich nicht in meinem Zimmer und habe gewartet, selbstverständlich war ich letzte Nacht auf der Suche.

Ich hole uns mal einen Kaffee, sage ich und finde, ihre Augen sehen müde aus, sie wird kaum geschlafen haben.

Als ich mit der Kaffeekanne wieder in den Speisesaal komme, steht Susanne vor dem Fenster, *der Vorplatz ist so klein, überall sind Bäume.*

Man könnte meinen, wir sind mitten im Wald.

Susanne nickt und nimmt einen Kaffeebecher, *ja, und doch weit entfernt,* sie hält ihre Hände wärmend um den Becher, die Finger ihrer linken Hand halten das Brotmesser fest.

Du warst gestern im Wald?

Wir sind im Wald, weicht sie meiner Frage aus, *ich bekomme Angst, wenn ich das Ziel vor mir sehe, Angst, dass auch der letzte Strohhalm bricht, was sollte er auch anderes tun, als brechen und umfallen, wie alles, was aus Hoffnung gebaut ist.*

Der Wanderer hat uns den Eingang gezeigt, wir müssen nur hindurchgehen.

Du weißt, wo er ist, es ist keine Frage von Susanne, eher eine Feststellung, sie sagt es, ohne mich anzusehen, den Blick stur aus dem Fenster gerichtet, *es war gestern so dunkel in meinem Zimmer, man hat mir erzählt, es war damals einer der ersten richtig kurzen Tage in dieser Region,* Susannes Stimme ist leise und nachdenklich, *es war nicht der kürzeste Tag des Jahres, aber die Sonne schien nur wenige Stunden, nur wenige Stunden Sonne an dem Tag, an dem Jan sich das Leben nahm.*

Ich lege meinen Arm auf Susannes Schulter und suche nach Sätzen, die Trost spenden, aber mir fällt nicht ein passendes Wort ein.

Alle sagen, die langen Wintertage machen depressiv, aber wusstest du, es gibt eine Theorie, die genau das Gegenteil besagt, Susanne dreht ihren Kopf zu mir, um sich zu vergewissern, dass ich ihr zuhöre, *ein Staatsrechtler aus Wien hat diese These aufgestellt,* sie schaut wieder zum Fenster raus, und ich sehe, wie ihre Beine beginnen zu zittern.

Die Nacht mit ihrer Stille und ihren dunklen, kalten Farben beruhigt unsere Gedanken, die Menschen kommen zur Besinnung, Susanne streicht mit den Händen über ihre Schultern, über den Oberkörper, bis zu den Knien, als wolle sie die Kälte und ihr Zittern wegschieben, *der Wiener behauptete, die meisten Menschen bringen sich am helllichten Tage um, nicht nachts.*

Aber ist es nicht das Dunkle, das uns einengt und unheimlich ist, sage ich, obwohl ich mich in meiner Fotokammer am wohlsten fühle, umschlossen von völliger Dunkelheit.

Mir ist das Dunkle auch unheimlich, ich liebe leuchtende Farben, aber ich habe das Gefühl, sie verschwinden mit jedem Tag mehr.

Deshalb sollten wir von hier verschwinden, sage ich, *die Bäume nehmen uns das Licht.*

Und das ist unser Irrglaube, Susanne geht einige Schritte vom Fenster weg, sie nimmt eine weiße, unbenutzte Papierserviette von einem Tisch und faltet sie sorgfältig zu einem Dreieck, sie positioniert sie an der Tischkante, genau vor einen Stuhl, sie stellt ihren Becher dazu und legt ihr Messer schließlich auf die Serviette, *morgen frühstücke ich hier.*

Ich verrate ihr nicht, wer dort vor seinem Tod saß.

Aber es ist alles ein Irrglaube, wiederholt sie und verschiebt den Becher ein Stück nach links, dann wieder ein Stück nach rechts, *wir glauben nur, dass der Wald das Licht und die Farben schluckt, weil wir glauben, die Farben der Großstadt zu kennen.*

Unsere Augen haben sich mittlerweile an die Lichtverhältnisse hier gewöhnt, sage ich.

Ich gewöhne mich nicht an das Licht außerhalb des Waldes, nicht an die Dunkelheit in meinem Zimmer, sie nimmt ihr Messer hoch und streicht die Serviette mit zwei Fingern glatt, *ich bin froh, wenn ich der Dunkelheit entfliehen kann, und doch stehe ich ängstlich vor dem letzten Schritt, ich glaube, ich habe gestern Abend in meinem Zimmer verstanden, was Jan meinte, dem Meer und dem Himmel am nächsten zu sein.*

Was wollte er uns damit sagen, frage ich, aber Susanne antwortet nicht.

Ich gehe nach oben, ich bin müde, die Nacht war zu kurz, vielleicht finde ich jetzt ein wenig Schlaf.

Und bevor ich sie ein zweites Mal fragen kann, ist sie schon verschwunden. Ich trinke meinen Kaffee aus und gehe in mein Zimmer, nehme die Bibel aus dem Nachttisch, reiße eine Seite aus dem Alten Testament und schreibe auf den Rand:

›Ich bin bald zurück.

Warte auf mich! Warte!‹

Ich klebe den Zettel an meine Tür und verlasse das Hotel.

Ich muss nicht lange suchen, direkt vor der Eingangstür entdecke ich Susannes Fußspuren, auch wenn ich genau hinsehen muss, ihre kleinen Füße haben nur sachte Abdrücke hinterlassen, als hätte sie sich letzte Nacht auf Zehenspitzen aus dem Haus geschlichen.

Ich habe Probleme, die schwachen Abdrücke auf dem Waldboden zu erkennen, denn es sind nicht die einzigen Fußspuren, die ich entdecke. Einige Meter hinter der ersten

Baumreihe nähert sich von links eine Spur, die Susannes Weg nicht kreuzt, sondern ihm zielstrebig folgt, ich erkenne deutlich die lang gezogene Acht. Susannes Fußabdrücke lenken mich nach rechts auf eine freie Erdfläche, sie stoppte, drehte sich vermutlich nach allen Seiten — spürte sie ihren Verfolger im Nacken? Von der freien Fläche gehen nur zwei Wandermöglichkeiten ab, der Waldweg, auf dem wir gekommen sind, und ein Trampelpfad Richtung Norden, alle anderen Seiten sind von dichtem Buschwerk versperrt. Ich gehe einige Meter auf dem Trampelpfad, entdecke aber nicht einen Fußabdruck. Ich vermute den Wacholderstrauch südwestlich und glaube, Susanne wird sich durch das Gehölz gekämpft haben, auch wenn ich nicht einen abgebrochenen Ast erkennen kann. Ich schlage mich weiter durch das Gebüsch und erreiche eine Stelle, die mir bekannt vorkommt, hier sind wir vorgestern dem Wanderer gefolgt, kurz bevor er uns den Hinweis gab. Ich gehe nach links, gleich bin ich am Ziel. Aber ich sehe keinen Wacholderstrauch. Ich gehe zurück und versuche mein Glück in der anderen Richtung. Die folgenden Waldabschnitte sehen in meinen Augen wie nie zuvor betreten aus, unwahrscheinlich, dass wir vorgestern hier durchmarschiert sind. Ich laufe wieder zum Ausgangspunkt. Ich war zu schnell und bin wohl versehentlich nach links abgedriftet. Ich versuche mich rechts zu halten, aber ich kann meinen Ausgangspunkt nicht mehr finden. Wie kann ich so blöd sein, ohne Kompass und Karte loszugehen, ärgere ich mich und laufe weiter. Ich versuche systematisch vorzugehen und mir den Weg, den ich ablaufe, einzuprägen, aber es ist wie verhext, ich stoße weder auf meinen Ausgangspunkt, noch auf einen anderen vertrauten Abschnitt. Ich renne im Kreis, der Umfang wird größer, bis ich den Wanderweg erreiche. Es ist sinnlos, wüte ich und gehe weiter geradeaus, bis an den Grenzzaun heran. Ich klettere auf den höchsten Grenzturm, in der Hoffnung, mich von dort oben besser orientieren zu können.

Ich schaue aus dem Glashäuschen auf den Wald, aber durch das dicke Blätterdach ist es schwierig, die richtigen Stellen zu finden, trotzdem studiere ich das Feld gründlich und erkenne viel zu spät das Offensichtliche direkt vor meinen Augen, jemand war auf dem Turm und hat Waffenhalterungen montiert. Ich gehe auf die Plattform und zähle vier fest auf dem Boden verankerte Halterungen, vier in alle Himmelsrichtungen ausgerichtete Scharfschützenplätze. Das Dorf macht sich kriegsbereit, ohne zu wissen, von wo der Feind angreift, denke ich und finde auf dem Boden Patronenschachteln. Es sind nicht die Billighülsen aus Joes Laden, es ist hochwertige Munition, Patronen, die nicht erschrecken, sondern töten sollen.

Der Wald liegt vor mir, geruhsam und friedlich, wer glaubt ernsthaft, hier könnte ein Krieg entfachen, welche Ängste und Befürchtungen muss man schüren, damit sich eine kleine Dorfgemeinschaft bewaffnet und in Tötungsabsicht gruppiert?

Ich steige vom Turm herunter.

Die Ferienhäuser stehen noch. Aber einige Fensterscheiben sind zerschossen und der Schuppen von Susannes Haus ist nun verkohlt. Ich stochere in der Holzkohle, doch ich kann keine neuen Beweise für einen Anschlag finden, die Dorfbewohner waren gründlich, selbst die Glasscherben sind verschwunden. Ich gehe in Susannes Ferienhaus. Ein

Insekt schwirrt seelenruhig umher und landet auf meinem Oberarm. Ich bewege meinen Arm vorsichtig nach oben, bis ich mit dem Insekt auf Augenhöhe bin. Das Tier tastet mit seinen Fühlern meinen Ärmel ab, jede Faser wird geprüft, ohne Furcht, als begreife es nicht, mit einer Bewegung könnte ich es töten. Der Körper besteht aus mehreren Schichten, in den unterschiedlichsten Schwarz- und Rottönen, die im Flug ein prächtiges Farbenspiel erzeugen müssen, ein perfekter Angelköder. Ich gehe auf die Terrasse, und erstaunlicherweise macht das Insekt keine Anstalten, zu fliehen, es bleibt auf meinem Arm sitzen, als wäre es mein Haustier. Es krabbelt auf mein Handgelenk und sein Stachel kratzt auf meiner Haut.

Flieg weg, flüstere ich und bewege meine Hand.

Das Tier fliegt nicht, es bleibt auf meinem Handgelenk sitzen, richtet den Stachel nach unten und wartet, als wüsste es nicht, ob es zustechen soll oder nicht. Ich schüttle mit einer ruckartigen Bewegung meinen Arm und das Tier fliegt summend davon. Ich gehe wieder ins Haus und schließe meine Augen, nur für eine Minute, eine Minute Erholung.

Es vergeht eine Stunde, bis ich meine Augen wieder öffne, eine Stunde, in der ich tief und traumlos geschlafen habe. Ich hätte gerne geträumt, waren die Träume in den zwei Nächten auf diesem Sofa doch auf ihre Weise wundervoll, aber die Bildhübsche wollte mir heute keine Gesellschaft leisten. Ich wäre ihr gerne begegnet. Ich habe sie so oft gesehen, ob auf Titelseiten, in Gestalt ihrer zahlreichen Doppelgänger oder als Erinnerung in meinen Tagträumen, so oft, dass ich glaube, sie gut zu kennen. Aber ich kenne nur ihre Stimme, die sich in meinem Kopf mit jedem Gedanken an sie verändert; und das, was ich fotografiert habe, ist im Vergleich zu einem Menschenleben eine Kleinigkeit. Aber sind es nicht die Kleinigkeiten, die ein Foto groß machen, ist es nicht die Kunst des Fotografierens, diese Besonderheiten, die keiner sieht, hervorzuheben, doch ich weiß, das gelingt nur mit Mut zu gewagten Motiven und mit einer Fantasie, die im Nichts das Großartige sehen kann; was man auf meinem Foto auf keinen Fall erkennen kann: Die Bildhübsche lächelte mir zu. Nachdem die erste Schrecksekunde vorbei und der Zeitpunkt des Realisierens noch weit entfernt war, sah sie mich und lächelte. Sie lächelte, als würde sie mich kennen, als würde sie wissen, aus welchem Grund ich mit einer Kamera in der Hand vor ihr stand, doch ihr Lächeln ist in meiner Erinnerung so aufrichtig und einnehmend, als würde sie diesen Grund nicht nur kennen, sondern ihn verstehen und nachvollziehen, und überdies, auch die Ursachen und Wünsche verstehen, die dahinter schlummern, Dinge, die ich in mir selbst noch nicht erkannt habe. Aber dieser Gedanke, so schön er ist, ich darf ihn nicht als Ausrede benutzen, ich habe auf den Auslöser gedrückt, mehrmals, und schlimmer, ich habe die Bilder verkauft, aus einem einzigen Grund, um Ruhm und Geld zu ernten. Ich habe Ruhm und Geld bekommen, aber das Geld verlor mit der Menge und der Erkenntnis, dass nicht alles im Leben käuflich ist, seinen Reiz, und der Ruhm, der sich nach der Veröffentlichung einstellte und bis heute anhält, ist nicht die Anerkennung, die ich gesucht habe.

Ich zwinge mich aufzustehen und gehe rüber zu meinem Ferienhaus. Ich schaue durch die zerbrochenen Fensterscheiben und sehe eine wüste Unordnung. Die Dorfarmee hat in ihrem Eifer alles umgestoßen und umgerissen, die

Bücher und Decken sind auf dem Boden verstreut, dazwischen liegen die Stühle, das Sofa steht senkrecht am Kamin. Ich überlege kurz, noch einige Bücher zu retten, entscheide mich dann aber für den Rückweg.

Ich gehe in Joes Laden. Der Laden ist leer, im Kühlschrank wartet eine einzelne Wasserflasche. Joe ist auch nicht in der Jagdabteilung, die ebenfalls ausgeräumt aussieht, auf dem Boden stehen zwei Pappkartons mit Angelzubehör, Kleinwaffen und Munition.

Ich versuche, Annabell zu erreichen, aber in der israelischen Agentur ist erneut ein Tonband eingeschaltet. Ich höre mir die Frauenstimme zweimal an, die Ansage ähnelt der von gestern, allerdings fallen dieses Mal Wörter, die auf ein Ende, ein schnelles Ende hindeuten könnten. Ich wähle unsere Privatnummer und als das erste Tuten einsetzt, glaube ich, ein Besetztzeichen zu hören. Annabell ist zurück! Aber nach wenigen Sekunden wird aus dem Besetztzeichen ein Freizeichen. Ich warte, lege auf und wähle erneut. Freizeichen. Das gleiche Klingeln, wie all die Tage zuvor, es dröhnt in meinem Kopf, eintönig und schrill, als wolle es mir klar machen, nein, sie ist nicht da, nein, nein und nochmals nein.

Wieder kein Glück, Joe stolziert mit Gummistiefeln in den Laden, in der rechten Hand hält er ein Gaff, an dem ein stattlicher Hecht hängt.

Aber du hast scheinbar Glück gehabt.

Das kann man sagen, der hat achtzehn Pfund, Joe hebt den Haken mit dem Fisch nach oben, Blut und Wasser tropfen von der Schwanzflosse auf sein Hemd, *ich dachte, ihr wolltet abreisen.*

Wir wurden von deinen Leuten aus dem Dorf angegriffen, sie haben unser Ferienhaus gestürmt, bewaffnet bis an die Zähne.

Ist euch etwas passiert?

Nein, aber die Chaoten meinen es ernst, wären wir nicht geflohen, sie hätten uns …

Der Krieg bricht scheinbar auch in deren Köpfen aus, Joe presst seine Lippen aufeinander und mustert grinsend seinen Fang, *wir, die Angler und Jäger, werden überleben, wenn es keine Lebensmittel mehr gibt, dann …,* er geht an mir vorbei, *ich werde den Fisch mal in die Küche bringen.*

Ja, im Krieg sterben die Vegetarier als Erste, scherze ich, mein Blick verfolgt die Spur aus Wasser- und Blutstropfen, einmal durch den Laden die Treppe hinauf in Joes Wohnung.

So viel Glück hatte ich schon lange nicht mehr, oder sollte ich sagen, so viel Können, Joe stapft wieder in den Laden und wischt seine Hände mit einem dreckigen Geschirrtuch ab, *was für ein Fang,* er lächelt zufrieden.

Wirst du den Kopf präparieren?

Weiß nicht, Joe schaut auf seine Fingernägel, *habe ich schon lange nicht mehr gemacht.*

Wäre doch eine tolle Trophäe, sage ich, wobei ich ausgestopfte Tiere sinnlos und abartig finde.

Wo soll ich sie hinhängen?

Wo jeder sie sehen kann.

Aber wer soll sie sehen, er öffnet seine Kasse und kontrolliert sein Geld, das man mit einem Blick zählen kann, *ich könnte den Kopf im Laden aufhängen, aber auch hier wird kaum jemand den Fisch bewundern; wenn ich keine Ware habe, braucht auch niemand hierherzukommen.*

Deine Dorfgemeinschaft hat sich bereits an der Grenze positioniert.

Warum sollten sie, Joe stößt mit der Handkante die Kassenlade zu, es knallt und die wenigen Münzen in den Fächern klimpern durcheinander.

Ich habe auf einem Grenzturm Patronen und Halterungen für Gewehre gesehen.

Unser Schützenverein hat letzte Woche schon seinen Jahresbestand an Munition bestellt, das hat mich gewundert.

Wovor haben die Angst, ich schlendere um die leere Kühltruhe herum, *wer sollte in dieses Nest einmarschieren?*

Die Stadt pflanzt Angst in unsere Köpfe, und solange wir hier sind, darf es keine neuen Selbstmörder mehr geben, wenn doch, werden wir die Beweise vernichten, es wird keine Schlagzeilen mehr geben.

Warum lassen sich alle beeinflussen, frage ich, *warum wehrt sich keiner?*

Ich ziehe nicht mit, Joe sieht mich ernst an, *ich nicht, ich werde nicht dem Befehl folgen und in die Stadt rennen, um mich in die Landesarmee einziehen zu lassen, ich kenne etliche aus dem Dorf, die schwach geworden sind, es gibt nur noch wenige Männer, die den Mumm haben hierzubleiben, alle anderen sind in der Stadt und lernen das Schießen für den Ernstfall,* Joe lacht künstlich, *wir, die mit der Flinte groß geworden sind.*

Denken deine Leute, wir sind von der Stadt geschickt worden, frage ich, *wollen sie uns deshalb verjagen?*

Ich habe ihnen gesagt, dass ihr nur Hobbyfotografen seid, aber …, Joe schaut an mir vorbei aus dem Fenster, *wir haben alle Angst, auch wenn wir Jäger sind und schon alles gesehen haben, im Grunde sind wir alle wie scheue Tiere, sobald ein Fremder in unseren Wald kommt, verstecken wir uns, und erst, wenn wir befürchten, der Eindringling wird nicht gehen und sein Revier markieren, wehren wir uns.*

Ich lächle Joe zu, sein Vergleich erscheint mir so einleuchtend und sympathetisch, dass meine Wut für einen Moment verschwindet.

Und ihr seid Fremde, und Fremde die eine Pressetasche haben und deutsch sprechen, werden es hier immer schwer haben, Joe grinst, und als er merkt, dass sein Scherz keine Pointe hat, gibt er zu, *ich habe in den letzten Wochen so viel deutsch gesprochen, dass ich häufig schon auf Deutsch denke und träume.*

Ich würde gerne einmal in einer anderen Sprache träumen, ich gehe die Regale auf und ab und finde nichts, was für eine Mahlzeit taugen könnte, ich gehe weiter in die Jagdabteilung.

Das sind die, ich hebe eine Schachtel auf, *diese Munition habe ich auf dem Grenzturm gefunden.*

Das ist kein Spielzeug.

Wurden die Scharfschützen von der Stadt auf die Türme abkommandiert?

Joe schaut verdutzt, als wäre alles, was er mir soeben erklärt hat, nicht angekommen, *wie, aus der Stadt? Unser Schützenverein hat die Munition geordert, das ist hier der letzte harte Kern, die würden sich nie für die Leute aus der Stadt verkaufen.*

Und auf wen zielen die?

Wenn der Krieg die Stadt erreicht, wird er irgendwann auch unseren Wald erreichen.

Glaubst du ernsthaft, das Krisengebiet rückt bis hierhin vor?

Wenn man den Zeitungen aus der Stadt einmal glauben will, stehen die Panzer schon vor den Toren der Hauptstadt.

Ich versuche, in Joes Gesicht zu lesen, wie viel Wahrheit in seinen Übertreibungen steckt.

Und wenn es soweit ist, werden die Offiziellen aus der Stadt begreifen, wo es am sichersten ist, Joe geht auf mich zu, bis sich unsere Fußspitzen berühren, *und solange werden meine Dorfkollegen auch auf die Feinde in den eigenen Reihen zielen, deshalb, flieht, bitte, ich sage das nicht, weil ich euch als Feinde sehe, sondern als meine Freunde,* Joe schnappt sich eine Pappe, faltet sie zu einem Karton und legt Rollen mit Angelsehnen und einen zusammengeklappten Kescher hinein, es folgen die restlichen Dosen Insektenspray und einige der bunten Angelköder.

Willst du neu dekorieren?

Ja, mault Joe, *die Sachen müssen weg.*

Hast du die restlichen Fotos, du weißt, ich habe dir alle meine Filme gegeben, du hast mir aber nicht alle zurückgegeben.

Wieso, Joe sieht mich verwundert an, *die restlichen Bilder habe ich gestern Susanne gegeben.*

Susanne, warum, brülle ich, *verdammte Scheiße, seit Wochen frage ich dich, und …*

Ich bin ehrlich, ich wollte sie euch nicht geben, ich wollte nicht noch mehr Öl ins Feuer kippen, aber …, Joe nimmt einen Revolver von der Wand, klappt ihn auf und dreht die Trommel, *Susanne hat einfach nicht lockergelassen,* er schaut in die leeren Patronenkammern und dreht weiter, *sie fing immer wieder von ihrem Sohn an, ich glaube, sie weiß es.*

Auch wenn du ihm die Munition verkauft hast, es ist nicht deine Schuld, ich klopfe Joe auf die Schulter, *ich verschwinde.*

Wir verabschieden uns und ich wünsche mir, ihn irgendwann wiederzusehen.

Das Hotel liegt ruhig und verlassen vor mir. Ich kann kein Lebenszeichen erkennen, kein Licht, die Fenster sind dunkel, als wären alle Vorhänge zugezogen. Als ich näher komme, sehe ich den Grund, die Fenster sind mit Möbelstücken verstellt.

Susanne, ich rüttle an der verschlossenen Eingangstür, *was soll das, lass mich rein!*

Susanne öffnet die Tür einen Spalt und flüstert, *komm, schnell.*

Was ist los, ich schaue mich um, Susanne hat Stühle und Tische vor den Fenstern gestapelt und zusätzlich alles mit Decken und Handtüchern verdunkelt.

Die beobachten uns, ich habe sie gesehen, komm, sie zieht mich eine Etage höher, *sie lauern in den Wäldern*, Susanne zeigt aus dem Fenster, *ich habe ihre Taschenlampen gesehen, ihre Messer und Gewehre blitzen immer wieder zwischen den Bäumen auf.*

Ich sehe nichts, nur Bäume und einen wolkenlosen Himmel.

Susanne, es ist noch hell, da draußen ist niemand mit einer Taschenlampe.

Ich habe sie gesehen, Susanne steht seitlich am Fensterrahmen und starrt nach draußen, *sie kommen aus dem Wald.*

Ich denke an den Wanderer, der Susanne gestern gefolgt ist und gebe nach, *dann sollten wir schnell die Haustür verbarrikadieren.*

Wir haben weder Holz noch geeignetes Werkzeug, wir schieben zwei schwere Blumenvasen vor die Eingangstür und klemmen einen Besenstiel unter den Türgriff.

Sie werden heute Nacht kommen, glaubt Susanne, *wir müssen uns beeilen.*

Wir bearbeiten den Speisesaal, der danach ohne Tageslicht auskommen muss. Die Vorratskammer hat nur ein kleines Fenster, durch das niemand kriechen wird, aber einen Raum weiter stehen wir vor zwei großen Glasscheiben, eigentlich dem Wald abgewandt, aber auch hier sehen wir Bäume und Buschwerk und weit hinten die Landstraße. Der Raum ist zugestellt mit Rollschränken, Aktenordnern und Pappkartons, an der hinteren Wand steht ein hoffnungslos zugemüllter Schreibtisch.

Lass uns den nehmen, sie zeigt auf einen massiven Eichenholzschrank, mit vereinten Kräften können wir ihn vor das Doppelfenster schieben. Diese Aktion ist wirkungslos, weiß ich, denn wollte die Dorfarmee hier einmarschieren, würde dieser Schrank sie nicht aufhalten, aber wenn es Susanne beruhigt, sage ich mir und folge ihr in die nächsten Zimmer. In der unteren Etage befinden sich zwei weitere Räume, die auf den ersten Blick keine Funktion haben, allenfalls dienen sie als Aufenthaltsräume, auch wenn sie nicht zum Verweilen einladen, die Wände sind grau, der Fußboden besteht aus hässlich braunen Fliesen und die langen, schweren Vorhänge machen den Raum dunkel und ungemütlich. Zwei Korksessel stehen vor einem Rundtisch, auf dem ein Schachbrett in den letzten Zügen verharrt. Die weiße Dame und ihre Bauern umzingeln den schwarzen König. Die restlichen Figuren liegen unter dem Tisch, verstreut neben einer Weinflasche und einem langstieligen Glas, und wäre nicht über allem eine Staubschicht und auf dem Schachbrett zwischen den Figuren ein totes Insekt, man könnte glaube, die Kontrahenten hätten nur kurz den Raum verlassen.

Sieht schlecht aus für die schwarze Seite, Susanne beugt sich über das Brett.

Wenn man alleine spielt, kann man nur gewinnen, ich deute auf das einzelne Weinglas unter dem Tisch, *oder vielmehr, man kann nur verlieren.*

Wir verbarrikadieren die letzten Fenster im Erdgeschoss und nehmen uns aus dem Küchenbereich das, was noch nicht verdorben ist, und schleichen in die erste Etage.

Es bringt nichts, hier einfach rumzusitzen und zu warten, ich setze mich auf mein Bett und würge den kalten Inhalt einer Konservendose hinunter.

Sie werden kommen, Susanne steht vor dem Fenster, ihre Hände klammern sich am Fensterbrett fest, *aber wir können nicht fliehen, sie werden uns verfolgen, bis tief in den Wald hinein,* sie versteckt sich hinter der Wand und beugt sich ängstlich nach vorne, um aus dem Fenster zu spähen, *und wenn sie merken, sie kommen nicht in unsere Festung, werden sie hoffentlich aufgeben und verschwinden, und dann …,* sie stockt, *und dann …,* ihre Arme und Hände zittern, *und dann muss es endlich vorbei sein.*

Ich kann nicht abschätzen, ob wir eine halbe Stunde oder einen halben Tag damit verbringen, in meinem Zimmer auf den Angriff zu warten. Ich falle immer wieder in einen Sekundenschlaf. Aus Sekunden werden Minuten und aus Minuten Stunden.

Ich öffne die Augen und Susanne betritt den Raum.

Wo warst du?

Sie antwortet nicht und stellt ein Radio auf den Tisch. Sie versucht, die Nachrichten einzustellen, findet jedoch weder einen deutschen, noch einen einheimischen Sender, es rauscht auf allen Frequenzen. Ich versuche, nicht auf das

Rauschen zu hören, es darf meine Gedanken nicht einlullen, ich muss auf Susanne aufpassen, ich darf sie nicht alleine lassen.

Ich höre, wie Susanne die Treppe nach unten geht.

Stille.

Papier raschelt, erst leise, dann so laut, als knülle jemand über meinem Kopf Papier zusammen. Ich reibe den Schlaf aus meinen Augen und sehe Susanne auf einem Stuhl vor dem Fenster sitzen.

Es ist ruhig, aber sie sind noch da, sagt sie, *ich habe etwas zu Trinken besorgt, Wein und Leitungswasser, du musst etwas trinken.*

Ich setze mich aufrecht hin und trinke. Das Wasser ist abgestanden und warm und kann meinen Kreislauf nicht ankurbeln. Ich beobachte mit halb geschlossen Augen Susanne, die ebenfalls mit ihrer Müdigkeit kämpft, doch scheint es mir, als wäre es bei ihr nicht der Schlafmangel, der ihren Körper in sich zusammensacken lässt. Ich trinke aus und stelle das Wasserglas umgedreht auf den Nachttisch.

Die Lichter sind noch da, höre ich Susanne jammern, *sie lassen nicht nach, die Taschenlampen leuchten so hell, so grässlich hell.*

Es ist dunkel, als ich erneut aufwache. Ich höre nur das Radio, es rauscht Lebenszeichen aus einer anderen Welt. Es dauert Minuten, bis ich den Lichtschalter finde.

Susanne ist verschwunden.

Ich öffne ihre Zimmertür, aber das Bett ist leer und ihr Rucksack nicht an seinem Platz. Ich rufe ihren Namen. Obwohl alle Fenster verriegelt sind und der Besenstiel unverändert an der Haustür klemmt, weht ein kalter Luftzug in meinen Nacken.

Ich drehe mich um und ahne schnell, woher der Wind ins Haus zieht.

Die Luke zur Dachterrasse ist weit geöffnet. Der Nachthimmel ist sternenklar und ermöglicht eine gute Sicht auf den Wald, aber von Susanne ist keine Spur. Wollte sie nur frische Luft schnappen, überlege ich und gehe bis an den Rand des Daches, oder wollte sie in den Wald, aber dann müsste sie runtergesprungen sein. Ich schaue nach vorne und denke an Herrn Kurtz, sehe ihn vor mir, wie er vor einigen Wochen an dieser Grenze zwischen Vorplatz und Wald stand, zögerte und dann zwischen den Bäumen verschwand, als hätte die Dunkelheit ihn in die Zwischenräume hineingezogen. Diese Grenze kann ich jetzt nicht mehr finden, die wenigen Pflastersteine, die das Haus umrunden sollen, liegen noch immer dort, es wurden auch keine neuen Bäume und Büsche gepflanzt, aber der Wald wuchert und lebt, und das, was am Anfang für mich eindeutig der Eingang war, erkenne ich heute als lose Baumgruppe und weit weg von dem, was ich in den letzten Wochen als das Unendliche dieser Gegend kennengelernt habe.

Doch aus dieser losen Baumgruppe, die durchaus für Unwissende der Teil eines großen Waldes sein kann, huscht ein Schatten hervor. Es ist, als hätte dieser Schatten die ganze Zeit dort gewartet und wäre nur durch diese kurze Bewegung sichtbar geworden.

Susanne.

Sie steht vor den Bäumen und doch irgendwie dazwischen; den Rucksack fest auf die Schultern geschnürt, zögert sie. Ich zögere nicht und eile nach unten. Ich verschiebe die Blumenvasen, lasse die Eingangstür sperrangelweit auf und renne aus dem Haus.

Susanne ist im Dunkeln verschwunden, aber nach wenigen Metern kann ich sie vor mir erkennen, sie läuft nicht davon, es ist ein in sich gekehrtes, nachdenkliches Gehen. Ich denke an Kierkegaard, an die im Nachwort versteckte, kleine Anekdote aus seinem Tagebuch:

Er ging in den Wald, fühlte sich wohl und dachte daran, sich selbst umzubringen, nichts von vorhergehender Überlegung, der Tod in ihm als ein Wohlbefinden, als sehe man sich als Teil der objektiven Schönheit. Der letzte Schritt war in ihm so nah, als gehe man in die Knie, um eine hübsche, zarte Blume zu pflücken.

Ich bin ihr einziger Verfolger.

Susanne, rufe ich, *Susanne, warte!*

Sie hört mich nicht. Habe ich so leise gerufen, instinktiv oder absichtlich, weil ich sie gar nicht aufhalten will?

Susanne, rufe ich lauter, *Susanne!*

Sie dreht ihren Kopf nach hinten und beschleunigt ihr Tempo.

Ich behalte Susanne im Blick. Ich kann nicht sagen, ob sie vor mir wegläuft, oder ob sie will, dass ich ihr folge, denn der Abstand zwischen uns bleibt gleich, obwohl ich immer langsamer werde. Eines ist offensichtlich, sie will zum Wacholderstrauch, und so wie sie sich bewegt, sicher und zielstrebig, kennt sie den Weg.

Wir durchqueren den Abschnitt, in dem ich heute Morgen den Weg zum Eingang gesucht habe. Susanne schlägt sich ihren eigenen Weg durch das Gebüsch, geschickt und brachial zugleich, sie drückt mit den Händen und Armen die Äste aus ihrem Sichtfeld, trampelt durch kniehohe Büsche, ohne Rücksicht, denn würde sie zurückschauen, sie könnte sehen, wie ich nach jedem zweiten Schritt ins Straucheln komme, wie mir Äste ins Gesicht schlagen und ich immerzu stehenbleiben muss, um Luft zu holen.

Meine Verschnaufpausen werden häufiger und länger und der Abstand zwischen Susanne und mir wird größer, bis sie ganz aus meinem Blickfeld verschwunden ist.

Susanne, schreie ich, *Susanne.*

Susanne!

Susanne?

Vom Weg abgekommen, habe ich jede Richtung verloren. Als mir bewusst wurde, ich werde Susanne nicht mehr finden, schwenkte ein Lichtkegel über den Wald. Ich folgte dem Licht, aber ich näherte mich nicht den Grenztürmen, wie ich vermutet hatte, ich steuerte tiefer in den Wald hinein, bis das Licht verschwand.

Ich weiß nicht, wie ich den Weg zurück zum Hotel gefunden habe, aber ich habe ihn gefunden, so erschöpft, dass ich es nicht mehr in mein Zimmer geschafft habe und auf den Stufen vor der Eingangstür liegen blieb.

Ich gehe ins Haus und quäle mich die Treppe hoch, direkt in Susannes Zimmer. Das Zimmer sieht aus, wie sie es zuvor verlassen hat. Die Sonne scheint auf die Bettdecke, und wie vor Wochen der Mond, teilt auch sie jetzt das Bett in Licht und Schatten, die Grenze verharrt unverändert in der

Mitte, als würden die Himmelskörper nicht wandern, als wären Tag und Nacht eins. Ich richte meine Kamera auf die Grenze zwischen Licht und Schatten, und obgleich nur noch fünf Bilder auf meinem letzten Film sind, drücke ich ab. Mein Bild zeigt eine Schlafstätte, in der viele ihre letzten Nächte verbracht haben, die Zeitungen würden diese Aufnahme lieben, auch wenn nichts weiter als ein verlassenes Bett darauf zu sehen ist. Doch was könnte der sensationsgierige Beobachter alles in diesem Stillleben sehen? Was ist den Personen an ihrem Todestag durch den Kopf gegangen, haben sie geschlafen, gar ein letzter Traum, ein Albtraum, oder ein erfüllter Blick zurück, gab es in den verbleibenden Stunden noch Zweifel, einen Rest von Hoffnung? Kann das Bild eine Lösung bringen, frage ich mich und weiß, viel zu oft liegt die Antwort im Beobachter und in seiner Frage selbst, warum gehe ich anstandslos davon aus, Susanne käme nicht wieder, warum gebe ich sie auf, ohne sie zu suchen, ohne zu fragen, denn die einzige Frage, die ich stelle, betrifft das, was meine Aufnahme zeigt, und zeigt sie nicht genau deshalb nur eines: mein Gewissen. Ich schaue auf meine Kamera. Nur noch vier Fotos.

Ich muss nicht lange suchen, der Zettel auf dem Tisch, sauber zusammengefaltet und genau in der Tischmitte platziert, ist für mich.

›Lieber Konrad,

wenn du diese Zeilen liest, bin ich unterwegs. Ich bitte dich, folge mir nicht. Joe gab mir den entscheidenden Hinweis. Auf Kurtz' Fotos waren die Farben, die du auf Joes Foto entdeckt hast und die mein Jan sah. Und bald werde ich sie sehen. Ich bin dir dankbar, lieber Konrad, dass du mich auf diesem schweren Weg begleitet hast. Als ich dich am ersten Tag sah, wie du hilflos vor den Ferienhäusern hin und her gegangen bist, nicht wusstest, was du machen solltest, war ich mir sofort sicher, du bist ebenfalls hier, weil du einen geliebten Menschen verloren hast. Ich war enttäuscht, als du mir verraten hast, dass du den Ort aus beruflichen Gründen suchst. Aber irgendwann habe ich verstanden, ich habe mich nicht in dir getäuscht.

Ich habe zwei Bitten an dich. Auf der Rückseite steht der Name meines Mannes. Ich weiß nicht, wo er lebt, ob er überhaupt noch lebt. Konrad, bitte, wenn du ihn findest, sag ihm, ich habe ihn nicht vergessen, werde ihn nie vergessen, sein Platz in meinem Herzen pocht noch immer. Sag es ihm, bitte, auch wenn er dir nicht glauben wird.

Die zweite Bitte, die ich an dich habe, liegt in der Nachttischschublade. Ich habe das Gästebuch gefunden. Alfred Kurtz. Du solltest seine Angehörigen benachrichtigen. Das sind wir ihnen schuldig.

Lieber Konrad, du wirst deinen Ort finden.

Lebe wohl.

Susanne‹

Das Gästebuch ist nicht mehr als eine lose Blattsammlung, die mit einer Baumwollkordel zusammengehalten wird. Ich war der letzte Gast des Hauses, zumindest besteht der letzte Eintrag aus meinem Vor- und Nachnamen, im Feld für die Abreise stehen mehrere durchgestrichene Termine, der Bereich darunter, vermutlich für die Abrechnung, ist leer. Der Aufenthalt von Herrn Kurtz ist ausführlicher dokumentiert, ich finde seinen Namen, seine Adresse und sogar seine Telefonnummer. Ich blättere vor, das Hotel hatte viele Gäste, mehr als ich vermutet habe, ich lese die Namen, die allesamt europäisch klingen, die meisten deutsch, und ohne zu suchen, finde ich die Namen meiner Kollegen, Meier und Stachmann. Die Zahlen und Vermerke in den Abrechnungsspalten ergeben keinen Sinn, zwischen den Zimmerpreisen, die immer wieder durchgestrichen, summiert und multipliziert wurden, tauchen Kürzelketten auf — Lb7xe4 + 25.Dd2-g2 Tc3-h3 — und ganz unten auf der Seite, sowohl bei Stachmann als auch bei Meier, das gleiche Wort, das ich übersetzen würde mit: Schachmatt.

Ich lege die Blätter beiseite, ich darf hier nicht tatenlos rumsitzen, ich muss Susanne suchen. Ich gehe nach unten und packe mir auf die Schnelle Proviant ein. Ich weiß, den Eingang erneut alleine zu suchen, wäre töricht, wenn ich mich verlaufe, wäre alles umsonst gewesen, ich habe nur eine Chance, ich muss Joe zwingen, mir zu helfen.

Joe ist verschwunden, wie beinahe seine komplette Ware. Die Regale und der Kühlschrank sind leer geräumt und an den Wänden der Jagdabteilung hängen nur noch wenige Angelköder.

Ich gehe die Treppe nach oben in seine Wohnung, die erstaunlich sauber und aufgeräumt ist. Der Abwasch ist erledigt und das Altpapier unter dem Tisch entsorgt. Der Schreibtisch im Nebenzimmer ist ordentlich, auf der Arbeitsunterlage befindet sich nicht eine Rechnung oder Mahnung. Das Foto mit Joes kapitalem Fisch hängt noch an der Wand, die Aufnahme mit seiner Frau fehlt. Ich schaue aus dem Fenster, suche den Hinterhof nach einem Lebenszeichen ab, ich sehe die verkohlte Feuerstelle, die bunten Sitzkissen und eine Katze, die zwischen Müllsäcken nach Futter sucht.

Ich gehe nach unten und bleibe vor dem Telefon stehen – ein letzter, idiotischer Versuch?

Ich wähle die Nummer von Annabells Firma.

Kein Anschluss unter dieser Nummer.

Das kann nicht sein, ich versuche es erneut.

Kein Anschluss unter dieser Nummer.

Ich wähle die Nummer vom Vorzimmer der Redaktion.

Dieser Anschluss ist nicht belegt.

Es muss am Telefon oder an der Leitung liegen, sage ich mir und starte einen letzten Versuch, Annabell zu erreichen.

Der Teilnehmer ist vorübergehend nicht erreichbar.

Das gibt es doch nicht, wenn ich mit meiner Frau sprechen will, dann kann ich das, ich knalle den Hörer auf den Apparat. Sie wollte die letzten Wochen nicht mit mir sprechen, ich habe es immer wieder versucht, irgendwann hätte es klappen müssen, und ich gestehe mir ein, ihre Stimme hat mir gefehlt, ich war mir sicher, Annabells Rückkehr nach Deutschland würde auch mich zurückbringen und diese Suche beenden, endgültig – aber was ist ihre Stimme wert, wenn sie meine nicht hören will?

Ich gehe noch draußen, ein eisigkalter Wind peitscht in mein Gesicht. Ich kämpfe mich auf die andere Straßenseite und schaue durch die Fenster in spartanisch eingerichtete Wohnungen, die Wände sind grau mit einigen hellen, rechteckigen Flecken. In einem Zimmer brennt eine Glühbirne, die trostlos an einem blanken Draht von der Decke hängt.

Eine zusammengerollte Zeitung ragt drei Haustüren weiter aus einem Briefkasten. Das Papier ist klamm und die Schrift nicht mehr lesbar, als wäre die Zeitung etliche Male durchnässt worden und wieder getrocknet. Daneben befindet sich ein Geschäft für Bekleidung, auf der Fensterbank des Schaufensters liegen gestapelt Wollpullover und Hemden und an der Scheibe klebt ein Zettel mit einem Hinweis, den ich nicht verstehe, das Datum dahinter geht Monate in die Vergangenheit zurück.

Ich gebe es auf und verlasse über die Landstraße das Dorf. Ich peile eine der Bushaltestellen an, laut Fahrplan müsste in wenigen Minuten ein Bus kommen. Selbst wenn der Fahrer das Dorf meiden sollte, müsste er diese Haltestelle anfahren, doch die Straße bleibt leer, wen sollte er auch abholen. Das Dorf ist wie ausgestorben, als hätten alle Einwohner letzte Nacht ihr Heim fluchtartig verlassen.

Ich gehe zu den Ferienhäusern und sehe, die Kriegskasse ist leer, der Wanderer hat die restlichen Münzen aus der Dose genommen. Ich suche nach weiteren Hinweisen, aber im Haus ist alles im gleichen, durchwühlten Zustand. Ich steige die Treppe nach oben, meine Decke und meine Kissen liegen zusammengeknüllt auf dem Bett, als wäre ich gerade aufgestanden. Ich schaue mich sorgfältig um, aber das, was hier noch liegt, was ich im Eifer des Angriffes vergessen hatte, brauche ich nicht, die verdreckten Wechselklamotten, die leeren Filmdosen, eine halbvolle Zahnpastatube, allenfalls der Bindestock auf der Fensterbank hat noch einen Wert für mich. Ich nehme den Köder aus der Halterung, betrachte meine letzte, selbst gebundene Fliege, den roten Kopf, den mehrfarbigen Körper, eine leichte Ähnlichkeit ist vorhanden, denke ich und öffne das Fenster. Ich strecke den Arm nach draußen und lasse die Fliege fallen. Der Wind hebt das Fusselgebilde in die Höhe, federleicht, bis sich die Flugkurve senkt und die Fliege im Gras landet. Ich blicke mich ein letztes Mal gründlich um. Ich entdecke etwas, was ich vor Dieben oder dem Vergessen retten müsste, meine Ringe, sie liegen neben dem Bettpfosten. Zwei Ringe, die seit Jahrzehnten zu mir gehören, mein Ehering und ein Freundschaftsring, beide von Annabell für mich ausgesucht, mit Gravuren, die ich auswendig kann:

›Bei dir sein‹

›Liebe — ein Leben lang‹

Was ist aus diesen Versprechen geworden, untergegangen in einem internationalen Modenetz, erstarrt in einem Kriegszustand, den ich nicht überblicken kann, oder verloren in einer Telefonleitung, die falsch verbunden ins Nichts führt? Ich stecke die Ringe in meine Hosentasche und verlasse das Haus.

Der Wind zieht durch das Haus Nummer Drei und entschwindet in den Ritzen der Holzwände. Ich kann keine Anzeichen erkennen, dass Susanne hier war. Ich habe keine Zeit zu verlieren, ich muss Susanne suchen, ich weiß es, mein Gewissen weiß es, doch als könnte ich dies alles bedenkenlos beiseite schieben, als stünde über allem eine andere, wichtigere Suche, lege ich mich auf das Sofa und schließe die Augen.

Die bildhübsche Frau war wieder nicht da. Der letzte Gedanke, an den ich mich erinnern kann, bevor ich einschlief, war der Wunsch, von ihr zu träumen, als könnte eine Traumwelt die Fäden spannen, die ich in der realen Welt verzweifelt suche, als wären die Bilder, die ich in mir trage, ein Daumenkino, dessen Ende mir noch bevorsteht. Was könnte auf dem letzten Bild sein, überlege ich im Halbschlaf, aber warum sollte es mir zustehen, das Ende dieser

Geschichte zu erfahren? Mich hat an dem wichtigsten Bild meiner Karriere nur der Ruhm interessiert und erst, als ich Anerkennung und Geld im Übermaß hatte, interessierte mich die Geschichte hinter dem Bild. Wer kann sagen, ob die Bildhübsche den Krieg überlebt hat? Ich hätte sie retten können, es wäre ein Leichtes gewesen, in Deutschland hätte sie ein unbeschwertes Leben führen können. Ich habe mich oft gefragt, was aus ihr geworden ist, wie sie lebt, ob sie glücklich ist, aber kann man in einem Land, das zerstört wurde und immer weiter bis in die Seelen der Menschen hinein zerstört wird, glücklich sein? Ich habe mir diese Frage vor Jahren, als das Bild der bildhübschen Frau um die Welt ging, gestellt und mit einem eindeutigen Nein beantwortet, und das wäre der Zeitpunkt gewesen, mein Versagen zu erkennen, es wäre meine Pflicht gewesen, sie zu retten.

Und es wäre meine Pflicht gewesen, Susanne zu retten!

Es ist meine Pflicht, korrigiere ich mich selbst, es ist meine Pflicht, sie zu finden. Ich öffne meine Augen, auf dem Tisch wartet ein Besucher auf mich, eingesperrt unter einem Wasserglas. Die Fliege schwirrt hektisch gegen die Glaswände. Ich hebe das Glas an und stelle es neben das Tier, das seinen Flug beendet und ruhig die Wasserflecken auf der Tischplatte begutachtet.

Wäre mein Notizbuch griffbereit, ich würde meine Gedanken notieren, sie auf eine Frage reduzieren:

›Kann man, wenn alles zerstört ist, trotzdem glücklich werden, oder anders, ist man glücklich, wenn man alles hat?‹

So eindeutig und schnell ich vor Jahren diese Frage beantworten konnte, so sicher wähne ich mich nun auf der anderen Seite.

Ich stehe auf und schüttle die Müdigkeit aus meinen Armen. Das Insekt lässt sich von meinen Hampeleien nicht beeindrucken und fliegt durch die geöffnete Terrassentür nach draußen.

Ich weiß nicht, was mich dazu bewegt hat, das mittlere Ferienhaus noch einmal zu betreten, aber im Wohnzimmer stehend, fällt mir etwas auf, dessen Sinn ich zunächst nicht erfassen kann. Auf dem Tisch liegt ein Umschlag, jene Art von Tüten, die Joe aus der Stadt mit meinen Fotos bekommen hat.

Ich gehe die Treppe nach oben und finde auf der Bettdecke eine Nachricht, von Susanne auf eine herausgerissene Buchseite geschrieben:

›Wer auch immer diese Zeilen liest, ich hoffe, er kann damit etwas anfangen. Ich habe dieses Haus nach privaten Dingen durchsucht. Es gehört sich nicht. Aber ich finde, ich bin den Angehörigen des Mannes, der hier seine letzte Nacht verbracht hat, etwas schuldig. Unter diesem Kopfkissen befindet sich sein Abschiedsbrief. Was kann persönlicher sein als die letzten Worte? Deshalb bitte ich den Finder zutiefst, diesen Brief in Ehren zu halten und ihn den Angehörigen zu übergeben. Ich werde dazu nicht mehr in der Lage sein.

Danke.‹

Ich nehme den Brief an mich.

Das Dorf ist wie ausgestorben, der Busdienst eingestellt und auf Joes Hilfe will ich nicht mehr hoffen, der einzige Mensch, der mir den Weg zeigen kann, ist der Wanderer. Ich mache mich auf zu seiner Hütte. Ich laufe los, in einem Tempo, das ich nicht halten werde. Ich renne auf dem

Wanderweg nach Norden am See vorbei und die ersten Stiche machen sich in meiner Wade bemerkbar, ich laufe weiter, die Schmerzen werden heftiger, aber ich halte mein Lauftempo, der Schmerz zieht höher, bis in die Hüfte. Die Grenztürme bauen sich vor mir auf, ich sehe die leeren Glaskästen und die unbesetzten Gewehrhalterungen, und in diesem Moment wünsche ich mir, jemand stünde dort oben, bewaffnet oder nicht, einzig um zu wissen, dieses Fleckchen Erde ist noch bewohnt.

Ich durchquere mit schnellen, schmerzenden Schritten den Wald und versuche nun, auf dem kürzesten Weg zur Hütte zu gelangen. Ich stoße auf Felder, auf denen vermutlich vor langer Zeit Kartoffeln geerntet wurden. Ich muss achtgeben, auf dem steinharten Boden nicht umzuknicken. Ich bin zu weit westlich aus dem Wald gelaufen, denn hinter den Feldern erkenne ich das Bauernhaus, ein einheitlich dunkler Klotz. Ich sehe keine Taschenlampen, die aufblitzen, keine Dorfratsmitglieder, die wild gestikulieren um mich anzulocken oder zu verjagen.

Ich gehe zur Hütte und schaue immer wieder nach rechts auf die Landstraße, die weit entfernt als schmaler Streifen erkennbar ist. Es fährt kein Auto und kein Bus vorbei, nicht einmal ein Traktor oder ein Viehwagen – wann habe ich zuletzt das Knattern der Landmaschinen gehört?

Die Hütte ist verriegelt und verrammelt. Ich kann keinen Rauch aus dem Schornstein sehen und zwischen den Ritzen der Fensterläden kein Licht erkennen. Ich habe das Gefühl, der Wanderer hätte sein Quartier nicht nur vorübergehend verlassen, wenngleich es unwahrscheinlich ist, dass dieser Einsiedler sich der Dorfgemeinschaft angeschlossen hat, um zu fliehen. Ich umrunde die Hütte und komme ein zweites Mal an seinen quadratischen Beeten vorbei und begreife, der Boden ist zwar wie bei den letzten Besuchen ordentlich geharkt, aber die Blumen, die am Rand der Beete gepflanzt waren, sind allesamt verschwunden, die kurzen Stiele ragen aus dem Boden, sauber mit einem Messer gekappt — die Flucht eines Mannes aus dem Wald, mit einem letzten Strauß Blumen aus seiner Heimat in der Hand, ist ein so groteskes wie wunderbares Bild, und ich wünsche, ich könnte den Wanderer fotografieren. Ich möchte nicht mehr mit ihm reden, er soll mir nicht erklären, warum er uns hinterherrennt, warum er Geschenke mit Jans Schnürsenkel zubindet, er soll sich nicht herausreden und mir keine Geschichten erzählen, ich will ihn nur fotografieren.

Ich gehe, ich darf keine Zeit verlieren und muss Susanne finden, ich hätte sie nicht aus den Augen lassen dürfen, ich hätte sie festhalten müssen, jederzeit, in meinem Kopf entsteht ein Bild, auf dem Susanne mit ausgebreiteten Armen über einen Badesteg läuft. Aber sie ist nicht ins Wasser gegangen, der Ort, den sie sucht, befindet sich weder am See noch in der Nähe des Flusses. Ich laufe schneller, mein Blick wandert über den Boden, aber meine Augen sehen keine Fußspuren, weder von Susanne noch vom Wanderer oder von den Waldarbeitern, ich erkenne nicht einmal Tierspuren. Ich schaue nicht auf meinen Kompass und nicht auf meine Karte, ich laufe einfach weiter, trotz Schmerzen, die mich nicht mehr belasten, ich nehme sie wohlwollend zur Kenntnis, als Zeichen, dass ich alles versuche.

Wasser rauscht in unmittelbarer Nähe an mir vorbei. Ich höre es deutlich und folge dem Geräusch.

Ich trete mit dem Fuß gegen Äste, die mir den Weg versperren, sie brechen mit einem lauten Knacken durch und geben einen Pfad frei, der mich weiter Richtung Nordwesten lenkt. Und nach wenigen Minuten liegt, ohne das kleinste Geräusch, plötzlich der Fluss vor mir. Er schlängelt sich durch das Gelände und ist streckenweise nicht breiter als ein Gebirgsbach. Ich setze mich in den Schatten eines Baumes, die Krone ragt über meinem Kopf bis über den Fluss. Ich schnappe wie ein Fisch in den letzten Zügen nach Luft. Ich habe keine Zeit, ich muss weiter, aber ich zwinge mich, langsam durchzuatmen. Die Äste vor mir tippen auf die Wasseroberfläche, in einem gleichmäßigen Takt, als könnte ich meine Atemübungen auf den Baum übertragen. Ein flacher, fast kreisrunder Stein steckt neben meinen Füßen im Sand. Ich ziehe den Stein aus dem feuchten Untergrund und stelle fest, es ist eine Jakobsmuschel, wie ich sie von meinen Urlauben an den südeuropäischen Stränden kenne. Ich kann es nicht glauben, wie konnte sie diese Strecke, vom Meer bis in den hintersten, verwinkelten Arm dieses Flusses zurücklegen? Ich beuge mich nach vorne, tauche meine Hand ins kalte Wasser und trinke einen kleinen Schluck. Es ist herrlich erfrischend und schmeckt unnatürlich süß. Der Durst, den ich in den letzten Stunden aus meinem Kopf verdrängt habe, kommt mit einem Schlag zurück und wird sofort gestillt, aber nicht der Wunsch, weiterzutrinken, ich trinke immer mehr, bis ich das Gefühl habe, meine Bauchdecke platzt. Ich krieche zurück an meinen Schattenplatz und lehne meinen Rücken gegen den Baumstamm, und aus dieser Position sieht das Wasser weniger klar aus, eher grünlich trüb, die Wellen bilden am Ufer einen leichten Schaumrand und Tausende Bläschen. Ich nehme die Muschel, *was hat dich hierher verschlagen, in diesen brodelnden, vergifteten Hexenkessel?* Ich halte die Muschel an mein Ohr und weiß, das, was ich höre, kann nur der Wind und kein Meeresrauschen sein, aber wie schön ist diese Vorstellung, dass die Geräusche der Meere sich in dieser kleinen Kammer sammeln, über Ozeane getragen werden und mit einem Windhauch Kontinente verbinden, so schwerelos, als würde man einem geliebten Menschen etwas zuflüstern.

Ich muss mich im Schlaf auf dem Boden gedreht haben, denn als ich die Augen öffne, fällt mein Blick nicht auf den Fluss sondern in den Wald hinein. Joe war vor wenigen Sekunden am Fluss. Auch wenn er mir nur im Traum begegnet ist, hallt seine Stimme nach, als wären seine Sätze in meinem Kopf in einer Dauerschleife gespeichert. Ich war dankbar, es gibt noch Menschen in dieser Gegend, aber ich konnte im Traum die Fragen, die mich quälen und die ich Joe so oft gestellt habe, nicht aussprechen. Ich war nicht in der Lage, meine Lippen zu bewegen, die Worte wollten hinaus, doch es gelang mir nicht. Joe stand am Ufer, angelte und nickte mir zu, als hätte er meine Fragen auch ohne einen Ton verstanden. Er begann zu reden und wechselte dabei von seiner Muttersprache ins Deutsche und zurück, aber er redete nicht über den Ort und die Selbstmörder, er sprach über sein Angelgerät. *Schau*, sagte er, *heute versuche ich es mit einer Pose*, er deutete auf einen länglichen Korkschwimmer, der zweifarbig, rot und lila, in der Sonne glitzerte, wobei die Grenze zwischen den beiden Farben vor meinen Augen verschwamm, mal wanderte das Rot nach unten, mal dominierte das Lila, als hätte der Kork eine neue, andersartige, flüssige Konsistenz.

Mit der Pose lote ich die Tiefe aus, erklärte mir Joe, *die Pose ist leicht, wiegt keine drei Gramm, aber das Lotblei ist doppelt so schwer*, er griff nach der Bleikugel, die unter der Pose baumelte. *Pass auf, die verspielten Kleinfische tummeln sich knapp unter der Oberfläche, doch die schweren, mutigen Fische leben am Grund, deshalb ist die Tiefe wichtig*, Joe bewegte die Angelrute und das Blei pendelte nach links und rechts, *wenn wir zu wenig Schnur geben, zieht die Kugel unseren Schwimmer in die Tiefe, wenn wir zu viel Schnur geben, bleibt der Korken flach auf der Oberfläche liegen, nur wenn wir die richtige Einstellung haben, liegt das Blei auf dem Grund, die Schnur ist gespannt und der Schwimmer ist im Gleichgewicht, verstehst du*, Joe stand auf einmal direkt vor mir, *verstehst du, das Wasser teilt die Farben, sie sind im Gleichgewicht*, er holte aus und der Schwimmer und das Blei zischten an meinem Kopf vorbei.

Im Gleichgewicht, höre ich Joes Stimme ein letztes Mal.

Ich schaue auf den Wald, der an dieser Stelle viele lichte Flächen hat, sodass ich die einzelnen Bäume gut erkennen kann. Mein Blick schweift über dieses Feld, und obwohl kein Wind weht und alles still und einsam ist, weicht in mir für eine Sekunde diese Stille und Einsamkeit, als könnte ich noch einmal auf den Festplatz schauen, der Bildhübschen über die Schulter. Die Hochzeitsgesellschaft tanzt vor Freude und erstarrt, übergangslos, als hätte das Unheil die Zeit angehalten, nur die Geräusche wirbeln weiter in meinen Erinnerungen, ich höre Stimmen, Gelächter, Hochzeitsgesänge — zwischen all dem muss sie sein. Ich gehe einen Schritt aus dem Schatten, eine Windböe zieht an den Ästen vorbei in mein Gesicht und die Geräusche und Bilder in meinem Kopf verschwinden, werden überdeckt von der Realität, deren Tageslicht am Horizont langsam versinkt.

Bevor das letzte Licht des Tages verschwindet, folge ich dem Fluss in den Wald hinein. Der Fluss teilt sich in immer kleinere Ausläufer, die sich kreuzen oder wieder vereinen, sie näheren sich dem Kern, wie ein Geflecht aus Blutarterien dem Herzen. Ich kann das Herz pochen hören, denn jetzt, wo ich meine Sinne auf den Fluss konzentriere, blubbert und rauscht er wieder. Ich folge den Geräuschen, als wären es Signale, unbegründet selbstsicher, so wie ich damals einem Glockenläuten durch ein gesperrtes, unbekanntes Dorf gefolgt bin. Einige Ausläufer werden so schmal, dass sie im Erdboden versickern, doch ich habe heute nicht die Sorge, im Kreis zu laufen, denn ein kleiner Sprung zur Seite und ich stehe an einem anderen Arm des Flusses, der mich ins Innere lotst. Ich erreiche den Kern, der sich wie ein Trichter verjüngt, aber ich rutsche nicht unkontrolliert nach unten, vielmehr ist es, als hangle ich mich sicher an den Flussarmen vorwärts. Allerdings, der Ort meiner Suche bleibt mir verwehrt, und als das Blubbern und Rauschen immer leiser wird, die letzten Sonnenstrahlen abgetaucht sind und sich die Flussarme vor mir allesamt im Sand verlaufen haben, gebe ich die Hoffnung auf. Ich gehe in die Richtung, in der ich einen weiteren Flussausläufer vermute. Aber ich finde kein Wasser, sondern den Wacholderbusch. Er steht plötzlich vor mir, als hätte der Fluss mich genau hierhin lenken wollen. Egal was jetzt passiert, diesen Moment möchte ich festhalten und fotografiere den Eingang.

Es bleiben noch drei Bilder.

Hinter dem Strauch befindet sich ein Erdstreifen, der keine zwei Fuß breit ist und gerade verläuft, wie mit einem

Lineal gezogen. Bäume grenzen links und rechts diesen Pfad ein und lassen nur eine Richtung zu, geradeaus ins Dunkle. Ich nähere mich dem Schwarz vor mir, ohne zu realisieren, der Übergang liegt längst hinter mir und meine Augen haben ihre Anpassungsfähigkeit verloren. Ich sehe Schwarz und helle Lichtpunkte, als hätte ich meine Augenlider fest zusammen gekniffen. Aber meine Augen sind weit geöffnet. Die Lichtpunkte werden größer, breiten sich auf dem Weg vor mir und auf dem Blätterdach über mir aus. Meine Füße stehen in einem Feld aus Lavendel, Veilchen und Alliumgewächsen, die in ihrer Dichte ein Violett erzeugen, mit einer Farbintensivität, wie ich es noch nie erlebt habe, und über meinem Kopf glitzern rot, dicht aneinander, die Samen der Eiben; würde ich es nicht mit eigenen Augen erleben, ist würde es für eine Fotomontage halten. Jan hatte recht, violett wie das offene Meer und rot wie die Abendsonne. Ich denke an Kierkegaard, an die Farbe der Lilien, ich denke an Stachmann und an Meier, diese Materialisten, die mit Hochglanzbildern reich werden wollten, ich denke an Kurtz, der im Prunk der Kirche und im Glanz seiner Feste kein Glück fand, ich denke an Joe und weiß, ich könnte kein Bild von ihm machen, das ihn glücklich zeigt. Ich versuche diese Gedanken zu ordnen, aber wirbeln sie nicht durch meinen Kopf, um mein Gewissen abzulenken, habe ich nicht das Leid der anderen seit jeher mit Tausenden von Fotos als Deckmantel benutzt? Als könnte ich diesem Mantel ausweichen, gehe ich mit einem großen Schritt nach vorne, und der Wunsch, ins Farbenmeer einzutauchen, entsteht. Ich bin kurz davor, mich tatsächlich fallenzulassen. Ich drehe mich um, wo sind das Rot und die violette Wiese geblieben? Ich habe mich keine drei Meter wegbewegt und das Farbenspiel ist verschwunden, aber die roten Samen und die Wiese müssen doch noch hier sein, ich sehe Grasflächen und Eiben, aber keine leuchtenden Farben, wie ist das möglich?

Die Chance auf das perfekte Foto sinkt, denn über mir bricht ein Unwetter herein, Regen stürzt auf das Blätterdach und die dichten Nadeln und findet jede Lücke. Ich bin in Sekundenschnelle durchnässt, aber ich suche weiter. Ich habe mich kaum von dem Ort wegbewegt und müsste ihn mit einem einzelnen Schritt erreichen können, doch nirgends der kleinste Farbpunkt. Kein Rot, kein Violett. Vor mir ist ein Lebenszeichen, versteckt zwischen zwei Büschen und geschützt mit Blättern und Zweigen. Ein gut getarntes Ein-Mann-Zelt. Der Eingang flattert einladend im Wind.

Ich liege im Bett eines Fremden.

Ich höre, wie Äste brechen und schaue nach oben auf ein winziges Fenster, aber ich sehe auf dem Plastik nur die unscharfen Konturen meines Spiegelbildes.

Ich habe mich gestern Nacht in dieses Versteck gerettet, um Schutz vor dem Unwetter zu finden, hier habe ich mich sicher gefühlt. Und jetzt, nach einer kalten Nacht erscheint mir diese Sicherheit dumm und leichtsinnig, wie konnte ich mir sicher sein, dass der Fremde nicht zurückkommt, um seinen Schlafplatz einzufordern?

Der Regen peitscht auf das Zelt, trotzdem findet die Sonne ihren Weg und scheint schwach durch das Plastikfenster — wie lange habe ich geschlafen? Ich rechne und komme auf sieben Stunden, sieben Stunden, in denen der

Zeltbesitzer mich in seinem Bett entdeckt haben könnte, möglicherweise steht er draußen und wartet auf mich.

Ich höre ein Knacken, als schleiche jemand durch das Gehölz, doch es hört sich so laut und ungestüm an, dass es kein Mensch, sondern ein Tier sein wird. Die Tiere in dieser Gegend wurden immer zutraulicher, aber dennoch habe ich in den vergangenen Wochen nur wenige Tiere zu Gesicht bekommen, in diesem Wald, der unberührt und von jeglicher Struktur abgekapselt ein Paradies sein müsste für jene Geschöpfe, die im 17. Jahrhundert als glückliche Wesen bezeichnet wurden, nur um das Elend der Mensch zu unterstreichen. Aber es waren insgesamt erstaunlich wenige Tiere, die hier meinen Weg kreuzten, einzig die Insekten an diesem Ort sind zahlreich vertreten. Umso glücklicher war ich, wenn in den letzten Tagen ein Tier vor meine Kamera lief, obgleich ich den Ort und nicht die Lebewesen fotografieren sollte, aber sind es nicht die zufälligen Begegnungen, die den Bildern ihre Qualität geben? Die Menschen auf den Schlachtfeldern wurden mit meinen Aufnahmen in der Boulevardpresse zu Stars, wobei jeder weiß, im Krieg gibt es keine Stars, es gibt nur Verlierer und Opfer. Ich sehe die Verlierer und Opfer auf meinen Bildern, weil ich mich an die Dinge erinnere, die nicht mit der Kamera erfasst wurden, ich sehe die Gräber, die eingestürzten Häuser und über allem die tristgrauen Aschewolken. Auf dem wichtigsten Foto meiner Karriere sind Schatten, die niemand registriert, aber ich weiß, sie sind da. Ich betrachte meine Bilder mit Augen, die das ganze Schlachtfeld gesehen haben, ein Wissensvorsprung, den ich niemandem schenken möchte, und ich glaube, der Wanderer sieht diesen Wald ebenfalls mit anderen

Augen. Wie sieht er den Ort den ich gestern endlich gefunden habe, sieht er das Besondere darin oder gehört dieser Ort mit seinen Farben für ihn einfach dazu, wie die Umgebung zu jedem meiner Bilder gehört? Ich habe in den letzten Wochen nur fünf Filme benutzt, aber selbst wenn ich wie wahnsinnig geknipst hätte und die Bilder aneinandergereiht unser Redaktionsbüro umrunden würden, sie könnten nicht annähernd diese Umgebung darstellen. Aber mir ist klar, ein einziges Foto könnte das revidieren, ein Bild von dem Ort, der seit Jahrhunderten die Menschen lockt und verlockt, es würde uns den Glauben schenken, die Umgebung zu verstehen.

Die Umgebung, in der ich mich in diesem Moment befinde, besteht aus verbrauchter Luft, rostigen Zeltstangen und einem matschigen Planenboden. Neben meinem Feldbett steht eine halb volle Wasserflasche. Wenn Wasser tatsächlich ein Gedächtnis hat, was könnte dieses Wasser erzählen? Das trübe Flusswasser könnte unglaublich schöne und schreckliche Dinge berichten, und es würde mit Sicherheit meine Geschichte verschweigen. Was würde ich verschweigen, wenn ich heimkomme, frage ich mich und schließe meine Augen. Hätte ich gestern den Ort fotografiert, ich müsste nichts erzählen, die Presse würde das Thema mit Lügengeschichten und provozierenden Schlagzeilen aufbauschen. Aber auch ohne diesen Beweis könnte ich die Bilder, die ich bisher gemacht habe, verkaufen, ich könnte auf meine Vita verweisen, auf diese wildwuchernde Waldlandschaft zeigen und die Schatten und das Nichtvorhandene betonen. Das würde für eine Veröffentlichung reichen und mir Anerkennung und weitere Aufträge bringen. Aber würde mir das reichen? Ist es das, was ich will?

Der Regen bricht nicht ab und der Wind drückt gegen die Zeltplane. Es sieht aus, als lehne sich jemand von außen gegen das Zelt. Ich wickle mich fester in meine Decke. Die Wölbung in der Zeltplane rollt nach links und bewegt sich zum Eingang. Das kann nicht der Wind sein, bin ich mir sicher, und obwohl ich meinen Herzschlag bis zur Halsschlagader spüre, bin ich Profi genug, um mich zusammenzureißen und nach meiner Kamera zu greifen. Egal was passiert, meine Kamera ist im Anschlag. Mein Finger auf dem Auslöser zittert, ein gutes Foto entsteht im Kopf, doch meine Bilder leben vom Zufall. Man plant im Kopf, glaubt das fertige Bild im Geiste konstruiert zu haben, und der Zufall des Moments zerstört es. Die Summe dieser Momente ist das Ziel meiner Fotografie, der Vorstellung der Surrealisten gleich.

Ich richte die Linse auf den Eingang und fokussiere den Reißverschluss.

Es raschelt.

Ich sehe durch die Linse, wie der Reißverschluss langsam nach oben wandert. Oder bilde ich mir das ein? Wenn nicht, bekommt der Zeltbesitzer in der nächsten Sekunde ein Gesicht.

Ich halte den Atem an und zähle bis zehn.

Es ist wieder still um mich herum. Ich starre auf den Reißverschluss, aber der Fremde und das Unwetter sind verschwunden. Ich wage mich nach draußen und beschließe, das Zelt abzubauen, denn ich ahne, wem das Zelt gehört. Ich rolle die Plane zusammen, schraube die Metallstangen auseinander und verstaue die Heringe. Ich schnüre das Material auf meinen Rücken. Ich lasse nichts zurück. Die ersten Schritte schmerzen unter der Last, aber ich komme voran. Ich drehe mich nach einigen Metern noch einmal um, und es schaut so aus, als wäre Gras über den Platz gewachsen, als wolle der Wald uns eine zweite Chance geben, als glaube er, wir könnten Rousseaus Lockruf ›Zurück in die Wälder!‹ nicht widerstehen, als wüssten wir nicht, es ist alles ein Irrglaube, das Dunstbild unseres Wahns, denn in jener Zeit wurden Kolonien und keine Himmelreiche geschaffen.

Ich drücke ab. Noch zwei Fotos.

Ich werde noch zwei Fotos schießen, ein rotes und ein violettes.

Ich bewege mich auf Pfaden, die so schmal sind wie der gestrige, durch Abschnitte, die trotz der Morgenstunde finster wie die Nacht sind. Ich habe mich sowohl gestern als auch heute keine fünf Minuten von jenem Ort, um den sich alles dreht, wegbewegt, er muss hier sein. Verflucht, ich will die Bilder, nicht für die Redaktion, nicht, um sie zu verkaufen, nicht als Beweis, dass ich erfolgreich war, nein, ich will sie in meiner Hosentasche tragen, sie auf meinen Nachttisch legen, um etwas zu verstehen.

Ich drehe mich im Kreis, stolpere durch Büsche, die nach Wacholderbeeren duften, und befinde mich in einem Vorgarten. Ich stehe auf einem ordentlich geharkten Gemüsebeet und vor der Hütte des Wanderers. Rauch qualmt aus dem Schornstein und Licht scheint durch die Fenster. Die Tür steht einen Spaltbreit offen, als wäre alles eine Einladung, die nur mir gilt.

Die Hütte besteht auf den ersten Blick aus einem einzigen Raum, der jedoch größer ist, als ich es von außen vermutet habe. Ich sehe einen Bollerofen, der den Raum mit gefühlten vierzig Grad beheizt, etliche Bücherregale, die bis an die Zimmerdecke reichen, und einen Tisch, der aus einem gewaltigen Baumstamm geschnitzt wurde. Die Bücher in den vollgestopften Regalen kommen mir bekannt vor, aber genau betrachtet, stelle ich fest, es sind keine Waldführer, Atlanten oder Romane, es sind Fotoalben, Aktenordner und flattrige Papierbündel.

Schau dich nur um, der Wanderer steht plötzlich hinter mir, bewaffnet mit einer Teekanne, *ich wollte dich nicht erschrecken.*

Ich drehe mich um, meine Beine zittern, aber ich reiße mich zusammen, *du erschreckst mich nicht*, behaupte ich und mustere die Gestalt vor mir und muss beinahe grinsen, dieser Mann war der Schatten in meinem Rücken, der mich vom ersten Tag an verfolgt hat, dabei hat er in keinster Weise das Auftreten einer Person, die eine Bedrohung darstellen könnte, er ist unbeweglich und übergewichtig und zwei Köpfe kleiner als ich.

Es tut mir leid, der Wanderer rückt seine Brille zurecht.

Susanne hat sich umgebracht, ich sehe den Wanderer fragend an, aber er schweigt, ich drücke meine Hände auf meine Oberschenkel, das Zittern hört langsam auf.

Susanne hat sich umgebracht, wiederhole ich, *dort, wo Jan sich umgebracht hat, und du hast ihn damals gefunden.*

Ich habe viele gefunden, der Wanderer geht zu einem der Bücherregale und wühlt in einem Papierstapel.

Warum, frage ich, *warum,* ich werde lauter, *warum dieser Wald?*

Ich suche seit Jahren nach einer Antwort, sie lauert irgendwo da, er deutet auf seine Regale, *ich habe mich lange damit beschäftigt, mein ganzes Leben lang, ich habe drei Jahre in Deutschland studiert, Naturwissenschaften, ich wollte eine Arbeit über die Eibenrotfliegen schreiben, deshalb bin ich hierhergekommen, nicht wegen der Selbstmorde. Ich fand dieses Gebiet schon immer interessant,* der Wanderer stellt zwei Wassergläser auf den Tisch, *hier war den Menschen die Natur wichtig, zumindest vor dreißig Jahren, so wichtig, dass die Stadt mit allen Mitteln gekämpft hat, für diesen Wald, für den Fluss und für den Zugang zum Meer,* der Wanderer schaut zum Fenster, als könne er durch die Vorhänge nach draußen sehen, *aber irgendwann wurde auch mir klar, es geht nicht um die Natur, sondern um den Besitz, und die Stadt ging so weit, dass sie ihren vermeintlichen Besitz sogar einzäunte und Wachtürme aufstellen ließ,* der Wanderer blättert in den Papieren, *aber ich bin geblieben, ich habe weiter an meiner Arbeit geschrieben und irgendwann habe ich beim Wandern meinen ersten Selbstmörder entdeckt, da habe ich verstanden, das, was die Leute aus dem Dorf erzählen, waren keine Märchen.*

Natürlich kann es kein Märchen sein, erwidere ich, *die Fotos der Selbstmörder waren in allen Medien.*

Der Wanderer sieht mich prüfend an und ich verstehe den Widerspruch in meiner Behauptung, aber ich kann und will es nicht revidieren, mein Leben bestand aus Geschichten, die mit meinen Bildern erzählt wurden. Die Hitze hat den Innenraum meines Schädels erreicht.

Ich nehme mir wahllos eines der Fotoalben und streiche mit der Hand über den grünen, filzigen Umschlag, der wie Moos unter meinen Fingern zu zerbröseln scheint. Die Fotos auf der ersten Seite zeigen das Grün des Waldes in all seinen Facetten, auf den nächsten Seiten mischen sich weitere Farben, dazu das Braun der Hölzer, das Schwarz regennasser Erde, die hellen Spiegelungen vereinzelter Sonnenstrahlen, ich erkenne sofort, alle Fotos sind mit der gleichen Kamera gemacht worden.

Der Wanderer zieht ein anderes Album aus dem Regal, *meine Farben sind echt, nicht übertrieben und verlogen wie diese,* er blättert im Ordner, stoppt in der Mitte und zeigt auf ein buntes Blatt, das aus einer Illustrierten gerissen und auf Papier geklebt wurde. Die gelben Ränder der Seite riechen alt und schimmlig, und doch bilde ich mir ein, in meiner Nase wäre der Geruch von Druckerschwärze, so intensiv, wie eine Erinnerung aus einem Leben, das mit allen Sinnen gelebt wurde.

Woher hast du all diese Schnipsel?

Ich fahre einmal in der Woche in die Stadt und komme mit einer Plastiktüte voll Zeitungen wieder, der Wanderer streicht mit dem Daumen die Ecken eines Artikels glatt, *aber die Zeitungen berichten kaum noch aus dem Wald. Und das ist gut,* der Wanderer schielt zu mir.

Die Bilder, die ich gemacht habe, sind …, ich breche meinen Erklärungsversuch ab, mein Blick fällt auf eine Fotografie, die einen der Grenztürme zeigt, in einem schummrig, nebligen Licht, das nicht plakativer aussehen könnte, *ich habe bis heute nicht erfahren, wer auf dem Turm mit einer Taschenlampe in den Wald leuchtet.*

Mit einer Taschenlampe, der Wanderer schüttelt belustigt den Kopf, *das sind Parteisoldaten, die im Auftrag der Stadt mit Scheinwerfern den Wald nach Fremden absuchen, aber das Dorf lässt sich nicht alles gefallen, einige vom Schützenverein geben immer wieder Warnschüsse ab, offenbar mit Erfolg, die Dorfgemeinschaft hat die Türme zurückerobert, die vorderste Verteidigungslinie.*

Das Dorf hat wohl wirklich Angst vor dem Krieg.

Oder vor denen, die den Krieg inszenieren, der Wanderer schaut direkt in mein Gesicht und hält diesen Blick, seine Mundwinkel zucken, als wollten sie zu einem Satz ansetzen, aber der Wanderer schweigt und verschwindet hinter einem Vorhang, der zwischen zwei Regalen gespannt ist. Ich höre, wie schwere Gegenstände gegeneinanderscheppern, und warte. Der Wanderer lässt sich Zeit.

Ich stelle mich vor das Regal neben dem Vorhang und nehme den Duft von Gewürzen und heißem Fett wahr. Ich schiebe den Vorhang ein Stückchen zur Seite und spähe in eine provisorische Küche, die aus umgedrehten Holzkisten und einem Campingkocher besteht, auf dem unser Mahl in einer gusseisernen Pfanne vor sich hin brutzelt.

Als der Wanderer mich aus dem Augenwinkel heraus sieht, dreht er sich ruckartig mit der Pfanne in der Hand um und ruft, *Essen ist fertig.*

Er stolziert an mir vorbei, stellt die Pfanne auf den Tisch und reicht mir eine Gabel, *bitte, so leckere Pilze findest du nur hier.*

In der Pfanne befinden sich Steinpilze und dazwischen Wacholderbeeren und ganze Blätter.

Warum hast du Susanne den Schnürsenkel geschickt, frage ich.

Vielleicht war es ein Fehler, der Wanderer spießt mit seiner Gabel einen Pilz auf, *am Anfang habe ich gehofft, ihr würdet verschwinden, weil ich weiß, wie alles enden kann, aber …,* er fährt mit seiner Gabel durch die Pfanne, *aber ich habe gemerkt, sie würde die Suche nie beenden, an ihr, so oder so, zerbrechen, deshalb habe ich ihr den Hinweis gegeben, ihr gezeigt, dass sie auf dem richtigen Weg ist.*

Richtig kann der Weg nicht gewesen sein, sage ich und koste einen Pilz, der nicht nach Pilz schmeckt, es ist ein Geschmack, der mir bekannt vorkommt, als hätte ich ihn erst vor Kurzem auf der Zunge gehabt.

Wenn der Krieg unseren Wald erreicht, werden wir nicht mehr über richtige und falsche Wege entscheiden, meint der Wanderer und rührt weiter in der Pfanne um, *manchmal glaube ich, der Krieg entsteht nur in den Köpfen der Menschen, mit Bildern, wie du sie machst.*

Meine Bilder sind aus dem Krieg, sie sind authentisch, das, was auf meinen Fotos zu sehen ist, habe ich erlebt, wehre ich mich, aber ich merke, wie meine Verteidigung abprallt, der Wanderer starrt an mir vorbei, als würde er meine Worte nicht hören.

Ich taste mit der Zunge nach Pilzresten, und je länger ich suche und sich Speichel in meinem Mund sammelt, desto deutlicher erkenne ich den Geschmack wieder, er erinnert mich an das Flusswasser.

Der Wanderer holt einige Ordner aus dem Regal, hinter denen eine weitere Reihe mit Ordnern, Alben und Papierstapeln auftaucht. Er nimmt ein Fotoalbum aus der zweiten Reihe und blättert. Ich kann nicht erkennen, ob dahinter weitere Ordner stehen, ich sehe nur eine schwarze Wand.

Hier, er hält mir das aufgeschlagene Buch hin und tippt auf ein zerknittertes Foto.

Das ist der Meier, ich glaube, der arbeitet jetzt unter Pseudonym für irgendeine Provinzzeitung.

Das glaube ich kaum, der Wanderer sucht weiter in den Reihen.

Hast du das Foto gemacht, ich mustere die Schwarz-Weiß-Aufnahme, Meier sieht auf dem Bild aus, als wäre er schon damals zehn Jahre älter als ich.

Ich möchte alles wissen über die Menschen, die hierbleiben.

Wir schauen uns in die Augen und ich glaube seinen Satz zu verstehen. Ich nehme einen großen Schluck Wasser, aber der Geschmack der Pilze hat sich festgesetzt, und ich ahne, warum mein Gegenüber nur im Essen herumstochert.

Auch ein Kollege von dir, der Wanderer reicht mir einen weiteren Zeitungsausschnitt.

Stachmann, sage ich, *armer Kerl, ich habe ihn danach im Stadtpark gesehen,* ich betrachte das Bild, Stachmann strahlt wie ein junger Fotograf nach seiner ersten, großen Veröffentlichung.

Die Suche hat ihn mitgenommen, er wollte den Ort unbedingt finden, genau wie du, der Wanderer sieht mich lange an, *aber du hast den Platz ja entdeckt.*

Ich habe die Farben gesehen, ich schiebe die Pfanne zu ihm, warum isst du deine Pilze nicht, brülle ich innerlich, willst du mich vergiften?

Der Wanderer sticht mit seiner Gabel in das Essen, als hätte er meine Gedanken gehört, und schiebt sich ein Blatt und einige Beeren in den Mund.

Aber ich habe den Ort nicht wiedergefunden, ich habe mich keine drei Meter wegbewegt.

Man kann dieses Farbenspiel nur aus einem bestimmten Winkel vom Eingang her wahrnehmen, der Regen macht es zudem fast unmöglich, und viele sind, glaube ich, verrückt geworden, weil sie den Ort nicht wiedergefunden haben.

Aber das kann doch nicht der Grund sein für die …, ich wische mir den Schweiß von der Stirn, der Ofen strahlt hinter mir unermüdlich seine Hitze aus, oder zeigen die Pilze ihre Wirkung?

Kann es diesen einen, alles erklärenden Grund überhaupt geben, der Wanderer geht vor seinen Regalen hin und her, *alle diese Bilder wollen uns erzählen, sie wären dem Grund ganz nah.*

Ich stelle mich vor das Regal, aus dem der Wanderer die Bilder von Stachmann und Meier genommen hat, und schaue auf die schwarze Rückwand, die keine Rückwand ist, sondern eine weitere Reihe mit Ordnern. Ich kratze mich am Hinterkopf, der langsam zu pochen beginnt, *es muss eine Erklärung geben, das Licht und die Farben allein können es nicht sein.*

Der Wanderer sieht den Schriftzug auf meiner Kameratasche, nickt und sagt, *die Lösung kann nur die Summe aller Theorien sein, wie eine Lawine aus Wörtern, aus einer Andeutung wird eine Lüge, aus einer einzelnen Lüge wird eine Lügengeschichte, die sich weiter dichtet und verdichtet, ein Geflecht aus bunten, falschen Bildern, aber das brauche ich dir ja nicht zu erzählen,* er sieht mich herausfordernd an, *du bist schuld,* der Wanderer fuchtelt mit der Hand, als wolle er sagen, du weißt, wie ich es meine, um gleich darauf lauter und aggressiver zu wiederholen, *du bist schuld, du, deine Welt fordert Helden.*

Meine Bilder werden nicht den Weg an die Öffentlichkeit finden, stelle ich klar, *ich will keine Heldengeschichten aus diesem Wald.* Der Wanderer wirft meine Kameratasche auf den Tisch, als wolle er damit zeigen: Keine Fotos, die Kamera bleibt hier! Er starrt auf die Tasche und dann auf sein Essen, *du wirst nichts mehr verkaufen.*

Weil ich deine vergifteten Pilze aus dem verseuchten Flusswasser gegessen habe.

Der Wanderer lacht, *die Fische aus dem Fluss sind wirklich nicht mehr genießbar, aber meine Pilze sind dank der*

Gewürze geschmacklich klasse, er spießt mit seiner Gabel demonstrativ drei Pilze auf und stopft sie in seinen Mund.

Ich studiere die Rücken der Alben und Ordner und suche nach einem System. Das letzte Regal ist bis zur Hälfte gefüllt, ein Stein dient als Stütze. Ich schiebe den Stein zur Seite und nehme das letzte Buch aus dem Regal. Ein Notizbuch ohne Aufschrift, auf den ersten Seiten sind ausgeschnittene Zeitungsartikel und Fotos eingeklebt, und auf jeder Seite befindet sich unten rechts ein Datum. Das erste Datum liegt weit in der Vergangenheit.

Setz dich, der Wanderer berührt mich am Arm, *Konrad, setz dich!*

Die Fotos auf den ersten Seiten, vom Wanderer selbst geschossen, zeigen den Wald, das Hotel und den Weg zu den Ferienhäusern, zwischen den Abbildungen zwei Zeitungsartikel in einer fremden Sprache. Meine Augen wandern über den Text, suchen nach Wörtern, die mir weiterhelfen könnten, aber der Inhalt will sich mir nicht erschließen, doch zwischen den mir unverständlichen Sätzen sticht plötzlich ein einzelnes Wort hervor: ›Jagen‹.

Ich sehe auf der nächsten Seite eine Waldaufnahme und unten rechts ein mir bekanntes Datum, jener Tag, an dem ich meine Suche begann.

Das Foto habe ich gemacht, am ersten Tag auf dem Berg.

Joe war so nett und hat mir ein Bild geschenkt, der Wanderer grinst, *du hast ja oft genug abgedrückt.*

Und ich musste betteln, um meine eigenen Fotos zu bekommen, wüte ich und denke zugleich, vielleicht ist das Bild hier richtig, so wie der Wanderer über Meier, Stachmann und jeden Selbstmörder Material gesammelt hat, bin auch ich Teil dieser Sammlung. Ich krame aus meiner Hosentasche mein dreckiges Einstecktuch und wische mir den Schweiß vom Gesicht. Joes Geschenk, das sich im Tuch verfangen haben muss, landet auf dem Tisch.

Oh, eine herrliche Eibenrotfliege, der Wanderer dreht das künstliche Insekt, *schön, sehr schön, schau, wie genau Joe gearbeitet hat, die Eibenrotfliegen sind einzigartig wie die Selbstmordserie.*

Du meinst, es gibt einen Zusammenhang? Zumindest haben die Fliegen einen Stachel, der einiges anrichten kann, ich deute mit dem Zeigefinger auf den Einstich an meiner linken Schläfe, *der hält sich so hartnäckig, als hätte das Tier mich töten wollen.*

Die Tiere töten sich damit nur selbst.

Warum sticht mich das Tier, frage ich, *wenn seine Verteidigung den eigenen Tod bringt?*

Ob die Insekten stechen, um sich zu verteidigen, mag ich nicht glauben, meint der Wanderer, *es gibt Königinnen wie beim Volk der Honigbienen, diese Herrscherinnen scheinen ihr Volk auf ewig zu überleben, ich habe noch nie eine tote Königin gefunden, ihr Volk hingegen hat, wie die Eintagsfliegen, eine geringe Lebenserwartung, oft nur von einem Morgen bis zum nächsten.*

Und warum stechen diese Fliegen, frage ich, auch wenn mich eine andere Frage quält, was macht mein Name in seinem Notizbuch?

Eibenrotfliegen sind bewaffnet mit einem Stachel, der dem der Hornissen in nichts nachsteht, doch besitzt dieser an der Spitze eine winzige Öffnung und dient weniger als Waffe sondern vielmehr dazu, Blut zu saugen, allerdings verlieren die Eibenrotfliegen ihn sofort nach dem Einstich und kaum dass sie wenige Tropfen Blut gekostet haben, sterben sie.

Ich nicke und blättere weiter, der Wanderer hat eine akribische Ordnung, aber keine chronologische, es folgen Zeitungsartikel aus den letzten fünf Jahren, etliche Fotos aus dem Wald, jene herausgerissene Seite aus der Chronik, und dann in der Mitte des Buches taucht ein mir bekanntes Datum auf. Über dem Datum befindet sich ein Foto, das ich nur zu gut kenne. Ich betrachte es ohne Kraft und Mut für einen einzigen Atemzug und weiß, das habe ich gesucht.

Der Wanderer hält die Eibenrotfliege dichter an mein Gesicht, als wolle er meinen Blick vom Buch weglenken und sagt, *ich glaube, die Selbstmörder ähneln den Eibenrotfliegen mehr, als wir glauben, oder das Verhalten dieser Insekten ist menschlicher, als wir uns eingestehen wollen.*

Warum, beginne ich eine Frage, die ich nicht beenden kann, weil das, was vor mir liegt, meine totale Aufmerksamkeit fordert, jenes Foto, das mich weltberühmt gemacht hat, das ich so oft gesehen habe und erklären musste, jenes Fotos, das ich bis ins kleinste Detail beschreiben kann, schnürt meine Kehle zu, denn es ist in einem Zustand, den ich nicht mehr für möglich gehalten habe.

Einen kurzen Tag, das halbe Leben in Dunkelheit, sagt der Wanderer, *auch wenn sie ahnen, wie kurz ihr Leben ist, suchen sie gelassen nach ihrem Glück, ich habe gesehen, wie sie zögern, den finalen Stich zu setzen, wie sie um ihr Opfer herumschwirren, als bestünde ihr Leben einzig aus der Vorfreude auf diesen einen Tropfen Blut, ich glaube, sie sind glücklich, wenn sie sterben.*

Ich starre weiter auf das Bild, wann habe ich es zuletzt so gesehen, keine falschen Farben, keine übertriebene Belichtung, keine doppelten Böden, die dem Betrachter vorgaukeln, er könne über das Bild hinweg den Himmel sehen, *woher hast du das Foto?*

Ich habe es zufällig entdeckt, eigentlich wollte ich die Zeitung wegen eines Artikels über das Waldsterben haben, aber dann sah ich dein Bild.

Die Bildhübsche sieht mich an, unverfälscht. In meiner Erinnerung konnte ich ihr Alter nie bestimmen, ich schätzte sie auf zwanzig oder dreißig Jahre, oder waren es die Zeitungen, die mir ihr Alter vorgaben, denn jetzt auf dem Foto sieht sie älter aus, älter als ich heute bin, aber eines ist geblieben, sie ist bildhübsch, hübscher als auf all den retuschierten Fotos, die ich von ihr kenne.

Ich habe dieses Bild seit Ewigkeiten nicht mehr gesehen, sage ich, *es ist im Originalzustand, so wie ich es geschossen habe, der Abzug liegt irgendwo zu Hause in meinen Unterlagen.*

Du weißt sicher gar nicht, dass dein Foto in dieser Zeitung abgedruckt wurde, du hättest dem Druck nicht zugestimmt, der Wanderer sieht mich an, als erwarte er ein Geständnis oder eine Ausrede.

Ich erinnere mich nicht, gestehe ich und kann den Blick nicht von diesem Bild lassen, denn nur in diesem ungeschminkten, von allen Medientricks fernen Zustand erkenne ich die Frau, die sich gleich zu mir dreht und mir einen Satz sagt, der nichts anderes als ein Hilferuf sein kann. Aber ich habe ihr nicht geholfen, all die Jahre nicht, in denen ich in Ruhm und Geld gebadet habe, ich habe ihr nicht geholfen, so wie ich Susanne nicht geholfen habe, und meiner geliebten Annabell, statt nach Israel zu reisen, glaubte ich, sie hätte mich verlassen, warum war sie sonst so lange weg, warum hat sie sich zum Schluss nicht mehr gemeldet, warum? — aber bin ich es nicht, der sie verlassen hat, wie konnte ich denken, dass sie meine Abwesenheit nicht als Abschied versteht, wie sollte man es anders verstehen, wenn der Ehemann seit Ewigkeiten in einem Wald verschwunden ist, abgeschottet, für ein paar Fotos. Waren es wirklich die Fotos, die mich an diesem Ort hielten?

Ist es Zufall oder ist es Glück, frage ich, *wir laufen uns über den Weg und Tage oder Wochen später entdeckst du mein Bild in einer Provinzzeitung.*

Das Bild klebt seit etlichen Jahren in diesem Buch.

Seit etlichen Jahren, wiederhole ich und suche nach einer Antwort.

Der Wanderer sieht mich an, als wolle er sagen, ich wusste, dass du kommst. Er blättert für mich um, *da, dieser Artikel stand unter deinem Bild.*

Ein Textkasten, vorbildlich gesetzt, der mit einem mir wohl bekannten Zitat beginnt:

›Der Freitod ist verwirrend wie die Krone einer hundert Jahre alten Eiche.‹

Müsste es nicht Eibe heißen, denke ich und betrachte den Textblock und einige Bleistiftstriche. Aber weder das Zitat noch das Wort ›Eiche‹ sind vom Wanderer unterstrichen worden, sondern zwei Sätze, die so kurz und ehrlich sind, dass ich sie erst beim zweiten Lesen verstehe:

›Aber ich kam nicht zurück.‹

›Sie hat nach meiner Hand gegriffen.‹

Sie hat nach meiner Hand gegriffen, flüstere ich, diesen Satz habe ich damals im Interview gedacht und gesagt und seitdem nie wieder ausgesprochen und nach zahlreichen Interviews irgendwann gänzlich aus meinen Gedanken verbannt.

Diese Sätze sind wahr.

Das habe ich gesehen, der Wanderer blättert wieder zurück, *nichts anderes habe ich gesehen.*

Ich nicke, vor mir ein Beweisfoto, das vor jedem Gericht standhält. Die ausgestreckten Arme sind nicht die Arme einer Turmspringerin, nicht die einer Attentäterin; ohne Verzerrungen, Täuschungen und Lügen sind es eindeutig die Arme einer Frau, einer bildhübschen Frau, die mich am Ärmel greifen und sich festklammern möchte, am letzten Strohhalm, der sie vom Tod trennt.

Aber ich kam nicht zurück.

Ich lege den Rucksack auf den Tisch, *ich hoffe, er ist hier in guten Händen, das sind wir den Hinterbliebenen schuldig.*

Ich öffne die Eingangstür und der Wind aus dem Inneren des Waldes fährt in mein Gesicht.

Du gehst, fragt der Wanderer und kehrt mir den Rücken zu, um mein Buch zurück in das Regal zu stellen.

Ich bleibe, sage ich und trete nach draußen, *ich bleibe für einen letzten, kurzen Tag.*

Danksagung

Ich danke der Hamburger Kulturbehörde für den Förderpreis für Literatur und für die Unterstützung an diesem Romanprojekt.

Weitere Romane von Tobias Sommer:

Dritte Haut

Roman

Gebunden mit Schutzumschlag und Lesebändchen
160 Seiten
ISBN: 978-3-902711-08-3
E-Book ISBN: 978-3-903061-01-9

Edens Garten

Roman

Gebunden mit Schutzumschlag und Lesebändchen
224 Seiten,
ISBN: 978-3-902711-13-7
E-Book ISBN: 978-3-903061-02-6